KB264862

초의 선사와 완당 김정희 우정

만나고 싶다
그 사람을

초의 선사와 완당 김정희 우정

만나고 싶다 그 사람을

김봉호 지음

우리출판사

이 책을 忠南 禮山의 阮堂 金正喜公의 墓前과

全南 海南 大芚寺의 草衣大禪師 塔前에 바친다.

차 례

말석 차지한 현감의 분노

해남 대둔사(大芚寺) 경내에는 크고 작은 가람이 2백여 채 있었다. 한창 번성했을 때는 절 식구가 1천여 명이나 되었고, 일찍이 서산(西山) 스님이 '만고불파지지(萬古不破之地)'라 했던 까닭으로 세상을 조용히 살고자 하는 은사들의 내왕도 끊이지 않았다. 창건 이래 1천 2백 년 동안 대종사와 대선사를 23명이나 배출한 도량이기도 하다.

초의(草衣) 장의순(張意恂) 스님은 그 마지막 대선사였다. 그는 본시 무안(務安) 삼향(三鄕) 사람으로 13세에 운홍사(雲興寺)에서 출가하여 16세에 대둔사로 와서 완호(阮虎) 스님에게 사사하였다. 그의 수행은 계(戒)·경(經)·선(禪) 등 두루 출중하였다. 그리고 시(詩)·서(書)·화(畵)·차(茶)를 두루 잘했으므로, 후세 사람들이 그를 사절(四絶)이라 했다. 또 그는 홀로 고고하지 않고 당대의 석학들과 골고루 교류하는 도량과 멋을 지녔다.

다산(茶山) 정약용(丁若鏞)을 위시해서 완당(阮堂) 김정희(金正喜)·홍현주(洪顯周)·홍석주(洪奭周) 형제·윤정현(尹定鉉)·권돈인(權敦仁)·신관호(申灌浩) 등과 사귀었다. 초의가 서울 청량사(淸凉寺)에 머물고 있노라면 장안의 명사들이 사오십 명씩 몰려들었으며, 모였다 하면 시회(詩會)와 다회(茶會)로 날이 가는 줄 몰랐다 한다. 신자하(申紫霞)와 홍현주가 그들의 시집 서문을 초의에게 청탁했던 사실로 미루어 보아 그 인품과 덕망을 가히 짐작할 수 있다 하겠다.

초의가 살던 대둔사를 지금은 대흥사(大興寺)라 하거니와 절에 있는 〈대둔사지(大芚寺誌)〉를 보면, 둔(芚) 자와 흥(興) 자가 여러번 바뀌고 있다. 속설에 의하면 이 절을 대둔사라 했을 때는 번창했고, 대흥사라 했을 때는 쇠락했다고 전한다.

그런데 따지고 보면 둔은 '어리석을 둔' 이고 흥은 '일어날 흥' 인데 어찌하여 그게 반대가 되는가. 더구나 대둔은 '크게 어리석다' 이고 대흥은 '크게 일어남' 이 아닌가! 우리의 명화 허소치(許小痴)가 황대치(黃大痴)에게 겸양의 미덕을 발휘하여 대(大) 자 아래 소(小) 자를 붙였던 것은 위의 대둔이야말로 정말 큰 것이고 대흥이야말로 작은 것이 되는 동양철학의 맥과 상통한 것일까!

각설하고, 이야기를 지난 1백 50여 년 안팎으로 거슬러 올라가야 하겠다.

초의 스님은 대둔사 본당의 쾌년각(快年閣)에서 살다가 두륜봉 중턱에 암자 한 채를 지어서 이사했다. 이름하여 일지암(一枝庵). 독처지관(獨處止觀)하고자 함이었다. 말이 암자이지 사방 아홉 자 토굴에 지나지 않았다. 8백 정보의 사찰림과 2천 두락의 사유답, 그리고 1천 두락의 시주답을 헌신짝 던지듯 하고 고행의 길을 택한 것이다. 나이 41세 때였다.

절의 암자란 도를 닦는 스님이 홍진 소식을 멀리하고 스스로 자학하는 곳이므로 생활이 풍족하거나 사치스러울 수 없는 법이다. 속인들이 보는 외양으로는 마치 죽을 날을 기다리는 꼴이다.

하지만 그들은 그게 아니다. 살랑이는 숲, 지저귀는 새, 맑은 물, 달콤한 공기, 파릇파릇한 나물들…. 그것들이 자아내는 대자연의 섭리를 더없는 즐거움으로 만끽하고 사는 것이다. 더구나 스님도 스님 나름이다. 초의 스님은 이미《군방보(群芳譜: 造園 花卉 盆栽의 敎本)》를 지어낸 장본인 아니던가.

그곳에 있는 나무, 돌, 바위, 졸졸졸 흐르는 물, 그 사이사이에 돋아 있는 풀잎들, 그리고 오죽과 영산홍을 사뿐히 곁들인 정원은 초의 스님의 말벗이자 다실이었다.

초의 스님은 일지암 마루 끝에 앉아서 정원을 내려다보며 시자 도범(道梵)과 함께 홀짝홀짝 녹차를 마시고 있었다.

영산홍이 활짝 피어 그들의 얼굴이 분홍색으로 물들었다. 그때 낯익은 총각이 땀을 뻘뻘 흘리면서 헐레벌떡 들이닥쳤다. 해남현의 안산댁 머슴이었다.

"스님, 안녕하셨시유 ……."

"그래, 자네가 어쩐 일인가?"

"마님 서찰을 가지고 왔구만요."

안산댁은 고을의 세도가 김참봉 댁 종부로서 초의 스님을 따르는 불심 깊은 과수였다.

관략후옵고, 그 동안 스님께 문안드리지 못하옵던 바 제가 지병이 도져 신열이 발동하더니 이제 심성을 가늘 수 없사와 꼭 운명할 것만 같삽기로 이 아니 슬픕니까. 마지막으로 스님 독경이나 듣기를 소원하오니 부디 내왕지지를 총망하옵나이다.

초의 스님이 찻잔을 내려놓고 차비를 서둘렀다. 도범이 짚세기를 대령했다.

"가세!"

일지암에서 해남읍까지는 40리 길이었다. 본당을 지나 피안교(彼岸橋)·홍교(紅橋)를 건너 구림리(九林里)에 당도하니 벌써 낮이 되었다. 초의 스님과 안산댁 머슴은 내내 말이 없었다.

그들이 매정리(梅亭里)에 이르렀을 때 길가에 어느 선비가 나타나서 인사를 했다.

"스님께서 무슨 바쁜 일로 그리 달음박질을 하십니까?"

그 마을의 서처사(徐處士)였다.

"예, 좀 급합니다."

"아무리 급하시더라도 숨이나 돌리면서 뛰십시오. 마음이 급하다고 길이 줄지는 않습니다."

초의 스님은 서처사의 말이 옳은 듯 싶었다.

"허긴 그래!"

서처사가 다시 조아렸다.

"오늘은 그냥 못 가십니다. 저희 집에서 차를 드시고 가십시오."

서처사는 덕망 높은 유생이자 차를 즐기는 터로, 차의 대가 초의 스님과 다회를 가져보는 것이 소원이라는 것을 초의 스님도 알고 있었다.

"고맙습니다."

바쁠수록 돌아가라고 했던가. 아녀자가 오란다고 허둥지둥 달려온 경망을 달래려는지, 아니면 마치 갈증이 나던 참이었는지 아무튼 차 대접을 받기로 했다.

서처사의 서재는 난아하게 정돈되어 있었다. 동벽에는 도연명(陶淵明)의 시구를 쓴 액자가 걸려 있고 아랫목에는 정판교(鄭板橋)의 대 그림 병풍이 세워져 있으며 서가에는 때묻은 책들이 빽빽이 꽂혀 있는데 방바닥은 윤기가 자르르 흐르는 죽석을 깔았다. 초의 스님을 상좌로 모셨다.

"아닙니다. 불탈주인석 아닙니까?"

"아닙니다. 오늘은 스님이 청산이십니다."

초의 스님이 자리를 잡자 주인은 서가 앞에 대각선으로 앉았다.

"차를 넣겠습니다."

"그러시지요."

서처사가 찻상과 차궤를 앞으로 당겼다. 화로의 쇠주전자에서는 이미 다수(茶水)가 데워져 있었다. 분청 찻잔 두 개에 물을 따르고 이어 식힘 그릇에 물을 채우고, 찻잔의 물을 다관(茶灌)에 쏟은 다음 그 물을 개숫당지에 버리고 나서 차호(茶壺)의 차를 찻숟가락으로 떠내어 다관에 넣고, 이어 식힘 그릇의 물을 다관에 따랐다. 잠시 손을 멈췄다. 초의 스님이 넉넉한 미소를 보냈다.

이윽고 차가 우려졌다 싶을 무렵 다관을 들어 찻잔에 골고루
번갈아 차를 따랐다. 찻잔을 받침대 위에 올려서 하나는 스님 앞
에, 하나는 자기 무릎 앞에 당겨놓고 손님이 마시기를 기다렸다.
초의 스님은 김이 가늘게 너울거리는 찻잔을 두 손으로 움켜들고
입과 코 사이에서 향내를 맡은 다음 입술에 찻물을 적시는 듯 조
용히 마셨다. 두 번, 세 번, 네 번째에 찻잔을 비우고 찻잔을 받침
대 위에 올려서 가만히 앞으로 밀어냈다. 초의 스님이 먼저 화두
를 열었다.
　"훌륭한 솜씹니다."
　"아직은 미숙합니다."
　"언제부터 차를 하셨습니까?"
　"이 고장에서 차를 재배하고 있어서 대대로 마셔 오고 있습니
다."
　"그렇군요. 차는 누가 덖습니까?"
　"이건 제가 덖었습니다."
　"덖기까지…… 장하십니다."
　"과찬이십니다."
　서처사가 찻잔을 당기면서 말했다.
　"재탕을 넣겠습니다."
　"그러시지요."
　그때 멀리서 떠드는 소리가 들려왔다. 말발굽 소리도 들렸다.
서처사가 잠시 귀를 세우더니 이내 자세를 바로잡고 차근차근 차
를 넣었다.

초의 스님과 서처사가 재탕을 마시고 있는데 어느 아이가 창가
에 다가와서 소리쳤다.

"아버님, 접니다."

"왜 그러느냐?"

"……저 저기 현감께서 이쪽으로 오고 있습니다."

"현감께서?"

"네……."

서처사의 안색이 흐려졌다.

"잠깐 나가보겠습니다."

"그러시지요."

서처사가 신발을 꿰고 마당으로 나서자 현감 일행이 들이닥
쳤다.

"어인 행차십니까?"

"재를 넘어 이진(梨津)으로 가는 참인데, 댁의 문전에 사람들이
모여 있기에 무슨 일이냐고 물었더니 댁에서 초의 스님과 차를
하신다는데 그게 사실입니까?"

"그렇습니다."

"허면, 나 같은 지나가는 길손은 낄 수 없을까요?"

사뭇 빈정대는 말투였다.

"드시지요."

방문이 열리고 서처사의 안내로 현감이 들어섰다. 초의 스님은
바위처럼 앉아 있었다. 현감이 먼저 말을 걸었다.

"실례합니다."

서처사가 답했다.

"앉으시지요."

현감이 앉을 자리를 망설였다.

잠시 뜸을 들이고 나서 초의 스님이 답했다.

"말석이라도 좋으시다면 앉으시지요."

현감이 분노를 누르며 윗목의 좌복 위에 털썩 앉았다. 해남 현감 이치연(李致衍)과 초의 스님은 초면이 아니었다.

현감이 몇 차례 다회를 하자고 불렀건만 무슨 연유인지 초의 스님은 이 핑계 저 핑계로 불참해온 터였다.

서처사가 다시 자리에 앉아서 차를 넣었다. 차가 초의 스님, 현감, 주인의 순으로 두 순배 돌아갔다. 서처사는 초의 스님 앞에서 감히 차의 의례를 어길 수 없었다.

그날의 차맛은 초의 스님에게는 오미요, 현감에게는 소태요, 서처사에게는 맹물이었다.

관속 우두머리에도 유연

초의와 서처사가 차를 들고 있는 사이, 현감 이치연이 들어왔는데 그가 '나도 낄 수 없느냐'고 했을 때 초의가 '말석이라도 좋으시다면 앉으시오' 한 것은 실은 차의 법도를 아는 사람이라면 수긍이 가는 대목으로써 결코 초의가 이치연을 능멸한 것이 아니었다.

그 대목을 다시 부연하면 다회에서는 미리 좌석이 차례로 정해져 있어야 하며, 차를 낼 때는 그 차례대로 하여야 하는 것으로 결코 나이따라 신분따라 이쪽 저쪽 쑤시는 것이 아니니, 이치연의 경우 늦게 왔으면 말석에 앉는 것은 당연하다는 이치가 된다.

또 그날 세 사람의 차맛이 초의에게는 오미요, 현감에게는 소태요, 서처사에게는 맹물이었을 것이라 한 것은 어설픈 차 취향의 현감이 차의 대가 초의를 초청하는 태도에 있어서 마치 명령하는 듯 오만을 떠는 고로 불응하였던 것인데 현감의 생각으로는 '내 초청은 번번이 거절하고 한낱 선비에게는 저토록 각별한가' 하는 것으로 풀이된다. 현감 이치연이 그야말로 한낱 스님에게 끝내 당돌하지 못했던 것은 초의가 경향의 명문거유(名門巨儒)

또는 현관(顯官)들과 교우가 돈독했던 탓이었을까……. 아무튼 그날 세 사람의 감회는 각각이었다.

초의는 다시 걷기 시작했다. 해남읍 김참봉 댁에 도착한 것은 점심 때가 조금 지난 무렵이었다.

"스님 모시고 왔구만이라우."

그댁 머슴이 마당으로 들어서면서 안방에 대고 소리 지르자 안방에서는 목마르게 기다리던 참이라 '주르르' 미닫이가 열렸고 이어 심부름하는 계집애가 버선발로 뜰 아래 내려서서 조아렸다.

"어서 안으로 드십시오."

초의가 지팡이를 툇마루에 세워 두고 선뜻 안방으로 들어섰다. 안산댁은 아랫목에 자리를 펴고 누워 있다가 방금 일어나 앉아 있는 모양이었다. 병색이 완연하였다.

"거기 앉으세요."

윗목에 미리 마련한 방석에 초의가 좌정하였다.

"어찌 이리 늦었습니까?"

안산댁이 투정하듯 물었다.

"오다가 그만 어느 선비와 함께 차를 들었습니다."

"……야속하셔."

양반댁 안방에 어찌 외간 남자가 들어와서 이토록 허물없이 나올 수 있으리요마는 안산댁의 불심이 워낙 극진한데다가 초의의 거동 또한 거침없는 터이어서 누가 봐도 큰 허물은 아닌 성싶었다.

하지만 그들도 정이 흐르는 인간이다. 초의가 당년 50세의 장

년이며 안산댁이 서른 다섯의 과수이고 보면 수위는 남실거린다
하겠는데 그들은 그걸 하나도 걱정하지 않는 것 같았다.
　안산댁이 대청에서 기다리고 있는 계집애에게 일렀다.
　"어서 스님 공양 올려라."
　"네."
　밥상이 들어왔다. 주인과 손님과의 겸상이었다. 김참봉 댁은
대대로 음식 솜씨가 자랑이었다. 초의는 그걸 달게 먹었다. 안산
댁은 깨죽이 담긴 보시기를 집어들고 몇 번 뜨더니 물러났다.
　밥상이 나가고 찻상이 들어왔다.
　"차는 스님이 넣어주세요."
　"그러지요."
　초의가 차를 넣었다. 작설(雀舌)이었다.
　"차를 많이 드세요. 그러면 원기를 찾을 수 있으니까요."
　"네."
　그들은 격식대로 재탕 삼탕까지 끝냈다.
　"그래, 어인 일로 빈도를 보자 하셨습니까?"
　초의가 찻종을 내려놓고 안산댁을 바라보았다. 그녀는 허리를
벽에 기댄 채 허공으로 시선을 돌렸다.
　"거기 누구 없느냐?"
　"네."
　계집애가 대령하고 있었다.
　"침모에게 일러라. 스님의 장삼을 바깥사랑으로 내다드리라
고……."

“네.”

안산댁이 초의에게 시선을 옮기며 말했다.

“날씨가 차차 더워지겠기에 시원한 천으로 옷을 접어놓았습니다. 바깥사랑으로 가서 우선 그걸 갈아입고 오셔요.”

초의가 합장했다.

“나무 관세음보살……..”

이윽고 새옷으로 단장한 초의가 다시 방석 위에 사뿐히 앉아서 말했다.

“이제 말씀을 하십시오. 빈도를 왜 부르셨는지요.”

안산댁이 비로소 미간을 곱게 펴면서 입을 열었다.

“그냥 이렇게 뵙자구요.”

“이렇게?”

“네.”

안산댁이 넉넉한 미소를 보냈다. 초의 역시 누그러졌다.

“안산댁은 다 좋은데 그 장난기가 탈입니다.”

“어머, 장난이 아닙니다. 스님을 뵙고 나니까 이렇게 신병이 가셨습니다. 아직 신열은 조금 남았습니다만……..”

“허면, 그 신열을 무슨 수로 씻는다지요?”

안산댁이 어린애처럼 눈맵시를 세우며 대들었다.

“지난번 유당(酉堂: 김정희의 생부 金魯慶) 대감께서 일지암에 들르셨다면서요.”

“그랬지요.”

“완도 고금도에서 방적(放謫)되셔서……..”

“한양으로 올라가시는 길에…….”

“그때의 정상을 말씀해주셔요.”

“왜 그러십니까?”

“신열을 씻게요.”

초의는 안산댁의 안달로 말미암아 이내 외우(畏友) 완당 김정희의 초췌한 모습을 떠올리게 되었다.

초의는 팔자에 역마직성이 끼어서 그랬던지 아니면 견문을 넓히고자 그랬던지 한양 나들이가 잦았다. 조선의 최남단 해남 대둔사에서 도보로 한양을 내왕한다는 것이 그리 쉬운 일이겠는가. 길을 걷는 데만 왕복 한 달이 걸리는 일인 것을…….

그는 한양에 오면 으레 도봉산 아래 청량사에 머물렀다. 초의가 청량사에 와 있다는 소문이 장안에 퍼지면 ‘촌놈의 중’ 을 만나려고 내노라는 명사들이 줄을 이었다. 왜 그랬을까. 그의 어느 대목이 좋아서 사람들이 그토록 따랐을까. 당시의 거유(巨儒) 신헌구(申獻求)는 다음과 같이 말하고 있다.

…… 한양의 명사들이 그를 좋아하는 것은 그가 덕망 높은 수도승이기 때문만은 아니다. 누구나 친근할 수 있는 인간성 때문이다. 특히 우리들이 그를 아끼는 것은 그의 시작불사(詩作佛事)·탱화불사(幀畵佛事)·다도(茶道)가 밖으로 빛나는 것이 아니라 내면으로 차근차근 승화되고 있기 때문이다. 사실 세인은 그가 어떤 인물인지도 모르면서 남들 흉내만 내어 ‘초의, 초의’ 하느니라 …….

그 무렵 누가 뭐래도 조선 제일의 세도가는 경주 김씨였다. 위로는 왕실과 겹겹의 사돈이요, 영의정을 위시해서 대대로 현관고직을 지냈고 당대에도 일가 20여 명이 지체 높은 권좌에 있었다. 그 중에서도 김정희는 가장 장래가 촉망되는 인물이었다.

김정희의 생부 김노경은 희(喜) 자 돌림의 자질(子侄) 스무 남은 명 중에서 정희를 가장 아꼈다. 장차 가문을 이끌어 갈 큰 재목으로 믿었기 때문이었다. 그 김정희가 어쩌다 초의와 사귀고 나자 그만 폭삭 빠져버렸던 것이다.

아버지 김노경은 그게 걱정이었다. 자식이 친구를 사귀는 일이 어찌 걱정이라는 건가. 그건 일단 무엇엔가 심취하게 되면 몰입해버리는 아들의 성미를 잘 아는 까닭이었다.

당시의 정치 풍조는 이른바 '숭유배불' 이 으뜸이었다. 정부의 요직에 있는 자가 승려와 지나치게 가까운 것은 출세에 지장이 되었다. 그리고 하고많은 인재 중에서 왜 하필이면 저 남도 땅끝의 한낱 승려와 그토록 깊게 사귄단 말인가 하고 김노경은 속을 태웠다.

어느 날 김노경은 결심을 했다.

"도대체 내 아들을 사로잡은 그 놈이 어떤 녀석인지 내가 그를 만나봐야겠다. 내 눈으로 확인할 수밖에……."

현직의 장관(이조판서)이 아들의 교우 관계를 살피기 위하여 약 한 달의 여정으로 자리를 비운다는 것은 예나 지금이나 아무나 할 수 있는 일이 아니다. 초의를 한양으로 불러 올릴 수도 있는 노릇이지만 그가 평소 어떤 생활을 하는지를 직접 보고 싶었던 것이다.

때아닌 이조판서의 나들이에 해남현은 발칵 뒤집혔지만 대둔사 일지암의 초의는 담담하게 친구의 아버지를 맞아들였다.

"어인 행차십니까?"

위풍이 하늘을 찌를 것 같은 정승 앞에서 초의는 매양 의젓하였다.

"그냥 자네를 보고자 이렇게 왔다네."

"오르시지요."

오르나마나 땅바닥이나 진배없는 토굴에서 김노경과 초의가 마주 앉았다.

"빈도에게 무슨 하실 말씀이 있으십니까?"

"아니야, 그냥 이러고 있으면 돼."

초의는 모를 일이었다. 영문이야 알았건 몰랐건 친구의 춘당을 모시는 터, 속가에서라면 소를 잡아서 대접해도 아까울 것이 없겠지만 빼빼 마른 산사에 뭐가 있겠는가. 그저 대접할 것이란 차뿐인 것을……. 초의는 부지런히 차를 넣었다. 해남 현감 이치연은 감히 그 자리에 끼지도 못하고 저만치 요사채 뜰 아래에 조아리고 있었고…….

손이 먼저 말문을 열었다.

"중년에 내가 중원(中原: 중국 북경)에 동지겸사은사(冬至兼謝恩使)로 내왕했을 때 그곳의 여러 명순(名荀)을 마셔 보았지만 내 구미로는 그 맛과 향이 이곳의 우리네 것만 못한 것 같더군……. 왜 그럴까?"

초의가 공손하게 아뢰었다.

"그렇습니다. 육우(陸羽)의 《다경(茶經)》에 이르기를 명순은 명산에서 난다 했습니다. 동다(東茶)가 좋은 것은 우리 나라 산수가 수려한 까닭입니다."

"옳거니!"

그들은 연거푸 차를 마셨다.

"하지만 이 차는 유달리 맛이 좋군. 왜 그럴까?"

"차에 쓰는 물은 결국 차의 체가 되는 까닭으로 다신(茶神)이 아무리 뛰어나도 물이 나쁘면 좋은 차를 얻을 수 없습니다. 다행히 이 토굴 뒤안에서는 좋은 물이 솟고 있습니다. 유천(乳泉)입니다."

"유천이라!"

"그렇습니다."

김노경이 새삼스럽게 차맛을 음미했다.

"과시 소락(醂酪)이로고!"

이 대목을 초의의 저서 《동다송(東茶頌)》에는 '酉堂大爺過一宿紫芋山房嘗味乳泉日勝醂酪'이라 적고 있다.(紫芋山房은 일지암의 별호)

김노경은 그날 밤 해남현 동헌에서 유숙하기를 간청하는 현감을 물리치고 초의와 함께 일지암에서 묵기로 했다.

행자가 장만한 산나물과 우거지국으로 저녁 공양을 마치고 밤이 새도록 초의와 담론했다. 화제는 경서·시작·금석·서화 그리고 일상 다반사에 이르기까지 거침이 없었다.

김노경은 초의에게 넉넉한 미소를 보냈다. 더는 시험할 것도 알아볼 것도 없었다.

'과연 내 자식이야. 이만한 인품이니 정희가 빠질 수밖에…….'

다음 날 아침 가마 위에 올라 일지암을 빠져 나가면서 김노경은 이렇게 뇌이고 있었다.

김노경이 아들을 위하여 대둔사의 일지암을 다녀간 9년 후, 그는 윤상도(尹尙度) 사건으로 인해 완도 고금도에 유배되었다가 1833년(순조 33년)에 해배되어 한양으로 올라가는 길에 다시 일지암으로 초의를 찾아왔다.

왕년의 권위는 간데없고 피골이 상접한 앙상한 몰골이었다.

"어서 오르시지요."

초의는 예나 다름없이 맞아들였다.

"차를 한 잔 주겠나?"

김노경 역시 군말을 뺐다.

"들르신다는 전갈을 받고 물을 끓여놨습니다."

"고맙네."

김노경은 일지암에서 하룻밤을 묵었다. 초의는 아무 일도 없었던 것처럼 담담하게 대했다.

달이 밝았다. 요사채에 묵은 김노경의 일행(하인과 子侄들)도 차를 끓이느라 자주 물을 퍼 날랐다. 문득 김노경이 운을 떼었다.

"시 한 수 읊겠네."

"그러시지요. 소승이 받아 쓰겠습니다."

초의가 장지를 펴고 필연을 당기자 김노경이 낭랑한 목소리로 구절을 불렀다.

　　무진장 흐르는 저 샘물은
　　스님들을 고루 보살피려 함인가
　　모두 표주박을 가지고 와서
　　오롯한 달을 하나씩 안고 가누나

　　無盡山下泉
　　普供山中侶
　　各持一瓢來
　　總得全月去

　　초의가 필연을 치우고 다시 차를 권했다.
　　"차에는 아홉 가지 덕(茶之九德)이 있다 합니다. 노독을 푸는
데는 차를 많이 드셔야 합니다."
　　김노경은 초의가 주는 차를 사양 않고 마시다가 홀연히 물었다.
　　"다인들은 차를 마시는 궁극의 목적을 무엇으로 풀이하는고?
다지구덕 말고 말일세."
　　초의가 찻종을 내려놓고 아뢰었다.
　　"차는 홀로 마시는 것을 으뜸으로 칩니다. 홀로 마시고 있노라
면 만감이 교차합니다. 그 교차하는 만감이 차차 줄어듭니다. 그
러면 맨나중에 남는 것은 공허뿐입니다. 그리고 그 공허를 다시
조이면 성찰이 생깁니다. 그 성찰을 거듭하노라면 나를 섭섭하게

했던 사람들, 나를 해치려 했던 사람들을 용서하는 마음이 생깁
니다. 그 용서하는 마음은 이전에 지녔던 욕망·집착·손익·타
산·선악·고정관념을 차차 줄여주고 드디어는 사라지게 합니
다. 그것은 모두 명상의 과정에서 비롯됩니다. 그래서 차를 명상
문화의 일종이라고도 하고 선(禪)의 방편이라고도 합니다. 다인
들이 차를 즐기는 궁극의 뜻이라 하겠습니다."
　"다선일여(茶禪一如)라는 뜻인가?"
　"그렇습니다."
　김노경과 초의는 거의 뜬눈으로 밤을 샜다.
　"내 어찌 내일을 기약할 수 있으리요. 하지만 다시 후일을 믿기
로 하고 떠나겠네."
　"원로에 노독을 조심하십시오. 나무 관세음보살……."
　초의와 김노경의 두 번째 이별이었다.

　안산댁의 얼굴이 붉게 물들었다.
　"이제 됐습니까?"
　초의가 안산댁을 바라보았다.
　"스님께서 몹시 섭섭하셨겠습니다."
　"물론이지요."
　"하지만 두 분이 주고받은 말은 정말 멋있습니다. 유당 대감의
시구는 참으로 훌륭합니다. 내가 다시 읊어볼까요. 무진산하천
보공산중려 각지일표래 총득전월거 ……."
　"이제 신열이 가셨습니까?"

초의가 안산댁을 어린애 달래듯 어울렀다. 안산댁은 그러는 초의가 좋은 것이다.

"조금 남았습니다."

"허면 그걸 어쩌지요."

" 스님의 독경소리를 들으면 송두리째 가실 듯 싶습니다."

"그건 어렵지 않습니다."

"아닙니다. 독경 한 번으로 안 됩니다. 아예 글씨로 써주십시오. 병풍을 만들어서 백독 천독하겠습니다."

"서역을 하라구요!"

안산댁이 또 언성을 높였다.

"거기 누구 없느냐?"

"네."

"지필묵 가지고 온……."

초의와 안산댁은 이렇듯 허물이 없었다. 그리하여 초의는 8폭 병풍에 맞추어 《반야바라밀다심경(般若波羅蜜多心經)》을 일필휘지하였다. 그리하여 이 병풍서는 민가에 남아 있는 초의의 유일한 필적이 되었다.

그날 밤, 초의는 반야탕도 한잔하면서 안산댁 바깥사랑에서 날을 샜다.

다산 정약용이 기록한 〈대둔사지(大芚寺誌)〉 별록에는 초의가 지니고 있었던 시주사유답(施主私有畓)이 천 두락이라고 기록하고 있다. 그 천 두락 안에는 김참봉 댁의 과수 안산댁이 시주한 2백 두락도 포함되었음은 물론이다.(시주는 절에 바치면 공유

자산이 된다. 시주자가 특정 승려에게 개별로 시주하면 그건 시주사유
답이 된다.)

초의는 안산댁이 바람 불다 자듯 쾌차한 것을 보고 산에 올랐
다. 밑반찬과 과일과 초의의 헌옷을 짊어진 안산댁의 머슴이 동
행했다.

그들이 일지암에 당도하자 거기에는 미리 해남 현감 이치연이
와 있었다. 그는 대둔산의 두륜봉을 넘어서 이진으로 출장을 갔
다가 다시 넘어오는 길에 들렀다는 것이다.

어제의 벼락 다회에서 겪은 수모가 아직 가시지 않았는지 현감
은 시무룩했다. 그는 조반에 해장술을 마셨는지 얼굴에 취기가
돌고 있었다. 피차 거추장스러워서 안으로 들지 않고 툇마루에
걸터 앉았다.

"스님께 긴히 할 말이 있소이다. 주위를 물려주시오."

주위를 물려주라니 누가 있나? 현감을 수행한 관속과 가마꾼들
은 저만치 나무 그늘에 앉아 있고 안산댁 머슴은 이미 내려갔으
며 시자 도범은…… 옳거니, 도범과 함께 요사채에서 이쪽을 보
고 조아리고 있는 낯선 사나이가 있었다.

"거 누구시오?"

초의가 저쪽에 대고 물었다.

"이분은 진도에서 온 허생원인데 스님으로부터 그림을 배우고
자 한답니다."

도범이 아뢰었다.

"그림은 무슨? 좌우간 그건 이따가 이야기하기로 하고…… 우

선 사또 말씀부터 들읍시다."

이치연이 대번에 누그러지면서 초의에게 매달렸다.

"스님은 한양의 고관들과 친분이 두터운 터……."

"말씀을 계속하십시오."

"나는 본시 한양 사람으로서 시하(侍下)인지라 아직 내행을 시키지 않고 있어요. 가정 형편으로 봐서 내가 내직으로 자리를 옮겨야만 하겠는데 스님이 좀 거들어주서야 하겠어요."

"소승이 뭘 어떻게 합니까?"

"한양에서는 조만간 이조나 병조의 개편이 있을 거랍니다. 이조참판 김도희(金道喜) 대감과 병조판서 권돈인(權敦仁) 대감은 스님과 돈독한 사이 아닙니까?"

"……."

"스님이 그분들께 진언이 있었으면 합니다. 그분들은 뇌물을 받지 않습니다. 스님이 올라가신다고만 하면 사인교와 노비를 마련하겠어요."

해남 현감 이치연이 승려 장의순을 앞세워서 엽관운동을 하자는 것이었다. 승려는 불타의 교법에 귀의하여 부처의 자리에 오르기를 힘쓰는 사람, 또는 그 교리를 널리 베푸는 사람이다. 스님은 중의 높인 말이다.

불교와 거기 종사하는 스님을 업신여기던 조선조 말의 풍토는…… 가령, 관청의 아전 따위의 가족이 인근 사찰로 소풍이라도 가려면 미리 그 날짜와 인원을 절에 통고했다. 통고를 받은 중은 그들이 묵을 방에 도배부터 해두어야 했다. 절에서 할 수 있는 음식은 모조리 장만하여야 함은 물론이요, 대접이 융숭하지 않으면 뭇매를 안겼다. 그게 당연한 상례로 되어 있었다. 초의가 그런 풍습을 어찌 몰랐겠는가. 한데 그 관속의 우두머리 사또가 중 초의를 앞세워 영달을 하고자 하니 실로 우스운 일이 아닐 수 없었다.

초의는 이치연의 말을 듣고 만감이 교차하였다. 연민의 정이 솟았다. 그리고 스스로를 성찰하였다.

"소승은 사또의 말씀을 듣지 않은 것으로 하겠습니다. 물론 사인교도 소용없고 노비도 싫습니다. 그냥 곧장 내려가십시오. 인연이 닿으면 또 만날 수 있을 것입니다. 관세음보살."

이치연은 산을 내려갔다. 그가 초의에게 더는 말을 못한 것은 초의에게 아첨을 하지 않은 것이 아니라 깡마른 체구 구석구석에서 솟는 위엄 때문이었다. 흔한 중 다루듯 섣불리 수작할 수 없는 기품이 보였기 때문이었다.

그로부터 수삭 후 해남 현감 이치연은 내직으로 발탁되어 한양으로 올라갔다. 초의가 거기 관여했는지 아닌지에 관한 기록은 아무 데도 없다.

숲·바위·안개가 벗

해남 현감 이치연이 미련을 가득 안은 채 일지암을 떠나자 도
범이 허유(許維)를 데리고 초의 앞으로 다가섰다.

"이분이 뵙자고 합니다."

"……."

"진도에서 왔습니다. 허유라고 부릅니다."

"어째 왔어?"

"그림을 배울까 하고……."

"내가 무슨 그림을 그린다고 찾아와. 불경이나 배운다면 또 모
를까."

"단단히 마음을 굳히고 왔습니다. 저버리지 마시고 소인의 간
청을 받아주십시오."

"자네 몇인가?"

"스물 일곱입니다."

"시하여?"

"네."

"장가갔고?"

“네.”

“허면, 중 되기도 틀렸고 집에서 가업에나 힘쓸 일이지 그림은 무슨 그림이여. 안 그래?”

“그것이 아니오라…….”

“좌우지간 이 산골에 왔으니 쉬었다가 내일 떠나도록 허소. 나는 그림 그릴 줄 모르는 사람일세.”

초의는 방안으로 들어가고 도범과 허유는 꿀먹은 벙어리가 되었다. 하지만 여기에서 물러설 허유가 아니있다. 그는 이미 초의와 사제지간의 인연을 맺은 것으로 간주하고 일지암의 식솔이 되었다.

초의 또한 그러한 허유를 매몰차게 몰아낼 수는 없는지라, 해볼 테면 해보란 투였다. 그때는 순조가 승하하고 헌종이 즉위한 1855년의 늦은 봄이었다.

청운의 뜻을 안고 초의를 찾은 허유, 미술 지망생으로는 그 출발이 너무 늦은 27세의 만학도. 그러나 될 성싶은 나무는 떡잎부터 알아본다 했던가. 후에 그가 남화(南畵)의 종주가 되어 미산(米山) · 남농(南農) · 임전(林田)으로 이어지는 직계 자손은 물론, 의재(毅齋) 허백련(許百鍊) · 소전(素筌) 손재형(孫在馨)을 위시해서 수많은 미술인(현존 작가 약 80명)을 배출한 뿌리가 되는 터이므로 초의가 마다했대서 물러설 리 만무했다.

초의를 흔히 시 · 서 · 화 · 차의 4절(四絶)이라 하거니와 그의 화력(畫歷)은 낭암(朗岩) 스님으로부터 냉화를 익히는 데서 비롯한다. 중이 불화에 종사하는 일을 절에서는 ‘탱화불사’라 하였

다. 매우 소중한 일에 속하며 불심과 재주가 겸비해야 하는 일이
었다.

해남 대둔사에 남아 있는 10여 점의 탱화와 전국의 대찰에 걸
려 있는 많은 불화는 초의의 작품이거나 아니면 만년에 그의 감
독으로 제자들이 그린 것이 대부분이다.

또 초의는 사군자와 기명(器皿)과 서예에도 능했다. 그러므로
섬개구리 허유의 미술 수업에는 아무런 하자가 없었다. 허유 또
한 타고난 재주와 굳은 의지로 스승의 기예를 터득하는데 전념하
였기에 그 성적이 일취월장하였다. 하지만 초의의 그림은 어디까
지나 문인화 또는 탱화불사의 영역을 벗어날 수는 없었다. 이른
바 프로가 아닌 아마추어였다. 허유가 날로 성장함에 따라 초의
는 그 다음의 일이 걱정이었다.

초의는 해남 연동(蓮洞) 고산 윤선도의 고택과도 인연을 가지
고 있었다. 초의의 스승인 다산 정약용은 공재(恭齋) 윤두서(尹
斗緖)의 외증손임으로 해서 다산이 강진 귤동(橘洞)에 유배되었
을 때 연동과 귤동 30리 지허에서 내왕이 빈번했고 초의는 다산
을 추종하면서 더러 연동의 녹우당(綠雨堂: 고산의 서재·문화재
서고)을 찾았던 터였다.

그 녹우당에는 예나 지금이나 고산의 수많은 문화재와 함께 조
선조 3대 명화의 한 분인 공재와 그의 아들 낙서(駱西) 윤덕희(尹
德熙), 또 그의 아들 청고(靑皐) 윤용(尹愹)의 수많은 그림들이 고
이 간직되어 있다. 그 그림들은 3대에 걸친 명품들이다.

초의가 허유를 데리고 연동을 찾았다. 녹우당 사랑채에서 젊은

도령 윤정현(尹定鉉)을 만났다.

"이 녀석이 그림 공부를 하겠다고 기를 쓰는디 빈도의 재주로
는 더는 감당을 못하겠기에 데리고 왔습니다. 댁의 윗대 어른들
의 작품을 배관토록 허락하셔서 이 녀석의 눈을 뜨게 하여 주십
시오."

지본(紙本)으로 된 문화재를 함부로 내두르지 않는 건 상식이
다. 더구나 그림 공부를 하겠다는 서생에게는 위험 부담이 많음
에랴……. 그러나 그 댁 젊은 도령은 다음 대를 이을 호족의 우두
머리답게 흔쾌했다.

"그렇게 하지요."

"고맙습니다. 나무 관세음보살."

허유는 그날부터 고산의 고택 서재에 파묻혀 공재·낙서·청
고의 작품들과 그밖의 고금 명화들을 두루 감상하게 되었다. 눈
이 번쩍 뜨이고 숨이 콱콱 막히는 감격이었다.

공재 자신의 초상화(후에 보물로 지정되었음)를 비롯하여 3대
에 걸쳐 제작된 여러 작품, 미인도(美人圖)·신선도(神仙圖)·괴
물도(怪物圖)·노승도(老僧圖)·상모도(翔毛圖)·채홍도(採紅
圖)·기마도(騎馬圖), 가지가지의 풍물도(風物圖), 산수화(山水
畵) 그리고 조선국도(朝鮮國圖)·일본열도(日本列圖) 등 그 많은
작품 하나하나가 허유에게는 경이의 대상이었다. 그는 보고 또
보고 그리고 그걸 모두 임화(臨畵)하였다.

허유는 도시락을 싸들고 일지암과 연동 사이의 30리 길을 매일
왕복하였다. 그러니까 하루 60리 길을 걷는 고역이 계속 되었지

만 그게 조금도 괴롭지 않았다.

그러기를 반년.

"그 임화를 거울삼아 이제 네 그림을 그려야 할 것인디!"

초의는 허유에게 다음의 단계를 일렀다. 자기의 그림…… 백번 옳은 말이다. 모든 예술의 마지막 단계가 아니던가. 하지만 그게 어디 쉬운 일이겠는가.

"저것을 이제 어쩔 것이라냐?"

초의는 그런대로 차차 성숙해가는 제자의 모습을 물끄러미 바라보면서 걱정이 태산 같았다. 궁하면 통한다 했던가. 문득 초의의 뇌리에 한양의 친구 얼굴이 떠올랐다.

"그렇다. 저것을 한양 월성궁(月城宮: 김정희 댁)으로 보내야 하겠구나."

그는 곧 필연을 당겨 서찰을 만들었다.

……내게 무슨 재주가 있다고. 그림 배우기를 간청하는고로 먹 가는 법, 붓 잡는 법을 겨우 익힌 다음 궁여지책으로 해남 연동의 고산 윤선도 선생 고택에 사정하여 공재·낙서·청고의 작품들을 배관하게 하고 이어 그걸 모두 임화하도록 하였으며 연후에 독공토록 하였던 바, 곁에서 보기로는 그의 기량이 차츰 발전하는 듯하옵고 누군가가 훈도를 한다면 장래가 괜찮은 듯한데 이제 내 힘으로는 그를 인도할 도리가 없은 즉, 이 서찰과 함께 그의 습작 몇 점을 동봉하오니 하람하시와 차후의 진로에 대하여 하교지지를 복망 운운…….

이 서찰과 함께 허유의 그림 몇 점을 인편으로 보냈다. 얼마 후
완당으로부터 회신이 당도했다.

> ……그의 그림을 보니 아직은 촌티가 역력하지만 심성이 곱고
> 재주도 있어 보여 잘 다듬는다면 좋은 재목이 될듯 하오니 주저
> 말고 보내소서.

허유는 날듯이 기뻐하였다.
"스님, 고맙습니다. 모든 것이 스님의 은덕입니다."
"낯설은 한양에서 행세하기가 그리 쉬운 줄 아느냐? 네 고생은
이제부터 해야 혀."
"물론입니다. 어느 안전이라고 게을리 하겠습니까."
완당 김정희는 그때 호조참판에서 성균관 대사성으로 영전하
고 있었다.
허유는 한양 나들이를 서둘렀다. 하지만 그게 그리 쉬운 일이
아니었다. 이것저것 준비하랴, 고향에도 다녀오랴 이래저래 수삭
이 흘렀다.
초의는 사랑하는 제자의 대처 출입을 축하하는 뜻으로 당호를
내렸다.
소치(小痴).
"소치…… 너에게는 알맞는 격으로 안다. 중원의 황대치(黃大
痴)를 따르라는 뜻이기도 하고……."
"고맙습니다. 스님의 말씀 평생토록 간직하겠습니다.."

허소치는 스승의 깊은 뜻을 헤아리고도 남음이 있었다. 완당으로부터 다시 서찰이 당도했다.

…… 허소치의 그림을 보니 그 재주가 뛰어나기에 보내라고 했는데 왜 데리고 오지 않는고? 그가 아직은 낙서 윤덕희의 틀을 닮는데 그치고 있으나 한양에 와서 견문을 넓힌다면 크게 발전할 것이야.

허소치가 처음으로 한양의 월성궁에 간 것은 1839년(헌종 5년) 완당이 다시 형조참판으로 자리를 옮긴 때였다.

그는 월성궁의 바깥사랑에 머물면서 수많은 서화 묵객들과 교유할 수 있었고 더러는 안사랑으로 초대되어 고금의 명품들을 감상할 수 있었다.

그리하여 그의 기량이 차츰 빛을 보이자 완당은 친구이자 서화 감식의 대가인 병조판서 권돈인 댁에도 드나들게 하였다.

순풍에 돛 달던 허소치는 그 사이 제2의 스승이자 유일한 후원자인 완당이 불행한 사태를 겪었다. 윤상도 사건으로 완당이 제주도로 유배를 당한 것이었다.

하지만 그는 역시 행운아였다. 1846년(헌종 12년) 해남 우수영의 수사(水使)였던 신관호(申觀浩) 대장이 어영대장이 되어 환조할 때 함께 한양에 와서 당시 영의정이 되어 있는 권돈인의 주선으로 드디어 헌종 임금께 그림을 진상하는 영광을 누리게 되었다.

신관호 대장과 권돈인은 초의와 교분이 두터운 사이임은 물론이었다. 신 대장은 무관이지만 또한 명필이어서 초의의 청으로 대둔사에 많은 금석문을 남기고 있고 권돈인과 초의와는 한양에서 자주 시회를 연 터였으니…….

헌종은 서화 감식의 안목이 높은 임금이었다. 초의와 완당에 의해 길들여진 허소치의 고담한 화격을 극찬하였다.

"그를 들라 하라."

어명이 내려졌다. 허소치에게는 하늘을 찌르는 영광이었다. 그러나 당장은 어전에 입시할 수가 없었다. 당하관 이상의 관직을 지녀야만 하는 궁중의 법도가 있었기 때문이었다.

예나 지금이나 편법은 있는 법. 그때 마침 조정에서는 친임합시(親臨合試, 武科)가 열리고 있었다. 허소치를 거기에 응시케 하여 합격시킨 다음 입시의 법도에 맞추자는 것이었다.

무술이란 쥐뿔만큼도 모르는 한낱 화원이었지만 영의정과 어영대장의 묘책인데 안될 게 뭐겠는가.

말 타는 시험에서는 말 위에 올랐다 내려서는 것으로 합격이요, 활 쏘는 시험에서는 과녁 5보 앞에서 명중하였으니 합격이요, 칼 쓰는 시험에서는 칼집에서 칼을 뽑았다가 다시 칼집에 집어넣는 것으로 합격이었다.

그리하여 허유는 터무니없게도 무관의 자격을 얻어 어전에 입시하였다.

임금이 저만치 보료 위에 앉아 있고 조아려 부복하고 있는 허유 앞으로 내시들이 필연과 옥판선지(玉板宣紙)를 내왔다.

"짐에게 그대의 재주를 보여다오."

"성은이 망극하옵니다."

허소치는 옥판선지를 펴고 잠시 묵념한 다음, 손가락에 듬뿍 먹을 묻혀 요리조리 선을 그어 나갔다. 이른바 지두화(指頭畵)였다.

임금이 기이한 눈으로 화공의 손놀림을 내려다 보았다. 소치는 신명을 다해서 재주를 부렸다. 이마에서 땀방울을 뚝뚝 떨어졌다.

"땀방울을 닦아줘라."

임금이 내시에게 이르니 내시가 조르르 나가서 비단 수건으로 소치의 이마를 도닥거렸다. 옥판선지에 떨어진 땀방울을 묵색의 농담으로 처리하는 재주까지 보여주었다.

그림은 수림에 싸인 한적한 초당의 밤이었다. 토방마루 디딤돌 위에는 사내의 육날 짚신과 아낙네의 빨간 꽃신이 가지런히 놓여 있고, 죽창안 방안은 화촉이 밝은데 집 지키는 삽살개는 뜰 가운데서 시름시름 졸고 있다.

화제에 하였으되 '정이사지(靜而俟之)'라.

허소치가 자리에서 일어나 임금께 절을 올렸다. 내시들이 화폭을 들어 어전으로 옮겼다. 용안에 희색이 만면했다.

"그대가 짐을 매우 즐겁게 하는구려."

"성은이 하해와 같습니다."

이윽고 임금이 승지를 대령시켰다.

"내탕금으로 상금 3백을 주도록 하라."

"분부 거행하겠나이다."

속설에는 헌종 임금이 허소치의 손을 잡았다 하고, 또 허소치
는 그 손을 평생토록 비단으로 감았다 하지만 그건 과장이다.
　그후 허소치는 헌종의 배려로 네 번이나 입시를 하였으니 섬나
라 화공의 신분으로는 과분할 만큼 성은을 입었다 하겠다.
　그리하여 허소치의 명성은 장안에 쫙 퍼져버렸다. 그때의 정상
을 신자하(申紫霞)는 다음과 같이 말하고 있다.

　　허소치는 아름다운 선비로다. 그의 그림은 날로 발전하여 공
　　재의 틀을 벗어나 이제 차츰 황대치의 경지에 이르고 있도다.

　뿐인가, 허소치를 음으로 양으로 인도했던 권돈인은 다음과 같
이 극찬하고 있다.

　　소치는 그림의 왕이니라. 사람들은 그가 어떤 인물인지도 모
　　르면서 소치, 소치하며 떠드는도다.

　예술은 시대적 사회적 산물이며 연원과 맥으로 이어진다 함은
고금의 원리이다.
　허소치가 타고난 재질에 초의와 완당의 훈도, 그리고 권돈인 ·
신관호 등의 후의에 힘입어 명성을 날리게 되었음은 물론이다.
　그러나 그는 한양에서의 영광과 동시에 제2의 스승인 완당의
불운 때문에 속을 태워야 했다.
　그러니까 이 이야기는 허소치가 헌종께 그림을 바치기 전 완당

의 제주 유배 때인 1840년(헌종 6년)으로 소급하게 된다.

초의가 거처하는 일지암은 흔히 산 속에서 볼 수 있는 암자와는 그 구조와 모양이 달랐다. 우선 외관으로 보아 무척 초라했다. 민가의 초당과 별로 다를 게 없었다. 주춧돌은 산에 아무데나 굴러다니는 잡석이요, 기둥은 다섯 치도 못되는 도리목이었다. 기둥 위에 평방이나 주두를 얹은 것도 아니요, 흔한 장여를 끼지도 않고 길이 아홉 자의 외목도리를 덜렁 뉘어놓았다.

서까래는 차양을 않기 위해선지 넉 자 가량 빼었는데 연목이나 부연도 없이 꼬불꼬불한 평고대만 붙여서 막새와를 받치고 있었다. 추녀는 반듯하게 뻗었을 뿐, 자아올린 것도 아니며 더구나 포를 얹게도 되어 있지 않았다. 지붕은 오량으로 꾸몄으나 박공을 차리지 않고 두부모처럼 끊어버린 볏짚인데 톡 불거진 중도리와 종도리 끝은 합장을 덮지 않아서 벌레집이 되어 버렸다.

이러한 초라한 집에 어울리지 않게 기와는 한 자 네 치나 되는 토기를 얹었는데 긴 세월 손을 보지 않아서 기와등이 꼬불꼬불하고 새파란 이끼가 온 지붕을 덮고 있었다.

그래도 용마루는 연화문을 새긴 오짓물을 입혀 구운 옹동이 꼴인데 하나는 동쪽으로, 하나는 서쪽으로 비스듬히 기울었다.

이 일지암이 흔히 암자와 다르다 함은 인법당이어야 할 방이 다실로 꾸며졌다는 점이었다.

더욱 기이한 것은 이 다실의 꾸밈새가 절간의 선방에서 말하는, 이를테면 달마상이 걸렸거나 향로와 촛대가 놓인, 절 냄새가 나는 그런 구조가 아니라 방안에서 세살창만 열면 숲과 바위와 안개가 방안으로 성큼 들어앉는, 그리고 유당 김노경이 마셔보고 나서 제호보다도 더 맛이 좋다고 했던 유천이 짚신 한 짝만 걸치면 다수를 펴 올릴 수 있는, 그러면서도 그런 것들이 인위적인 꾸밈새가 전혀 드러나지 않은 데에 있다.

그러니까 초의의 방은 토굴에 지나지 않지만 선방의 유원하고도 적막한 분위기에, 선비네 사랑의 청아한 감각을 곁들였다.

초의는 지금 그 다실 툇마루 끝에 앉아서 찻종을 들고 멀리 황금색으로 물들어가는 가섭봉(迦葉峰: 대둔시의 제2봉)을 바라보고 있다. 가섭봉은 그 생김새가 가섭존자를 닮았기로 그걸 바라보고 있노라면 마치 가섭존자를 대하는 듯하였는데 오늘따라 그런 즐거움은 간 데 없고 괜히 안절부절이었다.

하기사 간밤의 꿈이 몹시 뒤숭숭했던 까닭인지도 모를 일이었다. 손에 든 찻종에서 작설이 가늘게 김을 올리고 있는데 그걸 한 모금 마셔도 오늘따라 쓰기만 했다.

초의는 고개를 돌려 벽에 걸린 현판을 바라보았다. 그 일로향실(一爐香室)은 지난해 완당이 허소치 편에 보낸 것이었다.

'잡것! 죽지나 않았는지.'

김홍근(金弘根)이 지난날의 윤상도 사건을 다시 들추어 그 부자가 능지처참 당했고 그 사건이 또 뒤집혀 이번에는 완당이 연루자로 지목되어 나포되었다는 소식이었는데 들리는 말로는 극형을 면치 못할 거라 하니…….

움푹 패인 초의의 눈에 이슬이 고였다. 그때 상좌 도범이 살며시 인기척을 했다.

"스님."

초의가 고개를 돌렸다.

"아까 쾌년각에서 전갈이 있었습니다."

"그래서?"

"완당 선생께서 제주도로 가시게 되었답니다."

"뭐?"

벼락이 떨어졌다.

"지난 3월에 결판이 났는데……."

"유찬이라든?"

"그렇습니다. 오늘 관머리(關頭浦)에 도착하셨다가 배를 타신다 하더이다."

"그런디 왜 이제 전하느냐?"

"스님께서 삼매에 드셨기에 이제나 저제나 하다가……."

"삼매고 지랄이고, 어서 내 행장부터 꾸려!"

"네, 하오나 점심공양이나 드시고 행차하실 것을……."

"잔말 말고 어서 거기 주령부터 이리 줘."

초의는 벌써 털맹이를 끌고 뜰 아래 내려섰다. 도범이 바랑과 지팡이를 집어주자 그걸 두 손에 나눠 쥐고 산길을 내달았다.

일지암에서 남암(南庵) 쪽으로 조금 내려오면 개천가에 물방앗간이 있었다. 절의 도반 2백여 명의 식량을 찧는 곳이었다. 거기서 일을 하던 행자들이 굴러내리듯 헐레벌떡 달려오는 초의를 바라보고 웬일이냐 싶어서 숨을 죽였다. 보다못해 한 행자가 뛰쳐나가서 합장하고 그의 손을 잡았다.

"노장님, 무슨 급한 일인지 모르오나 그렇게 달리시다가 이쪽 벼랑에 넘어지시면 큰일납니다. 소승의 손을 잡으십시오."

그러나 그는 막무가내였다.

"이놈아, 이 손 놔! 바쁘다."

행자의 손을 뿌리치고 초의는 또 달렸다. 그가 해남 화산(花山)의 관머리까지 가자면 지름길로 40리를 걸어야 했다. 그런데 그가 관머리 객사에 당도한 것은 점심 때가 조금 지나서였다. 그러니까 그는 40리를 한 식경에 달려온 것이있다.

제주는 물론 중국과의 유일한 항로의 항구인 그곳 관머리는 백여 칸의 객사와 십여 칸의 마굿간, 그리고 곳집 주막들이 있었다. 초의는 곧장 객사 마당으로 들어갔다. 말과 가마와 그리고 그걸 다루는 마부와 교군과 챗군과 이속들이 서성거리고 있었다. 한양에서 온 패거리임이 분명했다.

초의가 그들을 헤치고 뜰 아래 이르자 세살문을 열어제치고 버선발로 내려서서 조아리는 두 청년이 한꺼번에 외쳤다.

"스님, 어서 오십시오!"

우선(藕船) 이상적(李尙迪)과 허소치였다.

책 · 필묵 · 벼루가 벗

"자네들이 와 있을 줄 알았어."

완당이 살며시 고개를 내밀었다.

"수척했구나! 그 피둥피둥한 살갗은 어디다 버리고 저리 땟국
이 줄줄 흐르는가. 샛별 같던 안총은 왜 저리 힘이 빠졌을까."

초의가 물끄러미 완당의 몰골을 바라보노라니, 완당이 지레 어
색해서 입을 열었다.

"왜 그러고 서 있어? 올라오지 못하고……."

초의가 허소치의 부축으로 방안에 들어섰다. 완당과 초의가 덥
석 손을 잡았다.

"다치지는 않았어?"

"……음, 괜찮아."

"……도대체 이게 무슨 짓들이여?"

"뭐가?"

"나라를 다스린다는 작자들의 작태하고는 나 원!"

"……뭐 다 아는 일 아녀?"

'다 아는 일? 그래 다 아는 일이지. 이씨 조선 4백 년 치부의 한

토막일 뿐이지. 그들의 무정견한 횡포의 일부분이지. 참 우스운 사람들이야. 정권을 잡기 위해서는 자기네 혈육도 죽이는 사람들이니까. 뿐인가, 뜻이 다르다고 상대방을 몰아붙여 3족을 몰살하고, 정권 연장을 위해서는 충신들도 마구 죽였으니까. 집권자는 언필칭 왕명으로 처리하면 그만. 도대체 최고 통치자인 임금은 뭘하는 사람이야, 바른말 하는 선비들을 이토록 능멸하기 일쑤니. 탄지의 속세에 살려고 영겁의 안식을 망치다니! 가엾어라, 나무 관세음보살…….'

해변에서 불어 닥치는 폭풍이 세살문을 뒤흔들었다.

"날씨가 사나워서 며칠 묵겠구만."

"……절에 간 색시지. 가자면 가는 거고 있으라면 있을 거고. 죄인은 유구무언일세."

"죄인이라니 무슨 죄졌어?"

"……그 사람 참."

"지레 죄인이라고 움츠리누만."

"……장가(초의)는 법계에서 놀고, 이 김가(완당)는 사바의 중생 아닌가."

"너무 무기력혀."

"……글쎄."

완당이 한숨을 내뿜었다. 그때 이상적이 두 사람의 말을 가로막았다.

"언성을 낮추십시오. 압송 온 관원들이 듣습니다."

"나무 관세음보살!"

"탐라국으로 떠나면서 대둔사의 중녀석을 못 보면 어쩌나 했었는데 이제 만났으니 여한은 없어. 내가 거기서 죽었다는 소문이 들리거들랑 염불이나 하라구."

"쯧쯧, 주제에 좋은 곳으로는 가고 싶나벼."

이렇듯 그들은 형극의 노변에서도 농을 주고받는 사이였다.

완당과 초의가 처음 만난 것은, 1815년(순조 15) 초의가 처음으로 한양에 들른 때라고도 하고, 혹은 1824년(순조 24)이라고도 하며(초의가 쓴 완당 제문의 기록), 더러는 1835년(헌종 1) 허소치가 초의에게 사사한 해라고도 하지만 모두 확실하지는 않다. 만남의 길고 짧음은 고사하고 그들의 우정의 깊이는 무한량이었다.

그때의 풍조로 따진다면, 완당은 당대의 으뜸가는 권문세가이고 초의는 가뜩이나 천대받던 승려였지만 그들은 만나자마자 그런 장벽을 전연 의식 않은 채 의기투합하였다.

청조 문화를 우리의 것으로 저작(咀嚼)하고 실학사상을 구현하려는 깐깐한 천재와 불문에 귀의하여 시문·서화·다도에 일가견을 세운 도승이 서로의 정신적인 내면을 살찌우기 위하여 결합한 것이었다.

진리를 탐구하고 예술적인 멋과 맛을 터득한 그들에게 출신계급이나 종교나 지위 따위는 문제될 것이 아니었다. 오직 그들에게 존재하는 것은 인간 본연의 순수뿐, 군더더기나 찌꺼기 같은 것은 전혀 섞이지 않았다. 그러기에 완당이 정처없는 죽음의 길을 가면서 외우 초의를 만나고자 했던 것은 결코 흔한 감상이 아니었던 것이다.

완당은 해남 관머리에서 초의와 함께 사흘을 머문 후 배를 탔다. 수행은 아들 상우(商佑)와 종 두 사람과 금오랑(金吾郎:죄인을 압송하는 관리)이었고, 초의와 이상적과 허소치는 포구에서 작별했다. 바다는 폭풍의 여파가 밀어닥쳐 아직도 몹시 출렁거렸으나 너무 지체할 수 없다는 금오랑의 성화로 떠나는 것이었다.

하늘을 찌를 듯 그 권세가 조정 안팎으로 당당했고 한때 병조참판·호조참판·성균관 대사성을 지낸 지체였지만, 죄인의 낙인이 찍힌 지금에는 종 6품의 한낱 말단 관원의 명령에 순종해야 하는 팔자가 되어버렸다.

사공들을 지휘하는 도사공의 호령으로 밧줄이 걷히고 배가 요동을 치면서 떠나려 하자 뱃전에 기대어 섰던 완당이 오열하는 초의를 향해 읊조렸다.

초의야 잘 있거라
다음해 이때쯤
이 떠돌이가 다시 오거들랑
너, 나 모른다 하지나 말라

好在靑山草
明年又此時
放曠人重到
莫云爾不知

초의가 엉성한 뼈마디의 손을 저으며 소리질렀다.

"으이 으이, 내 어찌 그대를 잊으랴! 그대 하늘 끝 가거라!"

관머리를 떠난 배가 삼마도(三馬島)·어불도(於佛島)·갈머리(葛頭)를 지나 소안도(所安島)·보길도(甫吉島)를 빠져 나오자 망망대해가 펼쳐지는데 산더미 같은 파도가 일어 키와 돛대가 제멋대로 놀아나서 방향을 잡을 수가 없었다.

거센 물결이 뱃전을 후려치면 배 위로 폭포수가 쏟아져 이력을 쌓은 사공들도 멍에를 붙잡고 부들부들 떨기만 했다. 그래도 도사공만은 고물에 앉아서 안간힘으로 키를 붙들고 있는데 배라고는 처음 타보는 완당은 처음부터 이물에 앉아서 무어라 흥얼거리면서 수평선을 바라보고 있는 것이었다. 도사공이 창막이를 열고 안으로 들어가라고 외쳤으나 끄덕도 하지 않았다.

파도가 세다 해도 제바람 만난 돛단배의 속력은 쏜살 같은 것이었다. 그럭저럭 배가 추자도(楸子島)까지 왔는데 사공들이 더는 못 가겠다고 배를 포구에 대려 했다. 그때 이물에 버티고 앉았던 완당이 벽력 같은 소리를 질렀다.

"돛을 올리지 못할까!"

제주 목사가 사공의 담뱃대에 불을 붙여준다는 말이 있다. 뭍에서는 불호령을 내릴 수 있어도 일단 배에 오르면 고분고분 사공의 지시에 따라야 한다는 얘기이다. 그런데 완당은 그게 아니었다. 오히려 큰소리를 쳤다. 더구나 유배를 당하는 죄인의 처지에서…….

완당의 위엄에 질렸음인지 도사공이 키를 돌렸다.

추자도부터 제주까지의 뱃길은 잔잔한 날씨에도 한바탕 고역을 치러야 건너는 바다인데 그 폭풍을 만났으니 오죽하랴. 배의 상활과 용두가 파도에 닿을 지경으로 이리저리 기울며 할대가 서너 개 부러졌는데 폭풍을 가득 안은, 돛을 지탱하는 마룻줄과 용총줄이 끊어질 듯 윙윙 소리를 내질렀다.

사공들은 넋을 잃고 창막이 안으로 들어가버렸고, 배 위에는 키를 잡은 도사공뿐인데 그도 제정신이 아닌 듯 그냥 웅크리고 있을 따름이었다. 이물에 앉았던 완당이 고물로 옮겨 와서 도사공과 나란히 앉았다.

"이 바다는 항상 이렇게 험한가?"

"그렇소. 하지만 오늘은 유난히 극성입니다."

"지금 이 배가 어느 방향으로 가고 있는가?"

"파도가 앞을 가려서 나도 모르겠소."

"키는 왜 잡고 있는가?"

"이 키마저 놔버리면 배는 당장 뒤집혀요."

"하지만 방향은 잡아야 하지 않는가?"

"나 지금, 그런 정신 없다니까요."

완당이 품에서 쇠(지남철)를 꺼내어 방향을 맞춘 다음 다시 도사공을 다그쳤다.

"제주는 병방이 맞는가?"

"그렇소."

"……하면, 키를 왼쪽으로 틀라."

도사공이 완당의 지시대로 키를 잡았다. 배는 날듯이 파도 위를 치달았다. 그건 참으로 신기한 일이었다.

아침에 해남 관머리를 출항한 배가 제주에 닿은 것은 저녁 때였다. 제주 사람들은 날아왔느냐고 혀를 내둘렀다.

유배당한 죄인이 적소에 도착하면 다시 그 고을 원의 지시에 따라야 한다. 제주 산지골(禾北鎭)에 상륙한 완당은 거기서 남쪽으로 80리를 걸어야 하는 대정(大靜)으로 적소가 정해져 있었다.

지금의 제주도 남제주군 대정읍 안성마을.

조선조의 영물 완당 김정희가 적거했던 옛집은 흔적도 없고 그 자리는 텃밭이 되어 가을 곡식이 수북이 자라 있었다.

제주시에서 서쪽 일주도로를 따라 선현의 유적지를 찾아가는 길목 여기저기에는 남국의 협죽도가 흐드러지게 피어 있었다. 제주시를 출발하기 직전, 한줄기 소나기가 지나더니 한라산으로 이어지는 넓은 초원은 온통 진초록 원색으로 빛나고 있었다.

6·25전란 때 신병 훈련소로 귀에 익은 모슬포(摹瑟浦)를 지나 서귀포 쪽으로 약 10리, 옛날 대정현 소재지로 번성했던 안성마을은 이제 조그마한 한촌으로 남겨져 있었다. 다만 마을 어귀의 아름드리 노목들과 마을 뒤를 둘러친 성벽만이 이 마을의 옛날을 말해주었다. 조선조 태종 무술년에 축조됐다는 둘레 약 1.5km의 성곽이 그대로 보전되어 있어서 대정현 4백 년의 역사를 지키고 있는 듯하다.

그해 9월 27일, 제주에 배를 대어 10월 1일 유배지 대정현에 도착한 완당은 처음 안성마을 송계순(宋啓純)의 집에 머물렀다. 그의 9년 간의 유배 생활이 시작된 것이다. 그의 적소에는 규정에 따라 가시 울타리가 둘러쳐졌다.

완당은 그가 거처할 송계순의 집 사랑채로 들어가기 전에 그를 따라온 아들 상우에게 일렀다.

"여기서 작별하자."

상우는 갑작스런 아버지의 분부에 넋을 잃었다.

"……."

"네가 여기서 하룻밤 묵는다 해서 뭐가 달라지는 것도 아니며, 가시 울타리에 갇힌 내 심사가 편할 수도 없을 것이다. 뒤도 돌아보지 말고 곧바로 제주로 가거라. 그리고 다음 배를 타거라."

상우가 통곡했다. 완당 역시 참을 도리가 없어서 눈시울이 아물거리는데, 기를 쓰고 소리 질렀다. 마치 자신에게 타이르듯.

"선비의 자세를 흐트려서는 안 되느니!"

추상 같은 외침이었다. 처절한 절규였다. 기약없는 까마득한 앞날에의 경구(警句)였다. 밀어닥치는 운명에의 도전이었다.

상우가 그러한 아비의 결연한 심사를 모를 리 있겠는가. 그도 또한 대번에 마음을 돌렸다. 그는 절을 올리고 오던 길을 되돌아갔다.

이 광경을 지켜보던 관원이나 구경 나왔던 마을 사람들이 모두 눈시울을 적시는데, 완당은 세상 모든 것과 인연을 끊으려는 듯 구들방으로 들어가 문을 닫고 머리를 벽에 기대고 앉아서 눈을 감아버렸다. 겹친 피로가 몰려오지만 잠이 오기는커녕 이런저런 상념으로 정신은 더욱 맑아진다.

'나는 누구인가? 내가 왜 여기 와 있는가? 왜? 왜?

조선조는 주자의 성리학을 이상으로 하는 정치 형태를 구현하고자 전심전력을 기울인 결과, 정권을 잡은 후 1백 50년이 지나자 학구적으로 혹은 제도적으로 크게 발전을 하였으나 학파 간의 대립 또한 심화하였으니 그 하나는 율곡 이이를 따르는 서인이요, 다른 하나는 퇴계 이황을 따르는 동인이었다. 이 두 학파는 시쳇말로 양당 정치를 실현하는가 싶더니 각기 분열을 거듭하여 동인 측은 남인계와 북인계로, 서인 측은 노론과 소론으로 갈리게 되었다. 그리하여 이른바 사색 정치의 혼돈 상태가 거듭되면서 성리학의 기본 정신인 의리와 명분이 땅에 떨어지고 점차 공리주의가 노골화되기 시작했다.

한편 인조반정 이래로 왕실과 사림과의 거듭된 혼인으로 몇몇 대표적인 가문이 훈척화(勳戚化)하여 끝내는 족벌주의를 탄생시키게 되었다.

이에 식자들 간에는 반성과 비판의 소리가 높아가기 시작하였으니 이것이 이른바 실학운동인데, 이들은 청나라에 새로 대두한 고증학을 수입하여 개혁을 시도하기에 이르렀다. 이들이 바로 북학파인데, 국정의 쇄신을 갈구하던 정조의 후원으로 차츰 성장하게 되었다.

이와 같은 시대에 완당 김정희는 훈척 가문의 하나인 경주 김문에서 태어났다. 그의 집안은 7대조 홍욱(弘郁)이 황해도 관찰사로 있을 때 강빈옥사(姜嬪獄事)에 바른말로 상소하다가 장살된 사건으로 인하여 명신이 되었고, 이어 훈척 가문으로 등장하는데, 그의 고조 홍경(興慶)이 영의정을 지냈고, 증조 한신(漢藎)

은 영조의 장녀 화순옹주(和順翁主)에 상하여 월성위(月城尉)에 피봉되었으며, 그의 조부와 10촌 형제간인 정순왕후(貞順王后)가 영조의 계비가 됨으로써 그의 집안은 중복된 종척이 되었다.

완당은 이조판서 노경의 장남으로 태어나 백부인 예조참판 노영(魯永)에게로 출계하여 위의 월성위의 봉사손이 되었다. 그가 24세에 생원시에 급제하고 34세에 문과에 급제하자 순조는 사악(賜樂)을 내려 월성위 내외묘(內外廟)에 제사를 드리게 하는 성의를 보일 정도였으니 그의 집안이 왕실지친으로 얼마만큼 권위를 누리었던가를 짐작할 수 있다.

그런데 그의 동종인 정순왕후의 집안은 시벽의 싸움에서 벽파 중심으로 진퇴를 거듭하다가 정순왕후의 오라비이며 벽파의 수장인 귀주(龜柱)가 배소에서 죽고 일시 침체하였으나 순조 초에 정순왕후가 수렴청정을 하게 되니 다시 세도를 잡았던 것이었다.

그러나 정순왕후가 죽자 순조의 처가이며 시파의 중심이던 안동 김문에 의하여 정순왕후의 집안은 모두 처절한 숙청을 당했다.

이러한 와중에서 완당 집안은 비록 정순왕후의 친정 가문이로되 다툼에 초연하였고, 처족으로 보다는 왕가의 외손으로 더욱 가까웠던 관계로 직접적인 피해는 입지 않았다.

그러나 익종의 대리청정을 계기로 익종의 처가인 풍양 조문이 세도를 잡고 이에 완당의 집안이 가깝게 된 것이 빌미가 되어 익종 사후에 다시 세도를 잡은 안동 김문의 거센 공격을 받게 되었다.

그래서 완당의 생부 노경이 박종훈(朴宗薰)·신위(申緯) 등을 무고하였다는 윤상도 사건의 배후 조종 혐의와 권신 김로(金鏴)

에게 아부하여 국혼을 방해하였다는 죄목으로 고금도(古今島)에 유배되었다.

그러나 완당의 극진한 직간과 순조의 특별한 배려로 노경이 3년 만에 귀양에서 풀려나 헌종 1년에는 판의금부사로 복직되고 완당도 병조참판을 거쳐 성균관 대사성의 벼슬에 오르는 등 다시 권세를 누리게 되었다.

그런데 순조가 돌아가고 나이 어린 헌종이 즉위하여 순원왕후(純元王后) 김씨가 수렴청정을 하게 되어 안동 김문의 세도가 극에 이르자 풍양 조문의 기선을 제압하는 방책으로 다시 완당 일문을 강타하게 되는데, 대사헌 김홍근(金弘根)이 직접 나서서 10년 전의 윤상도 사건을 재론하여 3년 전에 죽은 노경의 관직을 추탈하고 완당을 죽이려 한 것이었다.

그러나 완당은 동방(同榜)인 우의정 조인영(趙寅永)의 영구(營救)에 의하여 겨우 목숨을 건지고 제주도에 유배온 것이다.

벽에 기댄 채 적소에서의 첫날밤을 지샌 완당은 덮쳐 오는 피곤과 고독으로 몸서리쳤다.

'성의를 다했던 관직은 타의에 의하여 버렸다 하더라도, 이제 우리의 것으로 매듭을 지으려고 버려둔 학문은 어찌하며, 산산조각이 난 종사는 뉘 수습할꼬…….'

치받치는 열기를 토하려는 듯 들창문을 열어제쳤다. 별안간 짙푸른 바다와 드높은 하늘이 그를 맞았다. 맑고 고운 대자연을 여태 미처 몰랐던 것처럼 그도 반겼다. 바다와 하늘에 이끌리듯 마당으로 내려선 그는 방금 동녘에서 바닷물을 붉게 물들이며 치솟는 해돋이와 마주쳤다. 그 찬란한 해돋이를 완당이 언제 보았겠는가. 유달리 감수성이 짙은 그에게 적소에서의 첫인상은 매우 흡족했다. 그는 결코 고독하지 않음을 알았고, 엄청나게 크며 너무나 아름다운 대자연 앞에서 인간은 정말 하잘것 없는 존재임을 깨달았다.

깨우치는 일이란 쉬운 일이 아니지만 앞뒤가 맞아떨어지면 이렇듯 쉬운 것이다. 마당을 서성거리다가 가시 울타리에 발이 걸려도 그게 그리 성가시지도 않았다. 시월의 삭풍도 정다웠다. 새들의 울음소리는 더욱 아름다웠다. 완당도 생기를 얻은 것이다.

완당의 소식은 제주 섬 안에 삽시간에 퍼졌다. 책을 짊어지고 배우러 오는 사람들이 줄을 이었다. 완당은 그들을 낱낱이 인도하고 가르쳤다. 그들의 뒤떨어진 문명과 거친 풍습은 차츰 문채로 변하여 가고, 학문의 당오(堂奧)를 엿보이기에 이르렀다. 그리하여 완당이 깨우쳐준 제자 가운데는 강도휘(姜道渾)·박계첨(朴季詹)·이시형(李時亨)과 같은 수재도 배출되었다.

완당의 적소에 허소치가 찾아왔다. 햇수로 두 해째의 상봉이었다. 그는 엎드려 통곡했다. 완당의 눈시울도 붉게 물들었다.

"자네 나이가 서른 셋이렷다."

"네."

"젊었을 때 부지런히 공부해야……."

"네."

"대둔사 들러 왔나?"

"네, 스님께서 차와 서찰을 주셔서 가지고 왔습니다."

　허소치가 행낭에서 차와 서찰을 꺼내어 완당 앞으로 밀어놓았
다. 차가 담긴 하얀 자기는 뚜껑을 장지와 유지로 덮어서 노끈으
로 가로 세로 꽁꽁 묶었는데, 완당은 그것부터 풀어헤쳤다. 한 줌
집어서 코에 댔다. 난향(蘭香)과 순향(純香)이 뒤엉켰다.
　"역시 초의는 다성(茶聖)이야. 이런 명순(名筍)을 만들어내
니……."
　"금년 곡우에 넉넉히 만들어서 손수 가지고 여기 오신다 하셨
습니다."
　"여기 와야 시주할 것도 없는데 뭣하러 와……."
　완당이 차를 치우고 봉서를 폈다. 거기에는 아무 말이 없고 시
두 편이 보였다.

　　　그대 보내고 고개 돌린 석양의 하늘
　　　마음은 안개 가에 아득히 젖는데
　　　오늘 아침 그 안개따라 봄마저 가고
　　　빈 가지 쓸쓸히 꽃잎 떨구고 잠드네

　　　離來回首夕陽天
　　　思入洗洗烟兩邊
　　　煙雨今朝春倂去
　　　悄然空對落花眠

고향 떠난 지 40년 만에

머리 희어진 줄 모르고 돌아왔네

터가 묻혔으니 집은 어디에 있단 말인가

옛 묘소 이끼 덮혀 발자국마다 수심 어린다

마음이 죽었으니 한은 어디서 일어날꼬

피가 말라 눈물도 흐르지 않네

이 외로운 중은 다시 구름따라 떠나노니

아서라 고향 그립다는 밀조차 부끄럽도다

遠別鄕關四十秋

歸來不覺雪盈頭

新基草沒家安在

古墓苔荒履蹟愁

心死恨從何處起

血乾淚亦不能流

孤筇更欲隨雲去

已矣人生愧首邱

"이 친구 고향에 갔던 게로군."

"선생님과 작별하신 후 허전한 마음을 달래고자 다녀오셨는데,
오히려 더 쓸쓸해 하시더이다."

"사람이 늙으면 고향도 늙는 법이야."

"네."

완당과 소치는 마냥 즐거웠다. 스승과 제자의 사이라지만 처지가 처지이고 보면 말벗으로야 안성맞춤 아니겠는가.

덕분에 허소치는 그림과 글씨와 서지와 금석의 공부가 두드러지게 진전하였다.

하루는 스승의 초상화를 그리고 '완당 선생 해천일입상(阮堂 先生 海天一笠像)'이라 써서 바치니 완당이 크게 기뻐하여 다음과 같이 자제(自題)하였다.

> 담계(翁覃溪: 완당의 스승)는 '옛 경전을 좋아한다' 하였고 운대(阮芸臺: 완당의 스승)는 '남이 말하는 것을 그대로 말하는 것은 좋지 않다' 하였는데, 두 분의 말씀이 내 평생을 모두 나타내었도다. 어찌하여 내가 바다 밖의 삿갓 쓴 한 인간으로 변하여 홀연히 원우(元祐) 때의 죄인이 되었을까.

그 해 6월에 허소치가 그의 중부의 부음을 받고 떠나버리자 완당은 다시 탁탁한 나날을 보내야 했다. 벗이란 오직 책과 필연(筆硯)뿐, 그는 읽고 쓰고, 쓰고 읽기를 낙으로 세월을 채우는데 홀연히 부인 예안(禮安) 이씨(李氏)의 부음으로 몸서리쳤다.

고독과 싸우는 유찬의 나날

부인 예안 이씨의 부음에 넋을 잃은 완당이 끓어오르는 회한과 분노를 삭이고 나서 다시 슬픔에 젖었다.

본인은 부득이 유찬을 당하고 있는 몸이지만, 고향의 집에는 주부가 건재하고 있어서 살림을 꾸려주기에 그나마 집안일은 심려를 덜 수 있었던 것인데, 그 주부마저 세상을 뜨고 말았고 더구나 장례에도 나가지 못하니 남편된 사람의 슬픔이 오죽하겠는가.

이 지경을 당하여 그가 할 수 있는 일이란 자기의 심사를 서찰로 띄우는 도리뿐이었다.

임인년 12월에 부인이 예산의 묘막에서 임종하였다는데 다음 달 15일에야 바다 건너로 부고가 전해졌기에 남편된 김정희는 상복을 갖추고 슬퍼하노라.

살아서 헤어지고 죽음으로 갈라진 처지를 슬퍼하며, 멀리 간 길을 쫓을 수 없음이 뼈에 사무쳐서 몇 줄의 글을 엮어 집으로 보내노라. 이 글이 도착하면 궤전에 의해 영궤에 고할 것이니라.

아아……, 나는 옥에 갇히고 섬으로 귀양왔어도 아직 내 마음

을 흔들리게 한 적은 없었는데, 이제 아내의 죽음에는 가슴이 무
너져서 내 마음을 걷잡을 수 없으니 이 어인 까닭일까.

　대체로 사람마다 죽음이야 있겠지만, 그대만은 아직 죽을 수
없는 처지에서 죽었기에 이토록 슬픈 것이 아닌가. 이 기막힌
원한은 뿜어내면 무지개가 될 것이고 맺히면 우박이 될 것이므
로 능히 공부자의 마음이라도 움직일 수 있을 것이니, 아아……
그래서 이 쓰린 심정은 옥살이보다도 더하고 귀양살이보다도
더 심한가 하노라.

　부인은 30년 동안 효를 다하고 덕을 쌓아서 친척들이 칭찬하
였고 우리와 관계없는 남들까지도 우러러 보지 않은 사람이 없
었도다.

　예전에 우리가 장난으로 말하기를 "만약 부인이 죽으려면,
나보다 먼저는 가지 마오. 그래야 좋은 수도 있을 것이니까" 하
였고, 그 말에 부인은 귀를 틀어막곤 하였는데, 그런데 이 어인
날벼락이란 말인가! 먼저 죽는 일이 그리 시원하단 말인가! 내
가 홀아비되어 이 섬에서 홀로 지내는 꼴을 보는 것이 소원이
었단 말인가! 푸른 바다, 넓은 하늘에 원통한 마음 한없이 사무
치도다.

　중마장이 잡아다가 명부에 호소하리
　다음 세상에는 그대와 내가 바뀌어
　내가 죽고 그대가 천리 밖에 살아남으면
　그대는 그때 비로소 나의 이 슬픔을 짐작하리니

聊將月娥訴冥府
來世夫婦易地爲
我死君生千里外
使君知我此心悲

　살을 에이고 뼈를 깎는 고초가 계속되었다. 그에게는 기후와 음식과 질병에 시달리는 것 못지 않게 고독의 쓰라림과 학문에의 욕구불만이 불타고 있었다. 하지만 어쩌랴. 참고 또 참아야지.

　여기서 우리는 완당 김정희의 가계와 이력에 대하여 좀더 소상하게 알아보아야 하겠다.
　그러기 전에 우선 그의 성장에 크게 영향을 끼친 초정(楚亭) 박제가(朴齊家)의 형편부터 더듬어 보자.
　박초정은 본시 서출이었다.

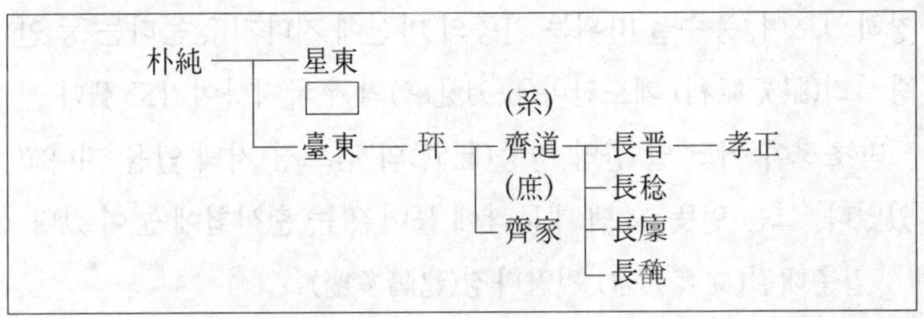

　조선의 서자에 대한 푸대접은 어느 나라에서도 볼 수 없는 가혹, 바로 그것이었다. 또 그 푸대접은 당사자 일대에 끝나는 것이 아니고 대대로 그 누를 입어야 했다.

그러므로 대체로 서출들은 그 푸대접에 항거라도 하듯 비뚤어져 버리거나 아니면 그와는 반대로 그 굴욕을 딛고 일어서서 독특한 자기 세계를 구축하는 두 종류로 나타나기 일쑤였다.

'서출은 대체로 똑똑하다' 하는 것은 그 후자의 경우이다.

박평의 서자로 태어난 박초정은 총명영준(聰明英俊)한 천자와 역경을 뚫는 투철한 의지로 오직 학문에만 열중하여 후에 조선조 영물의 하나로 추앙받는 대학자가 되었다.

그는 박지원(朴趾源)을 스승으로 이덕무(李德懋)·유득태(柳得泰)·이서구(李書九)를 학우로 사귀었고 중국에는(入燕) 세 차례나 다녀왔다.

박초정의 학문은 종래의 형이상학적인 동속(東俗)에 끝나지 않고 건축·동식물·상업·경제·병사·문화정책 등으로 확산되었다. 또 청조 문화를 이해 못하는 동인들을 통박하였고, 관리의 부정 행위는 봉록이 적은 까닭이니 정당한 대우를 해야 한다고 주창하였으며, 풍수설 따위는 일종의 미신에 지나지 않는다는 등 안광서리(眼光犀利) 쾌도난마(快刀亂麻)의 우국지사이기도 했다.

박초정이 어느 날 한양 장동(壯洞)의 김노경 저택 앞을 지나고 있었다. 그는 언뜻 그 댁 대문짝에 붙어 있는 춘서첩에 눈이 갔다.

「입춘대길(立春大吉) 건양다경(建陽多慶)」

'저건 필시 어린아이의 글씨인데……'

어린아이의 글씨로되 법도에 어긋남이 없는 운필하며 대담무쌍한 필치하며 어딘지 소름을 끼치게 하는 필혼에 감탄하였다.

그는 살금살금 다가가서 자상하게 훑어보았다.

‘비상한 아이로고.’

한번 보았다 하면 끝내 규명하고야 마는 성미의 그는 기어코 그 댁 대문을 들어서고 말았다.

“이리 오너라.”

청지기가 나왔다.

“안에 대감 계시는가?”

“뉘 댁이십니까?”

“난 박제가란 사람일세.”

“안에 가서 여쭙고 나오겠습니다.”

이윽고 박초정은 당시 호조판서인 김노경의 사랑에 안내되었다. 그들은 구면이었다.

“초정께서 어인 행차시오?”

“지나가다 댁의 대문짝에 붙어 있는 춘서첩을 보고 그 글씨가 하도 기이하여 홀연히 들렀습니다.”

“그건 저의 큰아이가 쓴 것입니다.”

“몇 살입니까?”

“다섯입니다.”

“제가 그 아드님을 한번 만났으면 합니다만.”

“그러지요.”

그리하여 세기의 영물 박초정과 천재아 김정희가 초대면을 하게 되었다. 아직은 코흘리개에 지나지 않았지만 빛나는 눈동자하며 천의무봉의 언행하며, 하나 하면 열 하는 총명을 지닌 다섯 살의 김정희를 보고서 박초정은 제2의 자기 자신을 보는 듯하였다.

"유당께서는 영민한 아드님을 두셨습니다."

"과찬이십니다."

"제가 이 아이의 학문을 돕고 싶습니다만."

그리하여 김정희는 춘서첩의 인연으로 뜻하지 않게 초정 박제가를 스승으로 받들게 되었다. 초특급의 교수와 명문가의 천재가 만난 것이었다.

한편 김노경은 김정희의 생부였다. 김정희는 큰댁 김노영의 양자가 되어 계사(繼嗣)하였다.

김흥경(金興慶)은 영의정. 그의 아들 한신(漢藎)은 13세 때 영조의 제2녀 화순옹주에 상(尙)하여 부마가 되었으며 이어 월성위에 봉하였다.

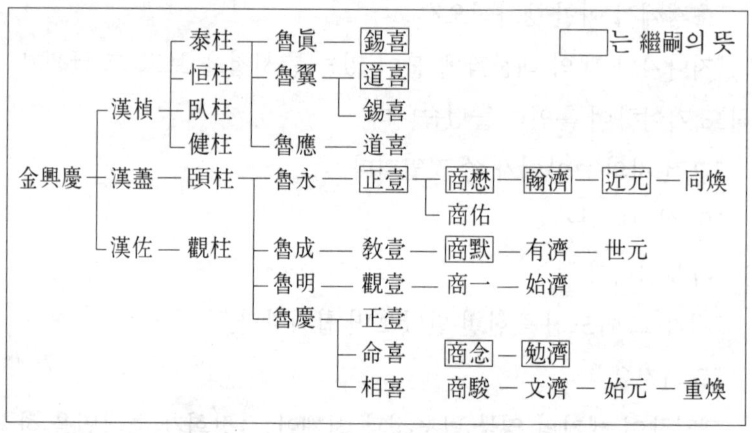

한신은 어려서부터 영특하였고 학문에 힘써 오다가 부마가 된 후로는 영화를 누리기는커녕 오히려 언행이 공근엄정(恭謹嚴正)하여 한낱 선비와 다를 바가 없었는데 일찍이 세상을 뜨고 말았다.

그의 부인 화순옹주 또한 인효정숙(仁孝貞淑)하더니 남편을 여의고는 십여 일을 한 방울의 물, 한 숟가락의 밥도 들지 않고 주야로 통곡하다가 그만 순사하였다.

임금이 그 정절을 가상히 여겨 친필로 정려비석을 세웠으며 후사가 없었으므로 형의 아들 이주로 하여금 대를 잇게 하였다.

김노경은 이주의 넷째 아들로 일찍이 문과에 급제하여 벼슬이 병조판서와 호조판서에 이르렀다. 부인 기계 유씨 사이에서 아들을 셋 두었는데 정희가 그 장남이다.

김정희는 1786년(정종 10년) 6월 3일 충청남도 예산군 신암면 용산월궁에서 태어났다. 그는 어려서부터 아이들과 어울리기를 싫어했으며, 원근의 산을 바라보면서 신담(身膽)을 가꾸는데 힘썼고, 때로 앵무봉에 있는 화엄사를 찾아가서 그곳 스님들과 사귀며 범경(梵經)을 탐독하였다. 그가 장성하여 초세탈진(超世脫塵)의 풍모를 지닌 것은 어려서부터 그런 기질을 길렀던 까닭이다.

소년 김정희는 예산의 향관과 한양 장동의 저택을 오가며 풍요의 나날을 보내다가 나이 12세에 이르러 아주 거주지를 한양으로 정하고 경학과 서도(書道)에 전념하였다.

박초정이 세 번째의 입연(入燕)에서 돌아왔을 때 김정희의 나이는 16세였다. 스승은 제자에게 북경학단과 청조 문화의 이모저모를 흥미진진하게 설명하여 듣는 이로 하여금 미치고 날뛰게 만들었다.

이 대목을, 김정희 연구의 대가인 일본인 후지쓰카(藤塚隣)는 그의 저서 《청조문화동전(清朝文化東傳)의 연구》에서 다음과 같이 말하고 있다.

완당은 조선조 5백 년 이래 전무후무한 영물로서, 특히 청조학에 이르러서는 그 누구도 따를 사람이 없었는데 그를 그렇게 만든 최초의 스승은 박초정 바로 그 사람이었다.

그리하여 김정희는 뜻을 굳혔다.

우리 나라에는 사귈 만한 선비가 없도다. 힘써 중원의 명사들과 교류하여 옛 현인들과 청조학의 탐구를 위해 이 한평생을 바칠진저.

김정희는 애타게 입연의 기회를 노리고 있었다. 하나 박초정은 그 해 1802년(순조 2) 9월에 직간이 화가 되어 종성으로 유배를 당했고, 사족이지만 정약용도 신유사옥으로 강진에 유배되었다.

1809년(순조 9)은 허소치가 출생하고, 김정희가 생원시에 합격한 해이며, 또 그가 동지겸사은정사 판중추 박종래(朴宗來)와 부사 이조판서 김노경과 겸장령 이영순(李永純)을 수행하여 중국 북경으로 떠나는 해이다. 아버지 김노경은 44세, 아들 김정희는 24세였다.

이 대목을 다시 후지쓰카의 저서에서 인용한다.

조선의 기린아 김정희가 연도(燕都 · 北京)에 그 제1보를 딛고

섰을 때 그의 심금을 울린 것은, 의연한 성벽이나 광대 화려한
궁전이나 호화스런 누각 따위가 아니고, 그의 지적 욕구를 채워
줄 석학홍유(碩學鴻儒)들이었다. 흔히 조선의 사인(使人 : 외교
관)들이 유일한 즐거움으로 여겼던 명승지의 관광 같은 것은 그
에게는 일종의 아희에 지나지 않았다.

　그는 먼저 누구부터 만날 것인가 하고 수소문하였다. 스승 박
초정과 유혜풍(柳惠風)이 사귀었던 명사들은 대체로 세상을 떴
거나 향리로 내려가버렸고 기효풍(紀曉風)·나양봉(羅兩峯)·
홍치존(洪稚存)·송지산(宋芝山)·홍추사(洪秋史) 등은 은둔하
여 없고, 손연여(孫淵如)·진중어(陳仲魚)·황효포(黃莉圃) 등
은 남하하였기로 만날 수 없었으나, 다행하게도 북경학단의 거
벽 옹담계(翁覃溪)는 건재하여 있었고 완운대(阮芸臺) 또한 지
방에서 올라와 있었으며 그밖의 철치정(鐵治亭)·이묵장(李墨
莊)·법오문(法梧門)·조옥수(曹玉水) 등이 거기 있었다.

　그들은 모두 스승 박초정으로부터 이미 귀가 닳도록 들어온
명사들이다. 그들과 면호심계(面皓心契)하기를 얼마나 고대했
던가! 김정희가 맨 먼저 만난 사람은 조옥수였다.(中略)

　조옥수는 김정희의 다섯 살 연상인 29세, 이미 초정으로부터
김정희의 됨됨이를 들은 바 있는지라, 그도 또한 해동의 천재와
만나기를 고대하고 있었다.

　이 대목은 남공철(南公轍)이 쓴《금능거사문집》에 기록되어 있다.

조선에 추사 김정희 선생이 있는데 당년 24세라. 그는 일찍이
뜻을 널리 펴 시운으로 말하기를, 널리 사해에서 친구를 얻어 서
로 마음을 주어 깊게 사귀기가 평생 소원이라 하였으니 그의 취
향을 가히 알 수 있도다. 그는 본시 말이 적고 글을 가려 썼으며
시문과 주흥에 능하였으나 조선에는 별로 사귈 인사가 없는지
라, 오직 중원의 명사들을 흠모하더니 이번 동지사은사 편으로
그가 북경에 와서 천하의 명사들과 사귀고 옛 선현들의 본을 받
겠다는 바, 이 아니 가상한가.

김정희와 조옥수는 만나자마자 의기투합하여 혹은 오류거서사
(五柳居書肆)에서, 혹은 법원사(法源寺)를 찾아가서 학문을 논하
고 글을 짓고 세정을 나누었다. 두 사람의 학연은 김정희가 귀국
한 후에도 길게 이어졌음은 물론이었다.

김정희가 조옥수와 교우하는 동안 그곳에서 만난 명사로는 서
성백(徐星伯)·이심암(李心菴)·주야운(朱野雲)·옹성원(翁星
原)·유삼산(劉三山)·주자인(朱子仁) 등이 있지만, 그가 만난
학자들 중에서 평생토록 영향을 준 사람은 옹담계와 완운대의 두
경사였다.

옹담계는 20세에 진사에 급제하여 호북(湖北)의 전시(典試), 광
동(廣東)의 시학(視學)을 시발로 두루 요직을 지낸 대학자로 특
히 경학·서지학·금석학에 뛰어난 78세의 노인이었다. 김정희
는 해가 바뀌어 25세의 청년. 다시 후지쓰카의 입을 빌어본다.

석묵서루(石墨書樓: 옹방강의 서재)에 앉아 있는 담계노사(覃溪老師)는 78세, 해동의 천재 완당은 겨우 25세, 그리고 안내역을 맡은 이심암은 41세였다. 담계는 의연하게 완당을 맞아들였다. 담계는 소동파(蘇東坡)의 화신이라고 하리만치 그를 깊이 사숙하였고 또 용모가 비슷하였으며 특히 이마에 혹이 하나 나 있는 것까지 닮고 있었다. 그는 지독한 근시여서 요(凹)면의 안경을 끼고 있었다. 그가 완당을 유심히 훑어보았다. 단구정한(短軀精悍) 기백종횡(氣魄縱橫)의 청년 완당을 보고 대번에 지난날 만난 박초정을 떠올렸다. 그리고 이야기가 이어지는 동안 홍안 청년의 불타는 향학심과 거침없는 경의한묵(經義翰墨)의 조예에 대하여 경탄을 금할 수 없었다.

'해동에 아직도 이런 영물이 있었다니…….'

그리고 그는 '경술문장(經術文章) 해동제일(海東第一)'의 딱지를 붙여버렸다.

완당 역시 담계의 드높은 학식과 심오한 품격에 감격했음은 물론이다. 담계는 자신의 노(老)를 버렸고 완당은 소(少)를 버려 심심상계(心心相契)하였으니, 안내역을 맡았던 이심암의 눈에는 마치 '물과 고기가 노는 것 같았다' 하였다.(中略)

옹방강은 본시 성미가 깐깐하여 함부로 자기 집에 사람을 들이지 않았으며 더구나 그의 서실에는 아무도 안내한 바가 없었다 한다. 그의 아들 수배(樹培)와 수곤(樹崑)이 겨우 드나들 뿐이었다. 그런데 그가 낯선 이국 청년 완당에게는 홀연히 개방하여 고

금의 서지·서화·금석을 아낌없이 보여주면서 소상하게 설명하
곤 했다. 시쳇말로 마음이 맞으면 천하도 반분한다 했다던가!
　김정희가 담계의 서재에서 감상한 희귀한 명품 중에서 내내 몽
매에도 잊을 수 없었던 것은 다음과 같은 것이었다 한다.

　　　宋拓化度寺故僧邕禪師舍利塔銘
　　　東坡眞蹟天際鳥雲帖
　　　宋憖注東坡先生詩殘本
　　　蘇東坡像(李籠眠畵·趙子固畵·唐寅畵)
　　　唐刻本孔子廟堂碑
　　　陸放翁書詩境刻石拓本

　담계는 지독한 근시였지만 본래가 자상한 성미의 버릇으로, 정
월이면 깨에 ‘천하태평’ 넉 자를 써서 이웃에게 돌리곤 했다는
데, 완당이 찾았을 때도 마침 정월인지라 그가 그걸 완당에게 보
이니 완당 또한 감탄하였다.
　담계는 두 부인 사이에서 7남 6녀의 자식을 얻었다. 김정희가
갔을 때는 아들 수배와 수곤과 막내딸 수관(樹寬)만 남아 있고,
모두 요절했거나 시집가고 없었다.
　김정희는 수배·수곤과도 친교를 맺었으며 수관과도 친했다.
수배는 47세의 장년이었으나 수곤은 김정희와 동갑인 25세였고,
수관은 방년 22세의 처녀였다.
　북경 보안사가(保安寺街)에 있었던 담계의 집은 사저이기는 하

지만 그 전모가 웬만한 궁성 같았고 그의 서재 · 석묵서루는 요즘의 대학 도서관 정도였다.

김정희는 북경에 머문 약 반 년 동안 그곳을 수십 차례 드나들었다.

수배(옹방강의 4남, 宜泉)는 일찍이 진사에 급제하여 한림원검토가 되었고, 이어 아버지 대신 봉천(奉天)의 문삭각(文溯閣)에서 사고전서(四庫全書)를 복교(覆校)하는 등 충실하게 가학을 이었으며, 특히 전법(錢法)과 도폐화포(刀幣貨布) 감식의 대가로써, 때로 김정희에게 옛 돈 수만 전을 펴 보이며 서로 즐겼었다.

수곤(옹방강의 6남, 星原 또는 紅豆山人)은 천성이 총명하였고 글과 글씨에 능했으며 금석에 탐닉하여 석묵서루의 소장품으로 만족하지 않고 박방광구(博訪廣求)하기를 일삼는 호학가였다. 하는 짓이 자기를 닮았으므로 담계가 총애하던 중에, 자기와 동년생인 김정희를 만나자 단번에 백년지기가 되어 서로 가슴을 열었다.

그는 본시 호가 성원(星原)이었는데 그는 '성' 자와 완당의 또 하나의 호인 추사의 '추' 자를 따서 성추(星秋)로 호를 바꿔버릴 정도로 김정희를 좋아했었다.

그는 또 후에 완당의 소개로 알게 된 신자하(申紫霞)와 유정벽(柳貞碧)의 '하' 자와 '벽' 자를 따서 성추하벽지재(星秋霞碧之齊)라는 호를 쓰기도 하는 등 조선의 명사들과 친교를 두텁게 하였으며, 완당과 해남 대눈사의 초의에게 (면식은 없었고 완당의 소개로 서신만 내왕하였음) 간청하여 조선의 금석 수집에 열을 올리기도 하였다.

그때 조선에서 수곤에게 보낸 탁본은 그의 아버지 담계가 고증한 후 서루에 간직되었다.

성추 옹수곤이 초의에게 보낸 서찰은 지금도 대흥사의 응송(應松) 스님이 간직하고 있다.

해남의 대둔사는 동방 제일의 선원이라 2천년 전부터 내려오는 고적이 비문판서 서적으로 남아 있을 것입니다. 그곳 수룡 · 기어 두 스님(초의의 제자)으로 하여금 그걸 탁본하여 보내주시면 내가 깨치는 데 큰 도움이 될 것입니다.

그리하여 대둔사의 초의 장의순 스님이 절에서 소장하고 있는 연담(蓮潭) 선사의 경전 목판 탁본과 함께 다음의 것들을 탁본 또는 필사하여 김정희의 제자 우선 이상적 편에 북경으로 보내었다.

跋平百濟碑

跋新羅藏寺碑殘本

跋新羅雙谿寺碑

跋高麗靈通寺大覺國師碑

跋高麗重脩文殊院記

이것은 청나라와 조선조 두 나라 문화 교류의 한 단면이라 할 수 있겠다.

천의무봉의 귀여운 천재

옹수관은 방년 22세의 처녀로 옹방강의 여섯째 딸이었다. 완당이 중원의 북경에 머문 4개월 동안 수많은 명사들과 만났지만 그 중에서 가장 깊게 사귄 사람은 스승격인 옹방강·완운대 두 경사, 그리고 옹방강의 딸 옹수관이었는데 옹수관은 그곳에서 만난 유일한 여성이었다.

자고로 큰 인물은 큰 일에 대범하면서 잔잔한 일에 정을 주는 법이다. 옹방강은 세모를 객지에서 보내는 완당을 위로하고자 정월 초사흘에 연회를 베풀었다.

궁궐과 같은 대저택과 대학 도서관을 방불케 한 서루(書樓)에 그들의 직계 가족은 위의 세 사람뿐이었다.

완당이 주빈임은 물론 이심암·철치정·조옥수 등도 초대되었다. 대청제국을 대표하는 대학자답게 그날의 연회는 호화의 극치였다.

악공들이 연주하는 이른바 삼현육각의 주악이 은은하게 울려 퍼지는 대청에 단구성한 기백종횡 당년 25세의 완당이 들어섰다.

방안은 붉은색·노랑색·황금색의 갖가지 장식물과 주인의 취향을 짐작케 하는 고서화로 치장되었고 그 대청의 중앙에 사방 12자의 원탁이 덩실하게 놓여 있는데 주인과 그의 두 아들이 안 쪽에, 완당은 맞은편에, 그리고 그 곁에 자리를 하나 비워두었고, 이쪽저쪽 건너편에 이가·철가·조가가 앉게 되었다.

원탁 위에는 각자의 몫으로 크고 작은 접시와 술잔과 수저가 놓여 있고, 군데군데 양념통이 놓여 있을 뿐, 아직 음식은 나오지 않았다.

손들이 자리에 앉자 곧 차가 나왔다. 산해진미를 대접할 것인 즉 우선 입안을 가시라는 것일 게다. 주인이 차를 한 모금 마시고 나서 입을 열었다.

"경의한묵 해동제일의 완당 김정희 선생을 충심으로 환영합니다. 그리고 이 자리에 나와주신 세 분께 감사합니다. 새해 복 많이 받으십시오. 우선 이 차로 입을 축이십시오. 승설(勝雪)입니다."

찻잔은 월주요(越州窯)의 청자였고 차는 과연 말로만 듣던 승설이었다. 향내가 진동했고 그 맛은 실로 소락(醯酪)과 같았다. 완당이 한 마디 아니할 수 없었다.

"만찬에 초대해 주셔서 고맙습니다. 그리고 이런 명순을 먹여 주시니 더욱 즐겁습니다."

이가·철가·조가도 한 마디씩 사례를 했다. 이윽고 하인들이 음식을 내왔다. 맨 처음 나온 요리는 잉어찜으로 각자 한 마리씩 이었다. 기다란 젓가락을 집어들고 한 점 집어 입에 넣어보았다. 비린내 흙내는 고사하고 혀끝에서 사르르 녹았다.

하인들이 돌아가며 술잔을 내밀었다. 한 홉 가량의 큰 잔에 고량주가 남실남실했다. '술을 드세요' '많이 잡수세요' 라는 수다를 떨지 않았다. 먹을 테면 먹고 말 테면 말라는 식이었다. 누구건 술잔에 입을 댔다 하면, 뒤에서 술병을 쳐들고 대기한 하인이 쪼르르 다가가서 다시 가득 채워 놓았다. 완당도 두어 번 마셨다. 목구멍이 짜릿했다. 음악이 조금은 바보스럽게 쉬지 않고 이어졌다.

그때 주인의 뒤편에서 말끔히 성장한 옹수관이 만면에 미소를 띠고 나타났다. 머리와 손에 든 부채에 영롱한 구슬이 줄레줄레 달린 채…….

모두 그쪽으로 눈을 돌렸다. 주인이 말했다.

"내 딸 수관이는 빈자리에 앉으면 어울리겠군!"

"네."

수관이 완당 곁에 자리를 잡았다. 그녀는 아예 음식을 먹을 생각은 않고 부채를 한들한들 놀려 완당 쪽으로 향내가 담긴 바람을 보냈다. 추운 겨울에 무슨 부채질이랴마는, 그렇게 하는 것은 주빈에 대한 극진한 예우인 성싶었다.

완당과 수관은 초면이 아니다. 지난 한 달 동안 부지런히 석묵서루를 들락거리면서 자주 차와 과자를 대접받은 터였으니…….

"음식이 입에 맞아요?"

수관이 완당에게 넌지시 물었다.

완당이 무뚝뚝하게 답했다.

"먹을 만하오."

돼지찜과 돼지구이가 나왔다. 수관이 접시에 완당의 몫을 담아

서 내밀었다. 그 지리지리한 돼지고기가 요리 솜씨에 따라서 이
토록 감칠맛이 날 수도 있을까 싶었다.

오리탕과 오리구이가 나왔다. 잘깃잘깃 씹히는 품이 술맛을 돋
구었고, 따로 곁들인 오리발목구이는 그 맛이 유별났다.

이번에는 튀김요리로 새우와 게가 나왔다. 새우는 사근사근,
게는 보근보근 입안에서 녹는다.

밥으로는 찰밥과 만두가 나왔고 거기에 탕으로 상어지느러미
탕과 두부탕과 대합탕이 곁들어졌다.

수관이 사발에 완당의 몫을 덜어주었다. 어지간히 먹은 터에
국물을 훌훌 마시니 속이 후련했다. 그때쯤에는 주인네 손님네
할 것 없이 모두 취했다.

마지막 입가심인 듯 호도과자와 박산이 나오고, 이어 차가 나
왔다. 그때 주인이 입을 열었다.

"완당공이 상당히 애주하는 듯하오니 후련으로 색다른 술을 권
하고 싶소."

"무슨 술입니까?"

하고 완당이 물었다.

"천일주(千日酒)요."

하고 주인이 답하고는, 하인에게 눈짓하니 그가 주방의 지하실
에서 한 토막의 진흙덩어리를 접시에 얹어서 내왔다.

"수관이 따르도록……"

주인의 말에 수관이 진흙으로 감싼 토막의 어느 부위를 칼로
오리고 거기 꽂힌 꼬투리를 뽑아내어 술잔에 기울이니 향내가 진

동하면서 술이 콸콸 쏟아졌다. 술잔이 완당 앞으로 다가왔다. 그는 형언할 수 없는 청순한 향내에 이끌려 스스로도 모르는 사이 한 모금 마셔보았다. 그건 항간의 술이라기보다는 사람의 오장육부를 건드리는 정염(情炎)이요, 젖줄이요, 불이었다. 그는 조금은 계면쩍은 듯 주인네 3부자를 싸잡아 물었다.

"훌륭합니다. 한데 이 술은 어떻게 만든 것입니까?"

이번에는 수곤이 대답했다.

"고량주로 송순주를 만들어서 3백 일을 재워두었다가 그걸로 다시 화분주를 만들어서 또 3백 일을 재운 후, 푸른 대나무의 양쪽 마디를 살려서 자르고 거기 조그만 구멍을 내어 그 술을 가득 담고 대꼬치로 틀어막은 다음, 진흙을 이겨서 겹겹으로 싼 후 지하실에서 다시 3백 일, 도합 9백 일이 지나면 되는 것입니다. 그러니까 송순과 화분이 죽향과 합성하는 것이지요."

수곤이 그걸 소상하게 설명하는 사이 완당은 그 술을 홀랑 마셔버렸다. 그건 과욕이자 만용이었다. 그리하여 그는 아롱아롱 의식을 잃어버렸다. 주인 옹방강이 저만치서 방실방실 웃고 있었다.

'천의무봉의 귀여운 천재!'

그는 속으로 그렇게 뇌었을 것이다. 그리고 그는 아들들에게 일렀다.

"완당공을 편히 모셔라. 그는 해동의 별이니라. 조선관(북경에 있는 공관)에 계시는 유당공(완당의 아버지)께 완당공이 여기서 쉰다고 전하고……."

완당이 천지분간 못한 채 깊은 잠에서 깨어보니 그곳은 옹방강의 객실이었다. 아뿔싸, 벌떡 일어났지만 이미 실수는 저질러버린 후 아닌가. 어느 새 상냥한 낯빛으로 수관이 다가왔다.

"잠자리가 불편하지는 않았나요?"

'잠자리가 불편하기는커녕 비단 금침에, 공단 잠옷에…… 아니 누가 내 의관을 벗기고 이와 같이 갈아입혔단 말인가? 나 원! 하지만, 선비 체면에 오그라들거야 없잖은가 음!'

"나, 잘 쉬었소."

"하오면 양치질하시고 세수하셔요. 해장탕을 끓여놨어요."

"그럽시다."

완당은 수관이 시키는 대로 양치질하고 세수하고 의관을 갖춘 다음 아침상을 받았다. 자단(紫檀) 팔각 반상에 김이 오르는 백합탕을 덜렁 올려놨다. 어쩐 일인지 수관이 말고는 얼씬거리는 사람이 아무도 없었다.

"어서 드셔요."

수관은 여전히 부채질을 하였다. 탕을 몇 모금 마셨더니 쓰린 속이 풀리면서 정신이 들었다.

"해장탕이 좋소."

"……이 탕은 이름이 별나요."

"어떻게요?"

"동파로가리둔탕(東坡肉蛤蜈燉蛋)이라고 한답니다."

"소동파(蘇東坡)?"

"대합 · 백합 · 돼지고기 · 힘살 · 생강 · 후추 · 파 · 무잎을 함께 삶아낸 것인데, 소동파 선생이 즐겨 잡수셨다 해서 동파탕이라고도 합니다. 우리 아버님이 술을 드신 다음에는 반드시 잡수시는 탕이랍니다.”

그 당시 여자 나이 22세면 조선이나 중국이나 혼기를 4, 5년을 잃은 셈이다. 예나 지금이나 22세의 처녀라면 여자로서 완숙한 자태를 갖추는 법이다. 명문가의 딸로서 더구나 출중한 용모를 지니고서 아직 시집을 못 가고 있는 것은 무슨 까닭일까.

옹방강은 본처(韓氏)로부터 5남 3녀를 얻었고 첩(劉氏)으로부터 2남 3녀, 도합 7남 6녀를 얻었는데 수곤과 수관은 첩의 소생이다. 첩의 소출이 푸대접 받는 것은 동서고금의 상례였다. 하지만 옹방강은 그 많은 자식들 중에서 수곤과 수관을 끔찍하게 사랑했다 한다. 전하는 바로는, 수곤은 용모와 학문이 너무나 자신을 닮았던 것으로, 수관은 너무너무 귀엽게 생겼기 때문이라 했다.

각설하고, 그래저래 혼기가 늦어지는 딸의 아버지가 신랑감 물색을 왜 서둘지 않았겠는가. 부모가 자식의 배필을 고르는 데 있어서 시야의 넓고 좁은 것은 그의 품격에 정비례한다. 무릇 인간이 사람을 사귀는 이치도 마찬가지이다. 또 혼기에 이른 자식을 둔 부모는 쓸 만한 규수를 보면 며느리 삼고 싶고 출중한 사내를 대하면 사위 삼고 싶기 십상이다.

시야가 넓고 그릇이 크고 당대 으뜸인 석학인 담계 옹방강이 여러모로 반짝반짝 빛나는 완당을 대하여 욕심을 내지 않았다면 우스운 일이 된다. 하나 그는 외국인이 아니냐고 하겠지만, 사실은 청나라와 조선국은 광의의 해석으로는 같은 문화권이자 주종

국이니, 그리 문제가 될 것도 없었고 완당이 이미 조강지처를 둔
기혼자이지만 수관이 첩실의 소생이니만치 완당의 소첩으로 내
어준들 어떠냐 하는 계산도 있었을 법하다.

아무튼 완당이 북경에 머문 동안 수관과 가까이 지냈던 건 사
실이었다. 자고로 중국인은 체면이라는 걸 소중히 여겼다. 따라
서 상대방이 대범하고 조금은 무뚝뚝하게 나오는 것은 대인답다
하여 오히려 좋아했다. 수관이 완당의 그러한 귀공자 기질에 호
감을 샀을 건 뻔하다. 수관 뿐 아니라 그의 가족들도 그랬던 것
같다. 완당을 지나치리만큼 융숭하게 대접했고 또 둘이서 노닥거
리게 놔둔 것으로 미루어서…….

아침상을 물리고 둘이서 차를 마시면서 수관이 말했다.

"오늘은 여기서 푹 쉬셔요."

누누이 언급했지만 완당은 청조 문화에 도취한 사람이었다. 그
는 사귈 만한 인재를 오직 청나라에서 얻겠다고 했다. 그러니 그
나라 여인인들 어찌 좋아하지 않았겠는가. 더구나 상대가 은사의
딸이자 절색이었음에랴.

완당은 옹방강에 심취하는 동안, 일방으로 운대(芸臺) 완원(阮
元)에게서도 학문을 넓혔다. 완운대는 청조 문화를 선양한 대학
자로 옹방강과 함께 당대의 쌍벽이었다.

그는 관직도 두루 역임하여 지방에 내려가 있었는데 때마침 상
경하고 있었으므로 완당과의 교분이 가능했다.

또 그는 완당의 스승인 박초정·유혜풍과 20여 년 전부터 학연
을 맺고 있었으므로, 그 동안의 사연들을 소상하게 알고 있는 완

당으로서는 감회가 깊을 수밖에 없었다.

북경의 태복사가(太僕寺街)에 있는 연성공저(임금이 하사한 사저)에서 완당이 완운대를 처음 만난 것은 옹방강 댁에서 연회가 있었던 며칠 후였다. 당시 운대는 나이 47세, 완당을 한 번 보고는 비범한 영물임을 알아차리고 환대했다.

이 대목을 설명하는 식자 중에는, 완운대가 버선발로 뛰어내려 신을 거꾸로 신고 맞았으며, 이야기가 채 본론에 들기 전에 완당더러 노형의 호칭을 썼다고도 하나 그건 좀 과장이다.

사족이지만, 중국의 풍습으로는 연하의 사람에게 연상의 사람이 존경의 뜻으로 노형이라 할 수도 있었다. 좌우간 운대는 완당을 그의 서재 태화쌍비지관(太華雙碑之館)에 청하여 희대의 명순 용단승설(籠團勝雪)을 대접하는 파격적인 예우를 했다.

그런데 앞서 옹방강 댁에서도 그랬고 이곳 완운대 댁에서도 내놓은 승설이니 용단승설이니 하는 차는 어떤 것인가를 설명할 필요가 있을 것 같다.

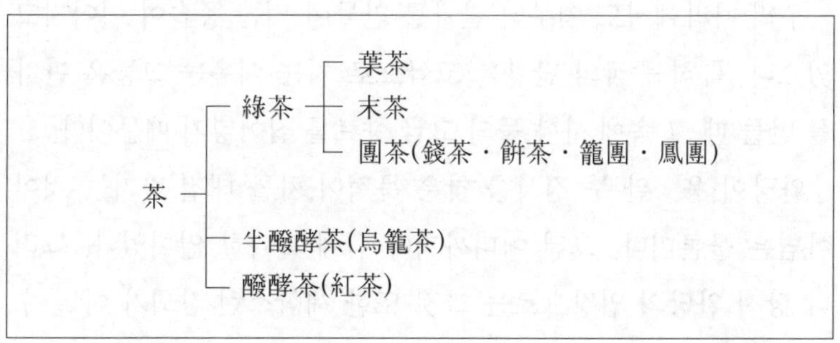

엽차는 시중에 나와 있는 작설 · 죽로 · 춘설 · 삼다 · 설록 등이
며 차잎은 번철에서 덖은 것으로, 더운 물에 우려 먹는(煎茶) 차
이다.

말차는 차잎을 가루로 만든 것인데 차선(茶筅)이라는 기구를
가지고 물에 타서 먹는 차이다.

단차는 차잎을 시루에 쪄서(蒸熟) 절구통에서 짓이겨 다식판
따위의 판형으로 찍어내어 그늘에서 말린 차다. 그 모양이 돈과
같다 하여 전차(錢茶)라고도 하고 떡과 같다 하여 병차(餠茶)라
고도 하는데 옛날 중국에서는 그 차의 표면에 용 무늬의 표지(지
금의 스티커 같은 것)를 붙이면 용단, 봉 무늬의 표지를 붙이면
봉단이라 하고 봉단은 주로 상류 계급에서 쓰였고 용단은 왕족들
이 먹었다 한다. 여기 용단승설이라 함은 승설이라는 단차에 용
무늬를 입힌 고급 차다.

오룡차는 반쯤 발효시킨 차인데 중국인들이 즐겨 마시는 차다.

홍차는 흔히 시중에서 보는 완전한 발효 차다.

우리 나라에서도 옛부터 단차를 만들어 먹는 풍습이 이어지고
있으나, 특히 중국의 단차를 고급으로 치는 이유는 그들은 단차
를 만들 때 그 속에 사향 등의 고급 향료를 집어넣기 때문이다.

완당이 옹 · 완 두 경사를 찾은 목적이 차를 대접 받자는 것이
아님은 물론이다. 그건 어디까지나 덤에 불과한 일이었다. 그러
나 당시 완당의 입장으로는 그것 또한 새삼스런 감회가 아닐 수
없었다.

조선 민족은 본시 차를 즐겼다. 옛부터 차를 즐기는 민족은 홍

하고 술을 즐기는 민족은 망한다고 하였거니와 조선조 중엽부터 차를 멀리하고 술을 즐기는 민족이 되어버렸다. 그리하여 차로 말미암은 가지가지의 미풍은 맥이 끊기고, 간신히 그 편린의 일단(一端)이 승려 사회에서 볼 수 있을 뿐이었는데, 완당이 중국에 가본 즉 차의 전통이 살아 있고 차가 널리 생활화하고 있었으니 오죽 반가웠고 한편으로는 오죽 면괴스러웠겠는가.

그가 후에 승설(勝雪) 또는 승설학인(勝雪學人)이라는 호를 즐겨 쓴 것은 그때 감회의 일단을 말하는 것이라 하겠다.

완운대는 완당에게 그의 서재와 고금의 모든 소장품을 아낌없이 제공하여 불타는 학구열을 충족시켜 주었다. 완당이 경심동백(驚心動魄) 탄이(歎異)할 수밖에 없었던 가지가지의 견문학식 중에서 특히 뇌리에 깊이 간직한 것을 간추리면 다음과 같다.

半山廟三種(長垣本・四明本・關中本)

七經孟子考文補遺

佚存叢書와 四庫全書未收書

算學啓蒙

唐貞觀造像銅碑

南宋尤延之本文選

院芸臺著者　　①經籍纂詁(1백16권)

　　　　　　　②13 經注疏校勘記(2백 5권)

　　　　　　　③擘經室集

완운대와 완당과의 학연은 완당이 북경에 머문 몇 개월에 끝나지 않고 그 후에도 쉬지 않고 이어졌으며 완운대가 세상을 뜬 후에도 지속되었는데, 운대가 편찬한《황청경해(皇淸經解)》1천4백 권 1백84종이 그의 아들 상생(常生)으로부터 수만 리 조선의 완당에게 기증된 사실로도 그 일단을 가늠할 수 있다 하겠다.

완당이 북경에서 어울린 명사는 옹·완 두 경사와 그들의 자제들뿐이 아니었다. 여기 그가 교우한 명사들을 대강 간추려 본다.

주야운(朱野雲).

옹방강의 문인으로 당시 51세. 이름 학년(鶴年). 서화쌍절(書畵雙絶)이며 특히 화리(畵理)에 정통하고 인격이 고담한 선비로서 완당을 맞아 의기상통하여 함께 방류도(訪柳圖)를 그리기도 하고 자신의 작품을 기증하기도 하는 등 친교하였다. 완당이 귀국한 후에도 교우가 내내 이어졌음은 물론이다. 완당의 생일(6월 3일)에는 반드시 축배를 들었다 하며, 그 모양을 그림으로 그려서 완당에게 보냈다 하니 옛 선비들의 깊고 넓은 멋이라 하겠다.

이심암(李心庵, 호 蟄燉齋).

그림과 글씨와 시의 3절이었다. 완당과 함께 매화를 그려서 제발하였으며, 박초정과 오난설(吳蘭雪)과 상호 교우하는데 가교역을 하는 등 교분이 두터웠다.

홍개정(洪介亭, 이름 占銓).

옹방강의 문하생. 서성백(徐星伯)의 소개로 친교하였다. 문장이 뛰어났으며 널리 벗을 사귀는 취향이 있었다.

이묵장(李墨莊, 이름 鼎元).

박초정·유혜풍과도 친교가 두터웠다. 당시 62세. 묵장은 초정과 동년생으로 서로 형제처럼 지냈다. 그는 초정의 제자 완당을 대하여 마치 자신의 후배처럼 환대하였다. 완당 또한 초정의 집에서 이미 이묵장독행소조(李墨莊獨行小照)를 보았던 터였으므로 감회가 깊었을 것이다.

김의원(金宜園)·근원(近園) 형제.

이들은 형부상서 김난휴(金蘭畦)의 자제들이다. 난휴 부자는 시문에 능하려니와 생활이 유족하여 집안에 누정(樓亭)을 8채나 짓고 있었다. 완당이 귀국한 후에도 그들 부자와의 문신은 내내 계속되었다.

법오문(法梧門).

완당이 직접 상면하지 못한 명사 가운데 한 사람이다. 그는 당시 와병중이었다. 이름 운창(運昌). 문장가이며 시단의 거봉으로 특히 법서와 명화의 소장가로도 유명하고 《도려잡록(陶蘆雜錄)》·《청비술문(淸秘述聞)》 등의 저서로도 이름을 떨쳤기에 기대가 컸었는데 그를 만나지 못한 것은 내내 유감이었다. 완당은 법오문의 시집 《서애시권》에 시를 써서(題跋) 못다한 감회를 대신하였다.

예나 지금이나 외국을 여행하는 사람들을 굳이 유형별로 나누어본다면 남이 간다니까 뜻도 보람도 없이 따라나선 무위형, 무얼 보았는지도 가늠이 안 가는 주마간산형, 욕심사납게 그쪽 물품만 사는 구매형, 그쪽 여색이나 탐하는 엽색형, 전공 분야 또는 뭔가를 배워 오겠다는 학구형, 이것도 저것도 아닌 평범형 따위가 될 것이다.

여기서 우리의 완당 김정희는 어떤 형에 해당되는 것일까. 그는 북경 유학 4개월 동안 매우 알찬, 아니 천만금과도 바꿀 수 없는 수확(經義·翰墨·淸秘·琅妹·友誼 등)을 거두고 그곳을 떠나야 했다.

옹·완 두 스승은 물론 수많은 명사들이 그와의 석별이 아쉬워서 연일 송별연을 베풀었고 서로 재회를 기약했다.

북경을 떠나는 일행(동지겸사은사)의 긴 행렬 속에는 완당의 소지품을 실은 수레가 두 대 끼여 있었다. 거기에는 그곳에서 기증받은 책과 탁본과 한묵이 있을 뿐, 비단이나 구슬이나 노리개나 약이나 기타 사치품은 단 하나도 끼여 있지 않았다.

부귀의 화신과도 같았던 그, 더구나 아버지가 일행의 우두머리(부사이자 이조판서)였으니 그가 하고자 했다면 무엇인들 구하지 못했겠는가. 수레 두 대가 아니라 열 대에도 빛나는 물건들을 채웠을 것이다.

그는 오직 다시 찾을 포부에 들며, "또 오겠소" "다시 만납시다" 하고, 여인으로는 유별나게 수관도 낀 전송의 행렬과 작별하였다.

아! 그러나 그 길이 영원한 작별이 될 줄 뉘 알았으리요. 조선의 정치를 한다는 무뢰한들이 그의 불타는 학구열에 찬물을 끼얹었으니…….

인간은 '만약'이라는 말에 현혹되는 동물이다. 만약 완당의 그후의 북경 나들이가 가능했다면 우리의 근세사에 어떤 영향을 미쳤을까. 모르면 몰라도 일대 변혁이 있었을 것은 그의 됨됨으로 미루어 매우 희망적이었을 것이다. 오늘의 우리들에게 역사의 교훈으로 길이 남을 일이 아닌가!

세기의 문인화 '세한도'

완당이 청나라 북경에 다녀온 지 어언 30년이 지났다. 그가 그토록 동경한 청조 문화의 도입과 그곳 명사들과의 교우는 일장춘몽이 되어버렸다. 1835년(헌종 1)에는 조정에서 그를 동지부사로 기용하여 북경에 보내자는 의견도 있었으나 그건 지나간 추억에 불과한 일이 되어버렸고.

완당이 1840년(헌종 6) 8월 20일 김홍근(金弘根)의 상소로 말미암아 죄인이 되어 국문 끝에 제주도 대정으로 유배된 지 햇수로 5년, 그의 나이 59세가 되었다.

옛날의 귀양살이란 지금의 형법으로는 가늠하기가 곤란한 형벌이었다. 내일이라도 풀려서 방면이 되는 것인지, 아니면 당장 사약이 내려져서 죽게 되는 것인지, 그것도 아니라면 무한정 가시 울타리 속에 가두어 두자는 것인지 알 수 없는 형벌이었다. 사람의 피를 말리게 하는, 가혹하기 이를 데 없는 잔학 행위였다.

그 지경을 당하는 장본인은 차라리 얼른 죽여주었으면 하는 고통을 밤낮으로 겪어야 했다.

완당의 경우, 막역한 친구 권돈인이 좌의정으로 있고 종제 김도희가 아직도 우의정의 자리에 있어서 한가닥의 희망이 없는 것은 아니지만 무정견하고 무질서하고 홀왕홀래하는 당시의 정치 풍토로는 그들 역시 내일을 가늠할 수 없는 터라 그저 운명을 하늘의 뜻에 맡길 수밖에 없었다.

완당의 유일한 소일건지는 섬사람들을 몽학하는 일이었다. 특히 그는 섬사람들과 친근하게 지냈다. 그들의 원시적인 동심이 좋았던 것이다.

옛날의 몽학이란, 학문을 읽게 하고 그 글지를 붓으로 쓰게 하는 것이 대종이 되었다. 아이들은 목청대로 글귀를 읽고 아무런 사심없이 글씨를 썼다. 어른의 독서에는 변덕이 있고 어른의 글씨에는 속성이 나타나지만, 아이들은 곧대로 읽고 가식없이 쓴다. 그래서 아이들의 글씨를 동심체(童心體)라고 하지 않는가.

오늘날의 미술 교육에서 아이들의 그림을 어른의 그림과 완연하게 다른 장르로 구분하는 것과 옛 선비들이 동심체의 서예를 어른스러운 글씨와 별개의 것으로 평가했던 것은 진리의 상통이라 하겠거니와 아무튼 완당은 그 동심체를 지극히 좋아했고, 후세 사람들이 희대의 명필 김정희의 서체를 '동심체에 연유하고 있다' 고 평하는 까닭이 거기에 있었다 하겠다.

완당은 거미가 기어가는 듯한 어색하기 이를 데 없는 아이들의 글씨에 매료되기 일쑤였다. 눈을 감고 손가락으로 어느 글자의 조형을 거듭하다가 뜻대로 되지 않을 때는, 아이들에게 종이를 나누어 주어 그 글자를 쓰게 하여 새로운 조형의 틀을 찾기도 했다.

그러한 소일건지로 유찬의 고초를 달래고 있는 완당의 적소에 한양의 이상적(李尙迪)으로부터 인편으로 선물이 당도했다.《만학집(晩學集)》8권과《대운산방문집(大雲山房文集)》4권이었다.

이상적은 완당의 많지 않은 제자 중의 한 사람이었다. 호는 우선(藕船). 문채풍류가 뛰어났으며 박학다재하고 시·서에 능했다. 대대로 역관의 가문에 태어나 그가 연경 나들이를 열두 번 하는 동안 그곳에서 명사들과 교우한 인물이 기춘포(祁春圃)·황수제(黃樹齊)·자간(子幹)·공수산(孔繡山)·섭동경(葉東卿)·곤신(崑臣)·윤신(潤臣)·오난설(吳蘭雪) 등등 90여 명에 달했다.

그는 위의 명사들로부터 받은 척독(尺牘)을 열 권으로 장정하여《해린척소(海隣尺素)》라 이름하여 내내 간직한 것으로도 유명하며, 은사 완당에게 다음의 글을 써달라 해서 그걸 각하여 자기의 서실에 걸어둔 것으로도 칭송이 자자했다.

懷嶅水吳山燕市之人交道縱三萬里
藏齊刀漢瓦晉博于室墨緣上下數千年

저서로는《은송당시집(恩誦堂詩集)》10권,《속집(續集)》10권,《동문집(同文集)》2권이 있다. 그 스승에 걸맞는 그 제자라 하겠다.

완당은 이상적이 보낸 두 질의 책을 안고 날듯이 기뻐했다. 돌이켜 생각하건대 이상적이 완당에게 쏟은 정의는 비단 이번만이 아니었다. 그는 연경 나들이 때마다 완당의 부탁을 받아들였고, 제주에 적거하는 동안에도 여러 차례 귀한 물건을 보내어 스승의 무료를 위로하곤 했었다.

"우선!"

"예?"

완당은 문득 애제자 우선 이상적이 자기 곁에 있는 듯 착각하였다.

"우선은 연경에 몇 차례 다녀왔지?"

"그건 왜 물으십니까?"

"……나는 이제야 생각이 났어. 우선 그대에게 신세를 너무 많이 진 것을."

"무슨 말씀이십니까. 저는 선생님을 이렇게 모실 수 있는 것만도 천행으로 여기고 있습니다. 제가 뭘 잘못한 걸까요?"

"……음."

완당은 한숨을 크게 몰아쉬고 사르르 눈을 감았다.

"이 어진 친구에게 나는 무엇으로 보답을 할고. 지금의 이 초라한 처지로는 아무 계책도 없는 것을……."

그때 완당의 뇌리에는 번개처럼 논어의 한 구절이 스쳐갔다. 그리고 급(汲)·정(鄭)의 생각도 나고 책공(翟公)의 처지도 떠올렸다.

그는 무심코 필현을 당겨 먹을 갈고 장지를 펴고 붓을 들어 그림을 그리기 시작했다.

허허벌판에 초췌하게 서 있는 한 채의 한옥과 엉성한 네 그루의 소나무, 그림은 그것 뿐이었다.

그는 그 그림을 물끄러미 바라보다가 화제를 '세한도(歲寒圖)'라 쓰고, 협서로 '우선시상(藕船是賞)'이라 썼으며 '완당'을 낙관하였다. 완당은 이미 이 세상 사람이 아니었다. 그는 솟구치는 감회를 토하려는 듯 다시 장지를 펴고 단숨에 3백 자에 가까운 제사(題辭)를 써 내려갔다.

　지난해에 그대가 계미곡(桂未谷)의 《만학집》과 운자거(憶子居)의 《대운산방문집》을 보내주었고 올해에 또 하우우(賀藕耦)의 《경세문편》을 보내주었도다. 이러한 책은 세상에 흔한 것이 아니며 더구나 천만리 먼 곳에서 여러 해에 걸쳐서 구했을 것인즉 어찌 쉬운 일이었겠는가.

　세상의 도도한 무리들은 오직 권세와 이익을 좇는 것이 예사인데 그대는 어렵사리 구한 책을 세도가에게 주지 않고 유배지에서 초췌하게 지내는 나에게 보내주었으니 이 어인 일일고. 태사공(太史公, 司馬遷)은 말하기를, '권세와 이익으로 얽힌 자는 그 권세와 이익이 다하면 곧 남남이 된다'고, 그대 또한 속세의 한 인간으로서, 권세와 이익을 스스로 초연하고 있으니 그대는 나를 권세이익의 인간으로 보지 않고 이 귀중한 책을 보냈단 말인가. 그렇다면 태사공의 말은 그대에게는 해당되지 않겠구려. 공자는 '송백의 시듦은 세한 연후에 알 수 있다'고 하였다. 하지만 사실인즉 송백이란 사시사철 시들지 않는다. 세한 이전에도 송백이요, 세한 이후에도 송백인 것이다. 송백에는 변함이 없는 것이다. 그런데 공자는 특히 세한 이후의 송백을 지적하였다.

　이제 그대와 나와는 귀양살이 전이나 후나 더하고 덜하고가 없는 사이이다. 시종일관한 것이다. 하지만 그대는 전에 별로

이렇다 할 대목이 없었거늘 이제야 성인의 말씀에 합당한 인간
이 되었구려.

성인이 유별나게 송백을 찬양한 것은 그것이 사시사철 시들지
않는 정조경절 때문만이 아니라, 세한을 당하여 더욱 돋보이기
때문이다.

아! 전한(前漢)의 순수한 시대에 급암(汲黯) 정당시(鄭當時)와
같은 어진 사람도, 그가 출중했을 때는 객이 문전성시를 이루더
니 그기 일단 쇠퇴하니까 대번에 손의 발길이 끊겼다 한다.

저 하비(下邳)의 책공(翟公)이 자기 집 대문에 방을 붙여 '일
사일생(一死一生)에 그 정(情)을 알 수 있고, 일빈일부(一貧一
富)에 그 태(態)를 알 수 있으며, 일귀일천(一貴一賤)에 그 교정
(交情)을 알 수 있도다' 라 하였다. 경박한 세정을 통탄함이 아니
던가! 슬프다. 완당 노인이 쓰노라.

여기까지 쓰고 나서 완당은 다시 자신의 고초로 몸부림쳤다.
"내가 그대에게 줄 정표는 이것뿐이야."
"……."
"날 실컷 꾸짖어 줘."
주인 아주머니가 저녁상을 올리겠노라고 인기척을 해서야 완
당은 제정신이 들었다. 밖은 제주섬을 송두리째 집어삼킬 듯 칠
흑의 어둠으로 덮여 있었다.
그 세한도는 인편으로 한양의 이상적에게 전해졌다. 절해고도
에 묶여 있는 은사로부터 정성어린 선물을 받은 이상적은 그저

감격해서 엉엉 울 따름이었다. 그는 곧 사은의 편지를 뛰웠다.

보내주신 세한도를 받잡고 주책없이 눈물만 흘렸습니다. 선생님은 저의 조그만 행실에 대하여 분수에 넘치는 큰 보물을 주셨습니다. 고맙습니다. 하지만 저에 대한 칭송의 말씀은 가당치 않습니다. 더구나 저를 성인의 말씀에 견주어서 추장하셨으니 그저 송구스러울 따름입니다. 오죽 의지할 데 없어서 그런 말씀을 하셨겠습니까.

저는 다만 선생님께서 아직도 절해고도에서 신음하고 계시는 것만이 한이 되고 원통합니다. 선생님께서 하루빨리 방적되시어서 뜻하는 바 나래를 펴시도록 그저 하늘에 빌 뿐입니다. 금년 동지에 저는 연경에 갈 듯싶습니다. 선생님의 근황을 저쪽에 알리고 그리고 그곳 소식도 낱낱이 알아 오겠습니다. 엎드려 무구하심을 빌 따름입니다.

우선 이상적은 그 해 1844년(헌종 10) 10월에 동지사 이정응(李羾應)을 수행하여 북경에 갔다. 뜻한 바 있어서 세한도를 행낭에 넣어 가지고…….

그럭저럭 해를 넘기고 정월 스무 이튿날, 명사 오위경(吳偉卿)이 베푸는 연회에 참석하게 되었다. 이상적은 오위경은 물론, 그의 처남 장요손(張曜孫)과도 구면이었다.

연회장인 유객납량지관(留客納凉之舘)에는 내노라 하는 한림학사 서화 묵객 명류들이 70여 명이 모여 있었다. 식사가 끝나자

시를 읊고 서화를 즐길 즈음, 주인 오위경이 말했다.

"손님들께서는 여기 자리를 함께하신 조선의 우선 이상적 선생을 알고 계시리라 믿습니다. 선생은 완당 김정희 선생의 고제(高弟)로서 이미《은송당시집》을 내신 바 있는 학자십니다. 마침 우리와 자리를 함께하신 기회에 조선의 영걸 완당 선생의 근황을 들었으면 합니다. 여러분 어떻습니까?"

모두 찬성이었다. 이상적으로서는 바라는 바였다. 기라성 같은 석학홍유의 거벽들이 일제히 이상적에게 시선을 쏟았다. 그는 자리에서 일어나 대상 위에 섰다.

"오늘 내가 중원의 저명하신 여러 학사님들 앞에서 우리 나라 학계의 거봉이신 완당 김정희 선생님의 학설과 근황을 말씀드린다는 것은 매우 송구스럽고 어리석은 노릇이라 여겨집니다. 왜냐하면 선생님께서는 아직도 절해고도에서 유찬의 나날을 보내고 계시다는 것이 송구스럽다는 점이며, 저는 아직도 그분의 학덕의 한계조차 가늠을 못하고 있다는 것이 얼마나 어리석은지 모르겠습니다. 그런데 내가 감히 이 단상에 나선 것은 여러 학사님들께 한 장의 그림을 보여드림으로써 그 모든 것을 대신하려 함입니다. 이 그림은 나의 스승 김정희 선생님이 이 못난 저에게 주신 것입니다. 자, 보십시오."

이상적이 말아쥐었던 세한도를 두 손으로 펴 들었다. 모두의 시선이 그림으로 쏠렸다. 마술에 걸린 아이들처럼 입을 벌리고 쳐다보았다.

군더더기가 전연 없는 어떤 구상적인 작의가 아닌, 천의무봉한 마음의 선비가 철학적으로 스스로를 승화시킨, 조선은 물론 중원의 고금을 통하여 그 누구도 시도하지 못한 대담한 선과 추상으로 단숨에 팽개치듯 그려진 문인화의 극치.

고고(枯稿)한 화격(畵格)과 신비로운 필력에 넋을 잃은 학사들이 한 사람 두 사람 그림 앞으로 모여들어 화폭에 이어진 3백 자에 달하는 제사를 읽는다. 그리고 그 경탄의 열기는 더욱 높아진다. 누군가가 외쳤다.

"인생의 모든 경지를 넘어선 사람이 그의 모든 것을 버리고 토해낸 것이다."

또 누군가가 점잖게 말했다.

"몸에 깊숙이 젖은 문기(文氣)가 아니고서는 저와 같은 심의(心意)를 나타낼 수 없어."

"실로 문자향(文字香) 서권기(書卷氣)로고."

좌상격인 장악진(章岳鎭)이 말했다.

"그림·글·글씨가 모두 천하일품이려니와 더욱 뜻깊은 것은 완당 선생과 우선 선생의 고매한 인간 관계이다. 나는 외람되지만 저 그림의 말미에 발문을 쓰겠다."

"나도 쓰겠다."

"나도."

"나도."

이렇게 해서 옥판선지를 이어가며 그들이 다투어 쓴 발문의 길이가 무려 스물 두 자(尺). 더러는 차례를 얻어 쓰고 더러는 차례를 얻지 못하였다.

여기 발제자 열여섯 명의 협서(脇書)와 이름만을 기록한다.

陽湖章岳鎭書

藕船尊兄大雅正之 海虞吳贊呈稿

阮堂繪意 贈 藕船正之 南蘭陵趙振祚

藕船尊兄大雅正題 茶磨山人潘遵祁

藕船尊兄詞檀正定 吳縣潘希甫

藕船先生屬 潘曾瑋槁

藕船先生是正 馮桂芬槁

藕船先生疋政 汪藻初稿

卽奉藕船先生是正 吳縣曹楙堅艮甫氏

卽奉藕船大雅是正 陳慶鏞槁

藕船大雅是正 南沙姚福增稿

藕船先生雅正 歸必吳淳韶甫稿

梁溪周翼城題

陽湖莊受祺題

藕船先生屬題 卽以奉簡 阮堂 平定張穆

陽湖張曜孫并記

이상적은 그 세한도와 제사와 발문을 두루마리로 합장(合裝)하고 따로 장목(張穆)으로 하여금 제자(題字 · 題簽)를 쓰게 하여 귀국한 후 그걸 다시 제주의 완당에게 보냈다.

완당은 자신의 그림에 열여섯 명의 명사들이 쓴 발문을 보고 읽고, 얼마나 기뻤던지 눈물을 철철 흘리고 있었다.
"우선 그 사람, 참 재미있는 사람이로구만!"

완당 김정희가 그의 문하인 우선 이상적에게 그려준 '세한도'
는 1974년 12월 31일자로 국보 제180호로 지정되어 지금은 손○
○씨의 소장품으로 정착했지만 그러기 전, 그러니까 그 작품이
제작된 1844년부터 지금까지의 1백 40여 년 동안 매우 기구한 이
력을 겪었는데, 그 한 예를 이겸노(李謙魯) 씨가 쓴《책방비화(册
房祕話)》라는 글에서 간추려 본다.

　6·25의 피난 정부가 아직 부산에서 환도하기 전의 어느 날이
었다. 서울 낙원동 시장에 점심을 먹으러 갔다. 국밥을 먹고 있
노라니까 이복룡(李福籠) 씨가 어느 젊은 사람과 함께 현판 하
나를 들고 청계천 쪽으로 가고 있었다. 참새가 방앗간을 그냥
지나지 못한다고 내가 그들을 불렀다. 현판을 보니 화면이 노랗
게 찌들고 파리똥이 새까맣게 앉은 완당의 세한도였다. 값을 물
었더니 이 양반이 그걸 진짜로 알았던지 호된 액수를 말했다.
이런 경우에는 상대방이 알아듣도록 자세한 설명이 필요하므
로, 세한도는 원래 완당이 우선에게 그려준 것인데 세월의 흐름
에 따라 전전하다가 완당 연구의 권위자인 일본인 등총린(藤塚
隣)의 손에 들어가게 되었다는 것과 그가 그의 회갑 때에 그걸
60벌 복사하여 절친한 벗들에게 증정한 일이 있었다는 것을 말
하면서 이것은 그 60벌 중의 하나라고 납득을 시켰다. 그랬더니

그들도 내 말을 믿었던지 값을 낮추어 그때 돈 8천원인가에 매입하였다. 나는 그걸 화폭만 떼내어 둘둘 말아두었다.

그후 3년이 지났다. 갑자기 그걸 새로 꾸미고 싶어서 들고 나오다가 중간에서 원충희(元忠喜) 씨의 화랑에 들렀다. 나는 그에게 세한도를 보이면서 ○○씨가 나에게 위탁한 것인데 1천만원을 호가하니 어떠냐고 하였다. 그는 "거 참 좋다"를 연발했다. 그는 세한도에 복사판이 있다는 것을 모르고 "세한도가 두 벌 있을까? 어쩐지 손재형(孫在馨) 씨 것만 못한데" 한다. 나는 세한도가 두 장 있는 것은 완당이 처음에 그린 것이 마음에 안 들어서 다시 한 장 그린 것이라고 꾸며대고 손재형 씨 것과 어디가 다르냐고 다그쳤다. 그는 이러쿵 저러쿵 군색한 설명을 했다. 그때서야 내가 복사판이라는 것을 설명하니 그가 깜짝 놀라면서 그걸 몰랐노라고 하였다.

각설하고, 일본인 등총린의 소장이었던 세한도가 다시 현해탄을 건너 고국으로 돌아오게 한 장본인 손재형 씨의 입을 빌어 들어본다.

소전(素筌) 손재형은 우리 나라 서예계의 거봉이었다. 지금은 고인이 되었지만 생전에는 국전 운영위원장, 예술원 부원장, 홍익대학 교수, 국회의원 등의 이력을 지녔었다. 서화에 대한 안목이 높은 건 물론 본래 유복한 가문에 태어났기로 서화 골동의 소장가로도 유명했다.

나는 경성제국대학 교수 등총린 박사가 가지고 있는 세한도를
되찾는 것이 유일한 소망이었다. 그가 양보만 한다면 나의 소장
품 중의 무엇과도 바꿀 수 있겠고, 금액으로 나온다면 부르는 대
로 주리라 다짐하고 있었다. 하나 그 말을 선뜻 못했던 것은 그
가 워낙 완당에게 심취한 학자이기 때문이었다. 그런데 그 등총
린이 그들의 패망 전인 1943년 10월 일본으로 떠나버렸다. 앞이
캄캄했다. 사랑하는 자식을 잃은 것 같았다. 글씨도 써지지 않
고 책을 읽어도 머리에 들지 않았다.

나는 그 이듬해에 거금 3천 엔을 전대에 차고 부산에서 일본
시모노세키로 가는 연락선 경복환을 탔다. 미국의 B29 폭격기
와 잠수함이 언제 나타날지 모르기 때문에 출항 시간도 알리지
않는 때였다. 현해탄을 무사히 건너는 일은 성공률이 반반인 전
쟁 말기였다. 평범한 생각으로는 그림 한 장 때문에 목숨과 거
금 3천 엔을 수장할지도 모를 도박을 왜 하느냐였다. 설령 현해
탄을 무사히 건너간다고 하더라도 도쿄(東京)는 연일의 폭격으
로 거의 잿더미가 되어 있지 않느냐였다.

나는 기어코 도쿄에 도착했다. 등총린은 우에노쿠 망한려(望
漢盧)에 있었다.

"어쩐 일이오. 소전 선생!"

"예, 박사님을 뵈러 왔소이다."

첫날은 수인사만 나누고 근처의 여관으로 돌아왔다. 그 후 1
주일을 매일 찾아갔다. 나의 소행을 이상하게 여긴 등총린이 먼
저 말했다.

"뭘 달라는 것입니까?"

"세한도를 돌려주십사고 왔습니다."

병석에 누웠던 그가 벌떡 일어나 앉아 나를 쏘아봤다.

"나는 내가 소장하고 있는 수많은 작품들을 어떤 경우 송두리째 내놓을 수는 있어도 세한도만은 내내 간직할 것입니다. 이제 전쟁도 막바지에 접어들었고 폭격도 차츰 무차별로 나오니 어서 조선으로 돌아가십시오."

나는 묵묵부답이었다. 그가 세한도를 양보할 기미는 조금도 보이지 않았다. 하지만 나는 폭격도 아랑곳 않고 90일 동안을 하루도 빠지지 않고 문안만 되풀이했다. 90일째 되는 날 그는 아들(藤塚明直, 대를 이은 阮堂 學者)을 불러, 나와 나란히 앉혀 놓고 말했다.

"내가 죽거든 손재형 선생께 세한도를 내어드려라."

서로 지칠 대로 지쳤다. 그리고 더는 폭격을 견딜 수가 없었다. 등총린 일가가 산속으로 피난을 가겠다 했다. 피난처까지 따라갈 수는 없는 일, 나는 만사를 포기했다.

'물각유주(物各有主)라!'

허전한 마음으로 작별의 뜻을 전화로 알렸다. 한데 사정이 달라졌다.

"소전, 내가 졌소. 지금 곧 오시오" 하잖는가. 그는 비단으로 싼 세한도 두루마리를 마치 3대 독자를 출정 보내는 비통한 얼굴로 내놓았다. 내가 간식했던 3천 엔을 내밀었다. 그가 말했다.

"내가 세한도를 다시 조선으로 보내는 것은, 첫째는 소전이 조

선의 문화재를 사랑하는 성심에 감탄함이며, 둘째로는 그대가
이것을 오래오래 간직하리라 믿기 때문입니다. 내가 돈을 받고
세한도를 내놓는다면 지하의 완당 선생이 나를 뭘로 치부하겠
소? 더구나 우리는 그분을 사숙하는 동문 아닙니까.”
　나는 할말을 잃었다. 하나 뭔가 답례를 해야 했다. 그래서 곧
청부업자를 시켜서 그 댁 정원에 콘크리트 지하실을 지어 그의
망한려에 있는 수많은 소장품을 옮겨주고 귀국하였다.

　소전 손재형 씨의 그 공적을 치하한 글은 세한도에 붙어 있는
긴 발문 끝에 오세창(吳世昌) 선생과 정인보(鄭寅普) 선생이 기
록하였다.

　〈사족(蛇足)〉
　예술 작품은 시대적·사회적 산물이며, 그것이 일단 작가에
의하여 생산되면, 인류 공유의 자산이 되는 것이어서 그걸 누가
소장했거나 크게 상관할 바는 아니다. 하지만 손재형 씨의 경
우, 그토록 애지중지한 세한도를 한때의 정치욕으로 인하여 타
인의 품으로 넘겨버린 사실은 세인으로 하여금 옷깃을 여미게
하는 대목이라 하겠다.

다연(茶煙)에 묻힌 두 경사

완당이 우선 이상적에게 그려준 세한도가 한양과 중국의 연경을 돌고 돌아 다시 제주 대정의 적소에 되돌아온 후, 두 달이 지났을 때, 홀연히 해남 대둔사 일지암의 초의가 완당을 찾아왔다.

"이게 누구야?"

완당이 버선발로 뜰 아래에 내려섰다.

"보면 모를까."

초의가 덥석 완당의 손을 잡았다.

"시주할 것도 없는데 뭣하러 왔어?"

"귀양살이 하는 주제에 아직도 입은 살아 가지고……."

"자, 어서 안으로 들어가지."

그들은 손을 잡은 채 방으로 들어가서 마주 앉았다.

"지낼만 혀?"

"그저 그렇지 뭐."

"나처럼 중이 되었으면 이런 꼴은 면하는 것인디……."

"이게 그거 아닌가."

"허긴 그래."

"그건 그렇고, 중부(中孚: 초의의 별호)는 어떻게 지냈나?"
"내사 부처님께 의탁한 몸, 자나깨나 나무 아미타불 아닌가."
"태평이군."
"중중불입(重重不入)이 시영웅(是英雄)이라. 권좌를 버리면 누구나 태평인 것을."
"그러게 말이야. 그대들이 말하는 인과응보겠지."
"인업에 대한 업보가 있을 뿐, 기적은 없는 법이거든."
"그건 그렇고, 차는 가지고 왔겠지? 여긴 절품일세."
"주제에 차맛은 알아가지고 맨날 차타령이니."

초의가 지고 온 바랑을 풀어 차 봉다리를 댓 개나 쏟아놓았다. 완당은 희희낙락. 그는 곧 종 경득이를 불러서 화로와 다수를 단속하여 차를 끓였다. 어느덧 일모가 되었다.

"안(집주인 · 姜氏)에 가서 손님 한 분 오셨다고 이르고……."
"네."

그들은 허기진 사람들처럼 계속해서 차를 마셨다. 완당은 그동안 소원했던 까닭으로, 초의는 노독을 풀 셈으로.

따지고 보면 완당과 초의의 우정은 그 차로 말미암아 이어지고 있다 해도 과언이 아니었다. 얼마 전, 완당은 초의에게 다음과 같은 서찰을 보냈었다.

초의 보소.
그대가 지난해까지는 차를 잘 보내더니 금년에는 장마철이 지나고 단오절이 가까워 오는데도 보내지 않는구려.

　그대는 두륜산의 한낱 중 주제에 뭐가 그리 바빠서 보내지 못
하는고? 혹 말꼬리에 매달아 보냈는데 도중 하차 했을까? 그게
아니라면 그대가 유마병(維摩病: 승려가 경전에만 심취하는 병)
에 걸렸나? 그렇다면 탈이로고. 좌우지간 차를 빨리 보내다오.
만약 이 이상 더디게 해봐. 내가 마조할(馬祖喝) 또는 덕산방(德
山棒)으로 그 못된 근원을 캐고 비뚤어진 버릇을 고칠 것인즉,
이 말을 깊이깊이 명심할지어다.

석류꽃 한창일 무렵 쓰노라

　완당과 초의는 저녁 식사가 끝난 후에도 연달아 차를 마셨다.
마치 어린아이들이 소꿉질하듯 킬킬거리며 권커니 잣거니 마셔
댔다. 귀양살이의 고초니 바다를 건너온 노독이니는 이미 멀리
떠나버렸다.
　완당이 문득 정색을 했다.
　"난 말이야. 차를 이토록 좋아하면서도 사실은 차가 뭔지 모르
고 있어. 오늘은 동국 제1의 다인 초의 스님께 강을 청해볼까?"
　"뭐?"
　"빼지 말고 이 석두를 깨우쳐 줘."
　"이 사람, 나 원!"
　"사실은 나 아직 차나무를 본 적도 없거든."
　" 한양 것들, 쌀나무가 어떻게 생겼느냐고 한다더니……."
　"바로 그거라구……."
　초의는 완당의 성화에 못 이겨 자신이 홍현주(洪顯周: 正祖의

駙馬, 호 海居, 木覓山 주인)의 간청으로 저술한 《동다송(東茶頌)》의 대강을 읊조렸다.

"차나무는 과로(瓜蘆)와 같고 그 잎은 치자(梔子)와 같고 꽃은 백장미와 같고 꽃술은 금빛인데 그 향기가 은은하지. 차나무는 본시 귤나무와 같은 덕성을 지녔는데 따뜻한 남쪽에서만 자라고 한번 뿌리를 내렸다 하면 옮겨 심지를 못해."

"왜 그래?"

"심근성 식물이라 옮기기가 어렵다는 거야. 그걸 옛 사람들은 여자의 정절에 비유하지. 시집을 갈 때 차나무 씨앗을 가지고 가는 풍습이 있었어.

차나무 잎이 차로 쓰인 역사는 매우 오랜 성싶어. 염제(炎帝)의 《식경(食經)》에 차를 오래 마시면 기운이 나고 뜻이 황홀하게 된다 했거든. 그러니 천인과 신선과 사삼과 심지어는 귀신까지도 마실 수밖에……

나대경(羅大經)이 약탕시(瀹湯詩)에, 솔바람 소리가 전나무에 내리는 빗소리처럼 찻물이 끓어오르면 곧 주전자를 화로에서 꺼내어 소리가 잔잔하게 된 후에 차를 넣어 마시면, 그 한 잔의 춘설(春雪)은 제호(醍醐 · 유제품: 맛있는 것의 상징)보다 더하다 했어.

주공(周公)이 말하기를 '차를 마시면 술독을 가시게 하고 잠을 고르게 한다' 했으며……

차는 땅 속의 귀신도 감동시킬 수 있는 것이어서, 많은 돈으로 보상을 받은 사례도 있었어.

옛날의 이야긴데, 진무(陳務)라는 사람의 마누라가 젊어서 과부가 되어 두 아들과 함께 살았어. 그녀는 몹시 차를 좋아하였는데 집 뜰에 옛 무덤이 하나 있어서 차를 마실 때마다 먼저 그곳에 진다(進茶)를 했다는군. 그런데 두 아들은 고총에 무슨 영험이 있다고 그렇게 치성을 하느냐고 꾸짖고 드디어는 그 꼴이 보기 싫다고 무덤을 파버리려고 했어.

그 어머니는 그걸 한사코 말렸지. 그랬더니 그날 밤, 그녀의 꿈에 한 사나이가 나타나서 말하기를 '나는 여기서 3백 년을 살고 있는 사람이오. 그대 아들들이 싫다는 데도 늘 차를 주셨고, 또 나를 파버리려는데 그걸 말렸으니, 나 비록 땅 속의 해골이라 하지만 어찌 그 은혜를 모를 리 있으리요' 했다누만. 그 다음 날 새벽에 보니까 무덤 앞에 돈 10만 냥이 놓여 있었다는 거야."

"거 재미나는 이야기야."

"고래로 동양의 모든 민족이 차로써 예(禮)와 제(祭)를 지내는 것은 그런 뿌리에 연유한 걸거야. 또 있어. 장맹양(張孟陽)의 등루시(登樓時)에 모든 음식, 모든 맛, 모든 양념(六情: 水·漿·醴·醇·醬·酸)이 차를 따를 수는 없다고…….

수의 문제가 등극하기 전에 뇌를 바꾸고 차를 마셨더니 효험이 있었다느니, 당의 지숭(志崇)이 경뇌소(驚雷笑)와 훤초대(萱草帶)라는 차를 만들었다느니, 덕종(德宗)이 그의 공주에게 녹화(綠花)와 자영(紫英)이라는 차를 마시게 했다느니, 육우가 좋은 차맛을 준영(雋永)이라 했다느니, 정위(丁謂)와 채군모(蔡君謨)가 단차 만들기를 즐겼다느니, 소동파의 시에 금빛 용봉 단차 백

개를 만들자면 돈 만 금이 든다는 대목이 있다느니, 길상예(吉祥蕊)·성양화(聖楊花)·설화운감(雪花雲龕)·쌍정(雙井)·일주(日注)·운감(雲龕)·월윤(月潤) 등등 이 모두 훌륭한 차라느니 하는 말들은 생략하고, 그 동안 내가 여러 방면으로 고증한 바로는 우리 나라의 차가 천하 제일이라는 거야.

정약용 선생이 《동다기(東茶記)》에서 말씀하시기를, '어떤 사람이 우리 나라의 차가 월국(越國, 浙江省附近) 것만 못하다고 하나 내가 품평한 결과로는 색향기미(色香氣味)가 모두 차이가 없으며, 책에서 말하기를 육안(陸安)의 것은 맛이 좋고 몽산(蒙山)의 것은 약효가 있다고 했지만 우리 나라 차는 그것을 다 겸한 것'이라 하셨거든! 그리고 '만약 여기 이찬황(李贊皇)이나 육우(陸羽)가 있다면 그들은 반드시 내 말이 옳다고 할 것이야' 하셨고……. 이태백도 무던히 차를 좋아했던 모양인데, 하루는 옥천사라는 절에서 진(眞)이라는 스님을 만났더니 그의 나이 80이나 되었는데 얼굴빛이 복숭아 꽃빛 같았기에 어떻게 그러느냐고 물었더니 그가 껄껄 웃으면서 말하기를 '그대도 내 얼굴 닮으려거든 차를 많이 마셔'라고 했다는 고사도 있고……."

"그대 말을 들으니 점점 차 안 마시고는 못 배기게 되어가는군."

"내가 사는 대둔사의 일지암 샘물은 유천이야. 나는 그 물로 수벽탕(秀碧湯)과 백수탕(白壽湯)을 끓이는데, 그러고 있노라면 나 홀로 마시기가 아까워. 늘 친구들 생각을 하곤 한다네.

일지암 유천의 물은 그대도 마셨거니와 그대의 춘당 유당께서도 드셨어. 지난번 거기(紫芋山房, 일지암의 별호) 들르셨을 때 잡수시고 나서 소락(醍酪: 우유를 가공하여 만든 진미)보다도 맛이 좋다고 하셨거든.

차에는 아홉 가지의 어려움과 네 가지의 향기가 있어. 참으로 현묘한 것이지.

첫째는 조(造)요, 둘째는 감별이요, 셋째는 그릇이요, 넷째는 불이요, 다섯째는 물이요, 여섯째는 굽는 일이요, 일곱째는 가루로 만드는 일이요, 여덟째는 끓이는 일이요, 아홉째는 마시는 일이지.

차잎을 흐린 날 따서 밤에 말리는 것은 잘못이며, 씹거나 코로 향내를 맡으며 감별하는 것이 아니며, 다기에서 노린내 또는 비린내가 나서는 안 되며, 진이 나는 나무나 냄새 나는 숯을 불로 써서는 안 되며, 사납게 흐르는 물이나 괴어 있는 물은 물이 아니며, 겉은 익고 안은 익지 않은 것은 군 것이 아니며, 푸른 먼지처럼 날리는 것은 가루가 아니며, 서둘거나 설끓은 것은 끓이는 것이 아니며, 여름에 자주 마시고 겨울에는 마시지 않는 것은 마시는 것이 아니라 했어.

차에는 네 가지 향이 있어. 겉과 속이 한결같은 순향(純香), 설익지도 않고 너무 익지도 않은 청향(淸香), 불기운이 고루 스민 난향(蘭香), 곡우(穀雨) 전 다신(茶神)이 가득 찬 차잎으로 만든 진향(眞香)이 그것이야.

본시 우리 나라는 차를 숭상하여 차로써 모든 생활의 근본으로 삼았는데, 조선조에 이르러 그 차문화를 배척하였기로 그 차로 말미암은 아름답고 슬기로운 풍습은 멀리 사라졌고, 겨우 그 편린이 절의 승려 사회에서 이어지고 있는데 그 승려마저 차의 진수를 모르고 있으니 개탄 개탄이야.

내가 지리산 화개동에 가봤더니 거기에는 차나무가 장광 4~50리나 번성해 있더군. 그건 김해 김씨의 시조 가락왕의 황후 허씨(許氏)가 그녀의 모국 인도에서 차나무 씨를 가지고 와서 전파했다는 고사가 있거니와, 좌우지간 그 차밭은 우리 나라 제일이었어.

그런데 그 차밭 골짜기에는 옥부대(玉浮台)가 있고 그 아래에 가락왕의 아들 7형제가 수양했다는 칠불선원(七佛禪院)이 있는데, 그곳 중들은 차를 만든답시고 차잎을 늦게사 따서 나무 말리듯 하여 나물국처럼 끓여서 그 탁하고 검붉은 국물을 명색이 차라고 마시고 있더군. 내가 그곳 종무소에서 말했지. '천하에 좋은 차를 속된 솜씨로 마구 버려 놓았군' 하고.

차는 바위틈에서 나는 것이 제일 좋고, 자갈 섞인 흙 또는 골짜기에서 나는 것이 그 다음이야.

차잎을 따는 시기를 다서에서는 곡우절 전 5일 후, 5일이 적당하다고 했지만 내가 경험한 바 우리 나라에서는 입하(立夏) 뒤가 적기라 여겨지고, 따는 날은 밤 사이 청명한 가운데 이슬을 받은 잎을 따는 것이 최상이요, 한낮에 따는 것이 그 다음이며 날씨가 흐리거나 비 내릴 때는 따는 법이 아니지.

차를 따면 잠시 그늘에서 말렸다가 뜨거운 냄비나 번철에 넣어 볶는데 불기운이 적당해야지. 볶은 차는 일단 광주리에 담아서 가볍게 여러 차례 비빈 다음 다시 냄비에 넣어 점점 불을 죽여가며 말리는 것이야. 하지만 그 과정이 어찌나 현미한 것인지 말로는 표현하기 어려워. 천품(泉品)에서 이르기를, '차는 물의 신(神)이요, 물은 차의 체(體)'라 했지.

또 체와 신이 온전하다 하더라도 차에서 가장 소중한 것은 중정(中正)을 잃지 않아야 해. 그 중정을 잃지 않아야 건(健)과 영(靈)을 얻을 수 있거든.

포법(泡法: 차를 넣는 법) 역시 그 중정을 취하는 것이 요령이라 하겠는데, 이를테면 다관의 온도가 적당해야 하고, 차를 넣고 탕수를 부은 다음 차와 물이 잘 어우러져야 하며, 찻종에 차를 따르는 것도 빠르면 차의 신기가 나타나지 않고 늦으면 향기가 사라지는 것이니 이 역시 중정이어야…….

차를 넣는 데도 순서가 있어. 차를 먼저 넣고 탕을 뒤에 넣는 것을 하투(下投), 탕을 반쯤 넣고 차를 넣은 다음 탕을 더하는 것을 중투(中投), 탕을 먼저 넣고 차를 뒤에 넣는 것을 상투(上投)라 하는데 봄과 가을에는 중투를 하고, 여름에는 상투를 하며 겨울에는 하투를 하는 법이야.

차를 저장하는 법도 소홀히 할 일이 아니야. 차는 잘 말려서 병에 담고 종이로 봉한 다음 바람이 스며들거나 불기가 있는 곳을 피하여 벽돌로 눌러두어야 하는 것이야.

차를 잘 만들면 청취색(靑翠色)이 되는데 저장을 잘못하면 처음에는 녹색으로 변하고 나음으로는 황색으로 변하며 세번 째는 흑색으로 변하고 네번 째는 백색으로 변하지. 그런 건 모두 버려야 해. 위장을 크게 망치니까.

물은 산상(山上)의 것이 제일이고 강물이 그 다음이며 우물물이 최하라 했으며, 물을 항아리에 담아서 그늘진 뜰에 놓고 베로 덮어 별과 이슬의 기운을 받게 하면 물의 신기가 항상 보전되는 것이야. 차는 깨끗해야 하고 물은 싱그러워야 하는데, 차가 그 깨끗함을 잃고 물이 그 싱그러움을 잃으면 시궁창의 물과 무슨 다름이 있겠는가. 차를 마시지 말아야지.

다관·찻종·주전자 등등 다구는 은그릇를 쓰면 좋기는 하나 그건 사치스러워서 다인의 품격을 손상하는 것이니 삼가야 하고, 보통 자기를 쓰는 법인데 특히 찻종은 하얀 것을 으뜸으로 치고 남백(藍白)한 것을 그 다음으로 치지.

다구(茶具)를 다루는 데는 차를 마시기 전과 후에 마포(麻布, 수건)를 써야 하는 법이야. 그밖의 베는 좋지 않아.

차를 마실 때, 손님은 적을수록 좋은 법이야. 손님이 많으면 어수선하며 어수선하면 아취(雅趣)를 잃게 돼. 차란 홀로 마시면 신기롭고, 둘이서 마시면 썩 좋고, 3~4인이 마시면 아취가 있고, 5~6인이 마시면 덤덤하고, 7~8인이 마시면 베푸는 것에 지나지 않거든.

지금까지의 말을 요약하면 차를 따는 묘(妙), 차를 만드는 정(精), 차를 저장하는 조(燥), 물을 얻는 진(眞), 차를 끓이는 결(潔), 그런 모든 것을 조정하는 중정이 될 것이야."

"그대는 다선일여를 주장하고 있군!"

"차를 하는 품이 어느 경지에 이르면 그건 곧 선의 삼매와 같은

것이 돼. 일찍이 총림에 조주풍(趙州風)의 다도가 있었는데 모두
들 그걸 알지 못하고 있으니 딱한 일이야. 다도는 한가한 중들의
소일거리가 아니야. 선비들의 가난 투정도 아니고, 언제 이 땅에
옛 다풍이 다시 되살아날 것인지…….”

“다신(茶神)의 건영(健靈)을 위해서 다시 한 잔 하세.”

“좋지.”

완당과 초의는 제주도 대정에 있지 않고, 하늘 위에 등 떠 있
었다.

가시밭에 덮친 난류

완당과 초의가 비록 몸은 제주도 대정에 뉘어놓았으나 차로 말미암아 선풍도골이 되어 무아지경에 젖어 있을 때, 집주인 강도혼(姜道渾)과 이웃마을에 사는 박계첨(朴季詹)과 이시형(李時亨)과 그리고 완당이 맨 처음 기숙한 집주인 송계순(宋啓淳)이 찾아왔다. 그들은 모두 완당에게 사사하는 사람들이었다.

어느 새 저 아름답고도 장엄한 제주의 해돋이가 시작되고 있었다.

"육지에서 초의 선사가 오셨다기에 인사를 드리려고 왔습니다."

그들은 빈손이 아니었다. 하나는 달걀 꾸러미를, 하나는 김이 나는 떡 쟁반을, 하나는 전복 말린 봉다리를, 하나는 표고버섯 봉다리를 들고 왔다.

그들이 완당과 초의에게 절을 올리고 나자 완당이 말했다.

"자네들이 초의 스님과 나의 차 삼매를 흐트러버렸군!"

송계순이 영문도 모르고 되물었다.

"차 삼매가 무엇입니까?"

"차 말일세. 차……."

"차라니요?"

"차를 즐겨 마시면서도 그 차가 무엇인지 모르니까, 내가 밤새 스님으로부터 차가 무엇인지를 배우고 있는 중일세."

"선생님께서도 모르시는 것이 있다는 말씀이십니까?"

"허 그 사람! 내가 알긴 뭘 알아! 밤낮으로 마시는 차가 무엇인지도 모르는데……."

박계첨이 입을 열었다.

"선생님께서 즐겨 차를 마시는 줄은 알고 있었습니다만 그걸 그토록 밤새워 배우고 말고 할 게 있는 건가요?"

완당이 손들에게 따뜻한 미소를 보냈다.

"나도 모른다니까 그러는군! 하지만 차를 잘 마시면 그게 도와 선의 경지에 이른다는군! 그러니 점점 어려울 수밖에……. 그걸 알고 싶거들랑 여기 스님께 물어보게나."

일행이 초의에게 시선을 돌렸다. 초의가 완당에게 일렀다.

"손님들이 오셨으니 우선 차부터 대접하시지……."

"그렇군!"

완당이 부젓가락으로 화로에 숯불을 일으켜 찻솥의 다수를 끓여서 차를 냈다. 차라고는 난생 처음 마셔보는 일행인지라 찻종을 들고는 냉수 마시듯 홀랑 입안으로 털어넣었다. 완당이 재탕을 내었을 때도 마찬가지였다. 일행 중에는 이맛살을 찌푸리는 사람도 있었다. '이런 걸 무슨 맛으로 먹는담!' 하는 투다.

완당이 그런 눈치를 모를까! 일행에게 말문을 던졌다.

“어떤가? 맛이……."
“그냥 맹송맹송합니다.”
“쓰고 떫고……."
“덤덤할 뿐, 도무지 무슨 맛인지 모르겠습니다.”
완당이 말했다.
“음식이란 모두 그런 것이야. 간장·된장은 짜고, 고추장은 맵
고, 초는 시고, 술은 쓰고…… 그래도 그걸 사람들은 어떤 경우 어
떤 음식과 곁들여서 새맛을 만들어 가지고 맛있다 하면서 먹거
든! 차 역시 어떤 경우 또는 어떤 계기를 얻어서 마시면 좋은 음
료라는 것이야. 자세한 건 스님께 물어봐.”
일행의 시선이 다시 초의의 얼굴에 쏠렸다. 초의가 유리 그릇
다루듯이 찻종을 차탁에 내려놓고 말했다.
“완당공의 말씀에 어김이 없습니다. 차는 이렇게 자주 마시다
보면 차차 효험이 나타나게 될 것이고, 효험을 얻고 보면 더욱 좋
아하게 될 것입니다.”
“차를 마시면 어떤 효험이 나타납니까?”
“제주에는 차나무가 없습니까?”
“차나무가 어떻게 생긴 것인지도 모릅니다.”
“……제주는 기온이 다습고 습기가 많으며 지질이 암석으로 되
어 있어서 차나무가 번성하기에 아주 적합한 고장인데 아직 재배
않고 있다니 안타까운 일입니다. 빈도가 요다음에 차씨를 가져다
드리겠습니다. 산골짜기 여기저기에 심어보세요. 장차 여러분의
좋은 벗이 될 것입니다.

"차의 효험부터 알고 싶습니다."

초의가 어렵게 입을 열었다.

"차가 사람에게 이롭다는 기록은 신농씨(神農氏)의 《식경(食經)》으로부터 시작하여 수많은 사람들이 증언한 바 있지만, 당나라의 유정일(劉貞一)이 다선 10덕(茶扇十德)으로 쉽게 풀고 있습니다. 차는 울적한 기분을 흩어지게 하며, 차는 생기가 나게 하며, 차는 잠을 깨게 하며, 차는 병을 예방하며, 차는 남을 공경하게 하며, 차는 스스로 예의를 닦게 하며, 차는 스스로 몸을 다스리게 하며, 차는 마음을 아름답게 하며, 차는 맛을 즐기게 하며, 차는 도리를 따르게 한다고 했습니다."

이시형이 내려놓았던 찻종을 들고 되물었다.

"이 차가 말입니까?"

"그렇습니다. 차에는 본시 정신적인 이로움과 물질적인 이로움으로 나누어볼 수가 있습니다. 그 정신적인 이로움이라는 것은 우선 물질적인 이로움을 터득한 연후에 알 수 있는 것이지요. 빈도가 경험한 바 손쉬운 이로움이란 차를 마시면 머리가 맑아지고, 눈이 밝아지고, 추위를 막아주고, 더위를 물리치고, 구미를 좋게 하고, 갈증을 멈추게 하고, 술을 깨게 하고, 잠을 고르게 하는 따위가 있습니다."

"그게 그렇게 좋은 것입니까?"

"그렇습니다."

"바로 선약 아닙니까?"

"차를 약으로 칠 수는 없지만 선약이라면 선약이지요. 차는 미상불 하늘이 내려준 좋은 음료입니다."

"우리는 점점 더 모르겠는데요."

초의는 그들이 알아듣거나 말거나 상관 않고 내친 김에 책을 읽듯 줄줄 이어갔다. 어쩌면 동석한 완당에게 이르는 말인지도 모를 일이었다.

"날개 달린 새, 털이 난 짐승, 입을 벌리고 말하는 사람, 이 모두가 하늘과 땅 사이에 태어나, 마시고 쪼아먹고 씹으며 살고 있습니다. 마신다는 것의 기원과 뜻은 참으로 오래 되었습니다. 만약 목이 마른 것을 도우려면 장을 마시고, 울분을 씻으려면 술을 마시고, 희미하면 차를 마시기에 이르렀습니다. 사람이 차를 음료로 삼은 것은 신농씨로부터 비롯되어 노(魯)나라의 주공(周公)에 이르러 널리 알려졌습니다.

당나라 노동(盧仝)은 7완(七碗)의 다가(茶歌)로써 차의 효능을 말하기를, '처음 한 잔은 목과 입술을 부드럽게 하고, 둘째 잔은 외로운 번민을 낫게 하며, 셋째 잔은 마른 창자를 고르게 하니 5천 권의 문자가 있을 뿐이라 하였으며, 넷째 잔은 가벼운 땀을 내 평생 불평스러웠던 일을 모두 털구멍으로 내보내고, 다섯째 잔은 근육과 뼈를 맑게 하고, 여섯째 잔은 선령(仙靈)과 통하며, 일곱째 잔은 마셔도 얻은 것이 없으나 오직 양 겨드랑이에서 시원한 바람이 솟는 것을 깨달을 것이로다. 봉래산이 어드메뇨. 옥천자(玉川子: 盧仝)가 이 맑은 바람을 타고 가노라' 하였습니다.

좋은 차를 마시면 갈증을 없애고, 음식을 소화 시키고, 담을 제거하고, 잠을 쫓고, 소변에 이롭고, 눈을 밝게 하고, 머리가 좋아

지고, 걱정을 씻어주고, 이기(胎氣)를 씻어내며…… 사람들에게
는 본래 하루도 차가 없어서는 아니 되는 것이니…… 식사가 끝
날 때마다 차로 입맛을 가시면 기름기가 말끔히 제거될 뿐만 아
니라 뱃속이 저절로 개운해진다 하였고, 잇사이에 낀 것도 소축
되어 모르는 동안에 없어지기 때문에 번거롭게 이를 쑤실 필요가
없으며, 또한 이에는 쓴 것이 좋은 것이어서 자연히 이가 튼튼해
지며 충과 독이 절로 없어진다고 옛 도인이 말했습니다.

낭의 소이(蘇廙)가 그의 저서 《십육탕품(十六湯品)》에서 말하
기를, '차를 오래 마시면 능히 백 세를 넘길 수 있고, 말더듬이나
반신불수된 사람도 정상으로 돌아오며, 흰머리가 성성하고 창백
한 얼굴빛이 젊어져서 살을 집고 활을 쏘면 척척 적중하고, 젊은
이처럼 활활 뛰어다니며 먼 길도 서슴없이 나들이할 수 있게 된
다' 하였으니…….

차는 조주풍의 다도를 이어받은 총림의 중들이 소일거리로 하
는 것도 아니요, 선비들의 가난투정도 아니어서 가락국의 수로왕
으로부터 선덕여왕·원효대사·화정대사·충담 스님·보조국
사, 고려조 때는 중들 말고도 이제현(李齊賢)·이색(李穡)·한수
(漢修)·정몽주(鄭夢周)·이숭인(李崇仁)·원천석(元天錫)·권
정(權定) 등이 모두 이름난 다인이었으며, 이조에 이르러서는 서
거정(徐居正)을 비롯하여 이거인(李居仁)·이행(李行)·성석인
(成石現)·하인(河演)·김시습(金時習) 그리고 현존하는 명사들
중에는 정다산(丁茶山) 선생·신지하(申紫霞) 선생·홍해거(洪
海居) 선생 등등 그 연원이 면면하게 이어져 오고 있거니와……."

그때 종 경득이가 아뢰었다.

"아침 진짓상 올리겠습니다."

그제야 손님들이 자리를 떴다. 완당이 초의와 겸상을 하고 아침 식사를 하면서 말했다.

"그대가 저 순진한 사람들을 다론으로써 축객을 했군! 우이독경인 것을!"

"핫하……그렇게 되얐어?"

"그렇게 되야버렸어."

"내사 그것이 아니었는디……."

"고얀 중이로고!"

"불은 수인씨가 내놓고……."

"그랬던가?"

그들은 소꿉질하는 아이들처럼 깔깔대고 웃어제꼈다.

기록에는 초의가 제주에 석 달을 머물렀다 했다. 제주에는 그 당시 크고 작은 절이 한라산 부근에 8백여 개가 있었다. 이미 초의의 명성은 총림 사이에 널리 알려진 터, 뉘라 그를 소홀히 대접했겠는가. 완당의 처지가 먹고 자는 일이 거의 거지와 다름없는 터에 초의가 맘놓고 기식할 수는 없었을 것이므로 그는 더러는 탁발하고 더러는 절에서 식량을 얻어 오고 더러는 외박도 하여 석 달을 지냈을 것이었다.

동방의 석학 완당이 날개 꺾인 새가 되어 절해고도에 갇힌 꼴이 너무나도 가엾고 원통하여, 별로 도움을 주지도 못하면서 초의가 그의 곁을 떠나지 못하는 것은 오직 그들을 묶고 있는 끈끈한 우정 때문이었다.

신분과 계급과 종교가 판이한 그들에게 그토록 끈끈하게 묶인 우정이란 어떤 성질의 것이었을까.

오동나무 심은 뜻은 짐작하지만, 세존이 영산회상(靈山會上)에서 대중을 향하여 연꽃 한 송이를 던져주었다고 하는 마하가섭의 이야기, 염화미소(拈華微笑)를 완당과 초의의 우정관계에 비유한다면 너무 비약한 것일까.

우리들의 사유능력이 마하가섭의 그것에는 미치지 못한다 할지라도 그게 모두 인간과 인간의 관계라면 심도의 차이는 있을지언정 어렴풋이나마 짐작을 못할 것도 없잖은가!

완당과 초의의 끈끈한 우정을 오늘의 우리들처럼 종교가 다르다고 상대방을 이단시하는 버릇, 사상이 다르다고 상대방을 멸시하는 자만 권력과 금력으로 가난한 자를 능멸하는 차가운 눈초리 따위로 재자(尺)고 들면 오산이다.

완당과 초의는 권력과 금력은 진리를 규명하고 아름다운 것을 창조하는 입장에서는 하찮은 것, 종교는 방편에 따라 그 의식과 표본이 다를 뿐 인간 구제라는 대명제 앞에서는 동일한 것, 거짓과 가식과 군더더기를 떨쳐버리면 누구나 선인(仙人)이라는 것, 인간의 궁극적 즐거움은 학문과 예술이라는 것, 그 학문과 예술이 권위와 세도와 허세와 미화를 위하여 존재하는 것은 위선이므로 문화 진작과 인간 구제를 위하는 길로 가야 한다는 실학사상의 맥으로 귀일하고 있다 하겠다. 그러니 그들의 우정은 끈끈하게 묶어질 수밖에…….

각설하고, 그들이 서로 아낌없이 정을 주는 것은 목사가 부처에게 경배하고 스님이 크리스마스를 경축하는 관용의 미덕, 권력자가 물욕을 멀리하는 청빈, 부자가 가난한 자와 충심으로 어울리는 눈물, 서로 다른 입장에서 출발하였지만 진리의 정상에서 화합하는 희열 등으로 요약할 수 있을 것이다.

이렇듯 완당과 초의가 정을 나누고 있을 때, 그러니까 초의가 완당의 적소에 온 지 두 달이 지난 초여름의 어느 날 홀연히 해남현의 노기(老妓) 옥화(玉華)가 그곳에 나타났다.

옥화는 이 글의 맨 처음에 언급한 해남현 김참봉 댁 과수 안산댁의 행랑채에 얹혀 살면서 그 댁의 시중도 들고 더러 밖으로 드나드는 기생이었다.

나이 30이 넘어서 노기로 치지만, 이제 완숙기에 접어든 고운 자태와 근처에서는 추종을 불허하는 가무의 공력과 글공부도 하여 선비들의 시회에도 서슴없이 끼어드는, 아무나 넘보지 못하는 지체가 있는 여인이었다.

초의는 안산댁에 수시로 드나드는 까닭과 그곳 선비들과의 교우로 옥화와는 교분이 두터운 편이고, 완당은 연전에 대둔사에 들렀을 때 한 번 만난 사이였다.

대역죄인의 적소에 나타난 통이 큰 기생 옥화.

그녀는 거센 바다를 건너고 험한 산길을 걸어온, 허우적거리는 여인이 아니라 아직도 더 모험을 할 수 있다는 기세로 방긋 웃기까지 하면서 완당과 초의 앞에 다가섰다.

보아 하니 통바지에 저고리 조끼의 남장이요, 행전과 육날 미투리의 중무장이요, 머리를 치켜 올리고 패랭이를 눌러쓴 장정이었다.

"이런 이런 이럴 수가……."

초의가 먼저 어이없다는 듯 입을 쩍 벌렸다.

"해남의 옥화 아닌가!"

완당도 대번에 알아차렸다.

"예, 옥화 문안 올립니다."

옥화가 마당에 엎드려 완당과 초의에게 따로따로 절을 올렸다. 곧 초의가 물었다.

"옥화가 어쩌자고 여길 왔어?"

"예, 두 분 어른이 보고 싶어서 왔습니다."

옥화는 태연자약했다.

"이 늙은이들이 보고 싶어서?"

완당이 되물었다.

"예."

초의가 다그쳤다.

"여긴 죄인이 갇혀 있는 적소여."

옥화가 곧 받아넘겼다.

"그런데 대사께서는 어찌 오셨습니까?"

"저런 저런……."

"대사께서 여기 오신 이치나, 제가 여기 온 뜻이나 초록은 동색입니다. 시중 잡배들이 얼씬거리지도 않고 아이들 울음소리도 들리지 않아서 참 좋습니다. 시가며 무악이 절로 솟겠구만요!"

완당과 초의가 미처 옥화의 말에 대답을 못하고 있는 사이, 어느 새 집주인 강씨의 부인이 쪼르르 나타나더니 옥화에게 손짓하며 저만치에 비켜서서 소곤거렸다.

"벌써……."

강씨 부인이 가고 옥화가 말했다.

"기숙할 방을 부탁했더니 구했다 합니다. 저는 거기 가서 좀 씻고 오겠습니다."

옥화가 사라지자 완당과 초의는 도깨비에 홀린 격이 되었다.

"방금 여기 온 여인이 누구였지?"

"글쎄."

"뭐 하는 사람이지?"

"나무 나무 관세음보살!"

저녁 식사를 마치고 차를 넣으면서 완당과 초의는 은근히 걱정이었다. 적소의 죄인이 기생은 고사하고 어떤 부류의 여인을 만났다 해도 그건 위법인 것이다. 뿐이랴, 승려의 신분인 초의가 와 있는 것도 위법이다. 그런데 완당이 초의와 함께 있는 것이나, 간혹 부근의 산기슭을 소풍할 수 있는 것은 제주 목사 이용현(李容鉉)이 애제자 허소치의 인척이 되는 까닭으로 해서 너그럽게 봐주는 때문이었다.

그렇지만 속세를 떠난 승려의 경우와 30안팎의 여인의 경우와는 삼척동자가 보더라도 이야기가 다르다. 설령 완당이 제주 목사의 비호를 받고 있다 하더라도 코앞에 대정 현감이 있잖은가.

"옥화가 그런 눈치를 모를까! 그냥 가겠지!"

"말썽은 없어야 할 텐데……."

그러나 옥화는 완당과 초의의 의표를 찌르고 말았다. 차가 익을 무렵, 그녀는 얌전하게 단장하고 사뿐히 그들 앞에 나타난 것이었다.

아뿔싸.

그녀는 다시 절을 올리고 서둘러 입을 열었다.

"제가 여기 들른 일에 대해서 너무 심려 마십시오. 이미 대정현에 손을 써놨습니다. 아무 일도 없을 것입니다. 제가 수륙 천리 멀다 않고 여기 온 것은, 첫째는 해남의 안산 마님 때문입니다. 대사께서 대감님 뵙겠다고 떠나신 지 두 달이 되어도 소식이 없으니 도중에 무슨 변이 났나 걱정이 태산이셨습니다. 그래서 저를 보내신 것입니다. 그리고 저도 또한 두 분 어른을 뵙고 싶었고, 겸하야 낯선 강산도 구경하고 싶었구요. 이렇게 두 어른을 뵈었으니 저의 소임은 다한 셈입니다. 아시는 바와 같이 저는 홀몸이라 아무에게도 구애받지 않습니다. 그러니까 두 어른께서 지금 당장 떠나라 하시면 당장 떠날 것이며, 며칠 머무르라 하시면 며칠 더 있겠고, 아주 오래 오래 있으라 하시면 언제까지나 여기 있겠습니다."

완당과 초의는 입이 막혔다.

이 가련한 계집에게, 아니 이 영특한 여인에게는 무슨 말이 적합한가를 모르는고로.

완당과 초의와 옥화는 벌써 차를 다섯 차례나 마셨다. 차를 즐기는 다인들 사이에서는 '차에 취했다'라는 말이 있다. 좋은 차를 넉넉하게 마시고 나면 입안이 개운하고 속이 후련하고 얼굴이 술에 취한 것처럼 앵두빛으로 변하는 상태를 말함이다.

그들은 차에 취하고 따뜻한 정에 젖어 있었다. 옥화가 다시 두 사나이를 놀라게 했다. 스르렁스르렁 노래를 시작한 것이다. 요즘의 표현으로 말하자면 피아니시모(아주 여리게)로.

  천하가 태평허면 언무숭문(偃武崇文)하려니와 시절이 분요
  (紛擾)허면 포연탄우(砲煙彈雨) 만날 줄을 사람마다 아는 바라,
  진(秦)나라 모진 정사(政事) 맹호독사심하더니 사슴조차 잃단
  말가. 초야에 묻힌 영웅 질족자(疾足者) 뜻을 두고 곳곳이 일어
  날 제 강동(江東)의 성낸 범과 패택(沛澤)에 잠긴 용이 각기 기
  병(起兵) 힘을 모아 진나라를 멸할 적에…….

옥화의 노랫가락은 중모리의 단가(短歌)였다. 도둑고양이처럼 하성(下聲)으로 읊조리 듯 나긋나긋 부르는 것이었지만, 갈 곳은 다 가고 있어서 고저 장단에는 조금도 나무랄 데 없는 명창이었다.

완당과 초의는 평소 예악(禮樂) 일치를 주장하였다. 예는 시시콜콜 따지고 들면서 악에 대하여는 문외한인 유학 소아병자들을 반쪽 선비로 치부하고 있었다. 그건 고산 윤선도가 출중한 교육자요, 우국지사이면서도 악곡을 수없이 창작했고 심지어는 거문고를 손수 제작했던 데 연원을 두고 있는 바, 지금 때와 장소가

기묘한 기상천외의 소리를 듣고 있으나 어찌 그 묘미만을 놓칠
수 있으리요.
　그 기묘한 때와 장소로 하여 옥화의 애원성(哀怨聲)은 한라의
정기며, 제주 바다의 요기며, 칠흑의 밤하늘을 촉촉히 적시고 있
었다.
　그건 가시밭을 덮친 난류(暖流)였다.

한이사 가슴에 새겨두고

완당과 초의와 옥화가 차를 마시면서 펼친 소리 잔치는 이를테면 훔쳐먹는 음식이 더욱 맛있다고나 할까. 시쳇말로 스릴이 있다 하여 흥미진진이었다.

옥화가 단가를 마치고 나서 말하였다.

"소리란 흥취따라 하는 것 아닙니까. 두 어른을 모신 이 자리의 흥취야말로 제 평생 처음 겪는 천하일품이 될 겝니다. 이러한 지경 때문에 이적선(李謫仙)이 강물에 몸을 던졌든 갑습니다. 소맷자락 덕분에 춤춘다고 지손새 엮어보는디……."

완당과 초의에게는 미처 말할 틈을 주지 않는다.

"판소리라 하는 것은……."

그렇다. 소리를 할 양이면 단가는 목을 푸는 허두가(虛頭歌)라, 이제부터가 본마당 아니던가.

"섬나라에 와보니께 수궁가 생각이 절로 나는구만요."

〈아니리〉

남해 용왕이 영덕전 새로 짓고 복일낙성할새, 동서북 삼해 용

왕 발사청래하여 대연을 배설하니 영타고 옥룡적 능파사 채력
곡에 풍류도 장할시고, 삼위로 구전단을 싫도록 서로 먹고 이삼
일이 지나도록 질끈 놀아주었더니, 연무호연이라 잔치를 파한
후에 용왕이 병이 나서 어탑에 높이 누워 여러 날 신음하기로 수
중만족이 정성으로 구병할 제, 술병으로 그러한가 물메기 드려
보고, 양기가 부족한가 해구신도 권해보고, 노점을 초잡는지 풍
천장어 대령하고, 비위를 붙잡기로 부어를 써보아도 백약이 무
효로다. 용왕이 딥상을 탕탕 슬퍼 우는디……

본시 판소리는 〈아니리〉에 이어 〈진양조〉 〈중모리〉 〈중중모
리〉 〈엇모리〉 〈자진모리〉 〈휘모리〉 등을 요리조리 섞어가며 가락
을 이어가는 것이 상식이다.

한데 옥화의 그날 밤의 수궁가는 그게 아니었다. 본래의 바디
(唱本)는 어디다 던져버리고 제멋대로 좌충우돌이었다.

"임금은 무릇 세상사를 마음 쓰이는 대로 하는지라 조심조심
즐기면 되는 것을, 뭐 덜라고 그리 욕심을 부려 술과 색으로 탕진
을 할 것이요, 잉?"

〈중중모리〉
슐은 사룸을 밋치게 ᄒ눈는 약이요, 색은 사룸의 슈한을 주리
는 근본이라 대왕이 슐과 석을 과도히 ᄒ샤 이 지경에 니르심이
니 스사로 시으신 죄악이라 수원수구 ᄒ시오릿가.

"그때의 임금은 신성불가침의 지고지존이시니 그가 명군이냐 암주냐 하는 것은 곧 백성들의 생활 문제와 결부되얏습니다. 하오나 백성은 임금의 행세가 어떠하였거나 사군이충(事君以忠) 군위신강(君爲臣綱)의 규범에 묶여 있었는디, 어찌 또 고이하게시리 토끼 간이 약이 된다는 것인지……."

〈중모리〉
병중ᄒ여 퇴간이 아니며는 다른 약이 업난 고로 별주부의 충성으로 너를 잡어 바쳐시니 네 간을 먹고 짐의 병이 나은 후에 기특흔 네의 공을 짐이 엇지 이질쇼냐 조금도 셜어 말고 배 내미러 칼 바더라.

"헌디, 저 어리석은 임금 좀 보시오 잉. 토끼의 잔꾀에 홀딱 속아가지고 그 간출입론(肝出入論)을 믿어부러……."

〈엇모리〉
퇴간 출입흔단 말은 ᄉ기에도 업ᄉ옵고 이치에도 부당ᄒ니 배를 갈라 간 업시면 신이 양게 또 나가서 망영 토끼 ᄌ바 올게 배 가르고 보옵쇼셔…… 영

"충신 자라가 이렇게 아뢰었건만 용왕은 무능한 간신들의 말만 믿고 오히려 토끼에게 당장 선생의 호칭을 붙여 대연(大宴)을 배설하고 풍악을 울리면서 수궁 선녀들을 안거 극진히 대접하였어

요. 한편 토끼는 자라에게 복수를 하고자 '토간을 먹기 전에 자라 탕을 먹으면 더욱 효과가 있다' 하니 저 어리석은 용왕은 당장 명을 내려 자라를 잡아 탕을 해 올리라고 호령합니다요.

수륙만리 사지에 들어가서 온갖 지략을 다하여 토끼를 구해온 충신 자라는 용렬한 왕에 의하여 흔한 약재가 되는 것입니다요. 충과 불충이 거꾸로 되어버리는 것이지요."

완당과 초의는 수궁가를 읊조리는 옥화의 미간에서 심상치 않은, 아니 번득이는 위험을 보았다.

수궁가는 동물을 의인화한 우의적 수법의 작품으로서 17~18세기의 서민의식을 바탕으로 한 것이거니와, 그걸 단순한 풍자로 치부할 수는 없는 터에 옥화는 대목대목에 못을 박고 비수를 휘둘렀다.

"날이 새면 자라탕이 되어버릴 가련한 자라, 탕재가 되기보다는 낫다 싶어서 밤에 몰래 토끼를 자기 집에 초대하여 진수성찬으로 향응을 벌입니다. 교만이 극에 이른 토끼 녀석 배불리 먹고 난 후 자라에게 한다는 말이 '죽기 두렵거든 네 안히로 하로밤 슈청흐면커니와 그러치 아니흐면 멸문지환(滅門之患)이 목전에 잇실리라' 하였것다. 자라 할 수 없이 불경이부(不更二夫) 어쩌고 울며불며 머뭇거리는 부인을 달래어 토끼와 하룻밤을 지내게 합니다요. 여기서 더욱 기막힌 대목은 토끼와 하룻밤을 동침한 자라의 부인이 그 이튿날 토끼가 육지로 떠남에 있어서 다음과 같은 연애편지를 보내는 것입니다요.

토(兎)선생 좌하에 글을 알외나이다. 첩의 팔자 기구ᄒ야 15세에 주부(主簿) 만나 성품이 지악(至惡)ᄒ여 금실이 부족키로 중정(中情)의 잇난 셔럼 붓칠 곳 바이 업셔 옥황에 발원턴이 조물이 지시ᄒ야 천금갓치 귀한 몸을 하로밤 연침(聯枕)ᄒ 후 만단정회(萬端情懷) 다 못ᄒ여 일조(一朝) 낭군 이별이야 혈기로 싱긴 몸이 일이 셜고 어이 살이.

자라의 처지에서 보면 분통이 터질 일이며 야속하기 이를 데 없는 노릇입니다만, 그런 저런 사연을 통틀어 살펴볼라치면 그건 두루두루 암주를 만난 백성의 숙명적인 슬픔 아닙니까?"
초의가 길게 한숨을 토했다.
"나무 나무 관세음보살."
"정말로 나무 관세음보살입니다. 사람의 흥망성쇠가 지나고 보면 모두 남가일몽 아닙니까요. 중국의 팽조(彭祖)는 8백 세를 살았다 하건만 하루살이라는 벌레는 한 달이 뭔지도 모르는 놈들이고, 매미는 봄에 나서 여름까지 살다 죽는지라 무엇을 가리켜 4계절이라 하는지 모르는데, 초나라 남쪽 바다에 사는 큰 거북이는 5백 년이라는 세월도 한철에 지나지 않고, 명령(冥靈)이라는 느티나무는 천 년에 나이테 하나가 는다 하니, 하루살이와 매미를 가리켜 짧은 삶이라 한다면 거북과 느티나무는 긴 삶이라, 짧은 삶은 긴 삶을 이해할 수 없으나 또한 세인들이 인정한 팽조도 거북과 느티나무가 보기에 짧은 삶이어서 그 비애는 하루살이나 매미나 오십보 백보가 아니겠습니까."

옥화는 노래와 임금의 무이무능을 재담으로 엮고 나서 이번에
는 옛이야기로써 완당의 불우한 처지를 달래고 있었다.

사실은 그 옛이야기가 《장자(莊子)》의 〈소요편(消遙編)〉임을
완당과 초의가 어찌 짐작 못했겠는가!

옥화는 참으로 출중한 여인이었다. 두 노인을 위로하는 일이
누구의 명령도 아니요, 의리가 있어서도 아니며, 시쳇말로 해웃
돈이 생기는 일도 아닌데 어쩌자고 그토록 지성이던가.

동방의 석학이사 명문출신인 완당과 고승인 초의와 그리고 하
찮은 노기 옥화와의 거리는 하늘과 땅의 차이였다. 더구나 그들
은 남과 여의 장벽에 걸려 있다. 남녀동등이니 여권신장이니 하
는 말은 생겨나지도 않은 때이다. 더더구나 위험천만인 곳에서
아슬아슬한 모험으로 만나고 있는 것이었다.

그런데 왜 이렇게 분위기가 따뜻한가. 그건 세 사람에게 상통
하는 의지의 규합 때문이었다. 완당과 초의 사이를 연결하고 있
는 끈끈한 우정이 옥화에게도 스물스물 옮겨진 때문이었다.

옥화는 밤이 깊어서야 숙소로 돌아갔다. 완당과 초의는 정이라
는 것이 얼마나 무한하며 값진 것인가를 새삼 되뇌이면서 모처럼
단잠에 빠져 들었다.

이튿날 조반을 들고 완당에게 사사하는 학동들이 다녀간 후,
옥화가 두 노인을 다시 찾아왔다. 어젯밤의 단장과는 딴판으로
이웃 아낙네가 들일 나가는 차림이었다.

차가 나오고 그런 서런 잡담이 이이졌다. 완당이 필연을 당기
고 옥판선지를 펴더니 난을 친다. 옥화의 얼굴을 보고 한 획을 긋

고 옥화의 옷매무새를 보고 또 한 획을 긋고 찢고, 긋고 찢고, 긋고를 거듭하더니 이윽고 한 작품을 치켜들고는 입을 열었다.

"중부, 이 그림 옥화 닮았나?"

초의가 비시시 대답했다.

"십상일세."

완당이 다시 붓을 들고는 씨부렁거렸다.

"화제(畵題)는 그대가 불러."

"내가 왜?"

"공양값을 해야지."

"나 원!"

초의가 사르르 눈을 감고 글귀를 읽었다.

"아서의조원무법(我書意造元無法) 차로육중상유시(此老育中常有詩)."

"꿈보다는 해몽이 일품일세."

완당이 받아쓰고는 성명인(姓名印)·아호인(雅號印)·두인(頭印)·유인(遊印)을 골고루 낙관하였다.

완당으로서는 평상시 좀처럼 하지 않는 지성이었다. 옥화가 숨을 죽이고 내려다보았다.

옥화를 닮은 한 폭의 난.

완당의 지금 처지로는 구김없는 마음이자 지극한 답례였다.

"내가 그대에게 할 수 있는 일은 이것뿐이야."

옥화의 두 눈에서 와르르 눈물이 쏟아졌다.

"······이런 때 뭐라고 여쭙는 것인지, 지는 가늠을 못합니다."

"그건 주객전도야. 나는 《제자백가서》를 읽는 것보다도 그대의 노래, 그대의 재담으로 하여 힘을 얻었어. 그 동안 나는 선비답잖게 소침해 있었거든."

"이 계집의 무례를 용서하십시오."

"자 자, 차나 들자구."

다시 차가 나왔다. 이런 저런 세정 이야기 끝에 우선 이상적이 화두가 되었다.

"그 사람 별난 사람이야."

"왜?"

"지난번 이곳으로 《만학집》 8권과 《대운산방문집》 4권을 보내 왔더군. 어찌나 고마운지 날듯이 기뻤어. 돌이켜 생각컨대 그가 나에게 쏟은 정의는 그것만이 아니었어. 그는 연경 나들이 때마다 귀중한 서책을 구해 왔거든. 헌데 난 뭐야. 줄 것이 있어야지. 마치 오늘 옥화에게 했던 것처럼 그림 한 장을 그려서 인편으로 부쳤어. 그 친구 그걸 다시 연경으로 가지고 가 그곳 명사들에게 보였다더군. 그랬더니 너도나도 그 그림에 제발(題跋)을 써주더라나. 우선은 그걸 다시 합장(合裝)하고 그곳 장목(張穆)으로 하여금 제자(題子·題籤)를 쓰게 하여 가지고 왔어."

"그 그림 지금 어딨어?"

"……우선이 그걸 다시 이리로 보내왔더군!"

"지금 여기 있다는 말이야?"

"그렇다니까."

"싱거운 사람! 그래 내가 여기 온 지 두 달이 지났는데 이제사 그 말을 혀?"

"그게 무슨 자랑이라고……."

"그렇다면 지금은 왜 혀?"

"말에 말이 이어져서……."

"잔말 말고 어서 그 그림 내놔 봐!"

완당이 죄진 사람마냥 부시시 일어나 선반 위의 두루마리를 내려놓으니 '다르르' 그림이 펼쳐졌다.

"세한도 우선시상(藕船是賞).

거년이만학(去年以晚學) 대운이서기래(大雲二書寄來)……."

초의가 제사(題辭)를 읽어 내려갔다.

"히야, 이거 그대의 일생일대의 걸작이로고."

"뭐?"

"되얐어, 되얐다니께."

그림에 붙은 첫 발문은 장악진(章岳鎭)의 글씨였다. 초의가 다시 읽었다.

"도(道)란 성할 때와 쇠할 때가 있는 법이며, 사람은 세상을 잘 만날 때와 잘못 만날 때가 있는 법이다. 이런 것은 모두 하늘의 뜻이어서 사람의 능력으로는 어찌하지 못하는 것이다. 그러나 도가 성하면 세상을 잘 만나게 되고 도가 쇠하면 세상을 잘못 만나게 되는 것은 사람의 노릇이지 하늘의 뜻은 아니다.

전하여 말하기를, 하늘은 사람이 추위를 싫어한다 하여 겨울을 없애지 못하는 것과 같이 군자가 세상이 어둡고 혼탁하다 하여 그걸 함부로 고치지 못하는 법이니 이럴 때에 군자는 그것을 오

히려 굳게 명심하여 때로 융성하고 때로 쇠하고 때로 순경하고
때로 역경하는 사이 그 진퇴와 존망을 잘 알아서 그 바른 바를 잃
지 않는 것이 군자라 할 것이다.

공자가 말하기를, '세한연후지송백지후주(歲寒然後知松柏之
後凋)'라 하였는데 이는 무슨 말이냐 하면 곧은 절개는 눈서리를
겪은 후에야 뚜렷하게 나타난다는 것이다. 그러나 송백이 나중에
시든다 하는 것은 설한 이후의 일이 아니라서, 군자가 송백의 절
개를 본보기로 하고지 할 때에는 송백이 설한을 만나기 전의 절
개를 알아야 할 것이며, 그 절개란 사시사철 변하지 않는다는 것
도 알아야 할 것이로다.

송백 아닌 여러 화초는 추운 겨울을 만나면 송백처럼 꿋꿋하기
를 바라겠지만 그렇게 될 수 없는 것은 본시 송백과 같은 절개를
가지지 못했기 때문이다.

절개란 평상시에 굳게 했다가도 잠깐 사이 변하는 수가 있는
법이다. 사시사철 변하지 않고 절개를 간직하기가 얼마나 어려운
노릇인가. 자칫 화초와 같은 처지가 되는 것을…….

송백이 산속 바위틈에 서서 늙어도 고독하게 여기지 않는 것은
장차 재목으로 쓰이기를 기다리는 것인데 만약 목수에게 버림을
받더라도 원망하지 않을 것이니 이는 진실한 모습을 보존하는 것
으로 만족함이로다.

송백이 겨울에 추위를 만나는 것은 화초와 다를 바 없고 매년
추위를 당하고도 가지가 번함 없는 것은 세상에서 절개를 인정하
여도 여전히 같은 송백이요, 세상에서 알아주는 이 없어도 또한

여전히 같은 송백이니라.

그러므로 송백이 겨울 추위 후에 그 절개를 나타낸다는 것은 송백이 스스로 바라는 바가 아니며, 겨울 추위 후에 절개를 안다는 것도 송백의 진실을 안다고 할 수 없는 것이다.

우선이 추사 선생의 그림에 나타난 것은 우선을 면려하는 동시에 장차 속세를 떠나서 숨어 살지라도 흐트러지지 않는 기개를 이르는 것이다. 추사 선생의 높은 절개가 우러러보인다. 음, 음!"

초의는 그저 감격할 뿐 말문을 열지 못한다. 옥화 역시 잔뜩 주눅이 들어 있었다.

국경을 넘어 오고간 정표가 너무너무 아름다웠으므로.

초의가 숨을 돌리고 다시 읽어 내려갔다.

海虞 吳贊呈書

南蘭陵 趙振祚書

茶磨山人 潘遵祁書

吳懸 潘希甫書

潘曾瑋書

馮桂芬書

汪藻書

曹楙堅書

陳慶鏞書

南沙 姚福增書

歸安 吳淳韶書

梁溪 周翼坡書

陽湖莊受祺書

平定 張穆書

陽湖 張曜孫書

　세한도 전체의 길이는 스물두 자였다. 세한도 자체도 천하일품이러니와 거기에 연달아 붙어 있는 중국 명사들의 제발로 하여 이제 어쩔 수 없는 보물로 변신하고 있었다.

　초의가 옥화의 부축을 받아 다시 그림을 폈다.

　허허벌판에 초췌하게 서 있는 한 채의 한옥과 엉성한 네 그루의 소나무, 그림은 그것뿐이었다. 고고한 화격(畵格)과 신비로운 필력으로 군더더기가 전혀 없는, 어떤 구상적인 작의가 아닌 천의무봉한 마음의 선비가 철학적으로 스스로를 승화시킨, 조선은 물론 중원의 고금을 통하여 그 누구도 시도하지 못한 대담한 선과 추상으로 단숨에 팽개치듯 그려진 문인화의 극치에 초의는 넋을 잃었다. 그도 또한 시·서·화·차의 4절(四絶)로 인정받는 재사 아니던가. 작품의 진가는 아는 자만이 아는 것이다.

　"이런 걸 문자향(文字香) 서권기(書卷氣)라 했던가."

　"과찬일세."

　"그대와 친교하는 내가 자랑스럽구만."

　그림을 잘 치는 화공으로야 완당 위에 얼마든지 있고, 명필로 따진다면 완당 아니고도 일가견을 세운 명사가 얼마든지 있지만, 이 세한도의 경우 그 도도한 품격과 잔잔하게 흐르는 정감에 있어서 뉘라 모방을 할 수 있으리요.

그때 문 밖에서 사람들의 발자국 소리가 들려왔다.

"진짓상 대령이오."

옥화가 얼른 문을 열었다. 장정 두 사람이 교자상을 들여놓았다. 떡 벌어진 진수성찬이었다.

"어?"

완당과 초의가 까닭을 모르는 사이 옥화가 말했다.

"제가 묵고 있는 숙소의 안주인께 일렀더니……."

그건 섬나라의 어줍잖은 음식이 아니었다.

전라도의 찰지고 끈끈한 맛이었다. 초의는 두 달 만에 완당은 실로 5년 만에 대하는 진미였다.

이야기가 옆길로 흘렀나보다.

옥화는 그로부터 사흘 후에 제주를 떠났고, 초의는 달포 더 머무르다가 해남의 대둔사로 돌아갔다.

옥화가 떠나던 날 완당은 그녀에게 말했다.

"내일 모레를 기약할 수 없는 내 처지에서 무슨 말을 할 수 있으리요. 허나 만에 하나 내가 이 섬에서 풀려나 육지를 밟는 날에는 맨 먼저 그대를 찾겠네. 고맙다거나 아쉽다거나 하는 말을 하기조차 부끄럽구만."

옥화는 역시 여자였다.

눈물이 아롱아롱 아리었다.

"……차라리 이대로 제주의 구멍 뚫린 바위가 되었으면 합니다."

초의는 해탈한 스님, 그들의 작별 또한 유별났다.

"만나고 헤어지고, 살고 죽고가 뭐이 그리 대단한 것인가."

세상만사 탄지의 순간이 아닌가 하는 성싶었다.

"인연이 닿으면 또 만나는 거고."

"그래그래. 인연이 끊겼으면 만나지 못할 게고."

"공부나 많이 혀."

"인편이 있거들랑 차나 보내여."

"주제에 차맛은 알아가지고……."

"날 위해서 염불이나 자주 하라구."

"왜 화장해(華藏海)에 가고 싶어?"

"그대가 그곳에 가 있을 거니까."

"거기서 또 만나?"

"암, 암……."

완당과 초의의 이별은 이렇게 싱거웠다. 서로 가슴으로는 울고 있었는지 모를 일이지만.

정은 영으로 승화되고

완당이 제주도에 유배된 지 9년째, 뉘라서 가는 세월을 붙들 수 있으랴. 이제 당년 63세의 노인이 되어버렸다.

"허망한 노릇이야."

"알 수 없는 일이야."

"사람의 한평생이 이토록 무가치하랴."

가슴을 치고 땅을 치고 하늘을 우러러도 거기에는 텅 빈 허허벌판이 있을 뿐, 아무도 대답이 없었다.

이 글에서 이미 언급한 바 있거니와 옛날의 유배형이란 매우 가혹한 형벌이다. 이를테면 3년형·5년형·10년형 심지어는 무기형이라 할지라도 기약하는 바가 있으므로 소위 희망과 체념이 성립되는데 반하여 유배형은 언제 풀릴 것인지 당장 내일이라도 사약이 내려져서 죽게 되는 것인지 전혀 가늠이 가지 않는, 그러니까 체념할 수도 없고 희망을 가질 수도 없는, 말하자면 형 자체의 고통보다도 심리적인 고문 행위에 속한다 하겠다. 혼을 빼고 피를 말리는 가혹 행위였다.

'차라리 죽여다오' '죽는 일이 이보다 더하랴' 한다 하니.

완당의 경우는 그 심사가 더욱 유별났다. 하늘을 찌를 당대 제일의 권문세가가 풍지박산이 나고 아버지(김노경)가 아직도 죄인의 몸이며 하늘에 맹세코 자신의 죄목을 시인할 수 없음에랴.

완당이 툇마루에 앉아서 섣달 초순께의 차디찬 하늘과 풀풀 날리는 솜구름을 쳐다보고 있는데 종 경득이가 헐레벌떡 들이닥쳤다.

"한양에서 손님이 오셨습니다요."

"누구더냐?"

미처 경득이가 말을 마치기도 전에 젊은 장정이 마당으로 들어서서 완당에게 인사를 했다.

"시생 한양의 대원이 대감(대원군, 李昰應) 휘하에 있는 김완수(金完秀) 올습니다."

완당은 젊은이를 물끄러미 바라보았다. 길흉의 어느 쪽일고.

"그래서?"

"대원군마마의 서찰을 가지고 왔습니다."

"어디……."

석파(石坡)가 완당에게 보낸 서찰의 내용은 흉 편이 아닌 길 편이었다.

오늘 아침 난을 치는데 별로 힘을 쏟지 않았는데도 운필이 여의하더니 점심 때쯤에 신대장(신관호)으로부터 기별이 당도하였습니다. 완당공의 방적교지(放謫敎旨)가 내려질 섯이라고요. 이 아니 다행한 일입니까. 미구에 공문서가 그곳에 당도할 것이

오나 그 동안의 일일천추의 수심을 한시바삐 덜어드리고자 아
랫사람 편에 이 서찰을 보냅니다. 두루 하념하시와 옥체 보전하
시옵소서.

완당이 55세인 1840년(헌종 6년)에 유배를 당한 지 9년이 지난
1848년(헌종 14년) 12월 6일의 일이었다.

다행한지고.

완당은 우선 의관을 갖추고 북쪽을 향하여 몇 번인가 절을 올
렸다. 충성스런 신하로서 오늘의 성은에 감격하여 임금께 올리는
절인지 아니면 얽히고 설킨 혈연의 누군가에게 올리는 절인지 알
수 없는 절을.

선비란 예나 지금이나 감정을 밖으로 나타내면 안 된다. 지금
의 식자들은 후세들에게 말하기를 솔직하라고, 또는 울분을 푼답
시고 웃을 때는 깔깔깔 웃고 울 때는 엉엉엉 울고, 화가 났으면
마음껏 털어놓으라 가르치지만 그건 잘못이다. 그런 것을 어줍잖
은 서양교육이라 하는 것이다.

즐거울 때 방긋 웃고 슬플 때는 그 서러움을 안으로 삼키고 화
가 치밀어도 욕하지 아니하는 것이 우리네 선비들의 몸가짐이었
다. 그건 흔히 말하는 인지위덕(忍之爲德)이나 인고의 미덕이 아
니라 야성과 이성의 차이이다.

완당은 적소 제주를 떠나야 하는 마당에서 감회가 짙을 수밖에
없었다. 하지만 그는 그 감회를 고스란히 접어버렸다.

완당이 실제로 제주를 떠난 것은 그 해 섣달 그믐께였다. 제주

에서 탄 배가 해남의 어란진(於蘭鎭)에 닿았다.

육지에 첫발을 디딘 완당은 생각 같아서는 펄펄 날 것 같았지
만 어쩐지 발이 무거웠다. 마중 나온 아들 상우가 말을 대령해 놓
고 아뢰었다.

"날씨가 찹니다. 주막에서 하루 쉬시고 떠날까요?"

"아니다. 그냥 떠나자."

완당은 바로 어란진을 떠났다. 송지(松旨)를 거쳐서 현산(懸
山)을 지나 화산(花山)과 삼산(三山)의 길림길에 이르렀다. 거기
서 상우가 아버지의 뜻을 물었다.

"어느 쪽으로 모실까요?"

완당이 거침없이 말했다.

"삼산으로 가자."

대둔사로 가자는 것이었다.

초의는 대둔사 일지암에 있었다. 해발 3백 미터에 불과한 산허
리에 있지만 그늘진 북향에 위치하고 있어서 겨울이면 내내 눈에
묻혀 있다. 산사의 구들은 나뭇가지를 많이 지피면 그런대로 지
낼만 하건만 초의는 그 흔해빠진 땔나무를 많이 지피는 것도 과
분하다 하고 토굴 아랫목에서 홑이불을 뒤집어쓰고 앉아서 작설
을 홀짝이고 있었다.

"쾌년각에서 전갈이 왔습니다."

차를 마시는 것인지 선을 하는 것인시, 바짝 미른 체구이건만
어찌 보면 큰 바윗덩어리 같이 느껴지는 초의의 귓전에 시자 도

범의 말소리가 들렸다.

"뭐라고?"

"쾌년각에서……."

"누가 왔어?"

"제주의 김정희 선생이 오셨답니다."

초의는 소스라치게 놀랐다.

"누, 누가 와?"

"……완당 선생께서 오셨답니다."

"유찬이 풀렸다든?"

그때 죽창이 벌컥 열렸다. 큰 절에서 눈길을 헤치고 올라온 젊은 행자가 초의에게 합장하고 아뢰었다.

"지난 섣달 초에 유형이 풀려서 한양으로 올라가는 길에 들르셨다 합니다. 몹시 수척하셔서 여기 올라오실 수는 없고 해서, 큰 스님께 아뢰랍시는……."

"거기 지팡이 이리 줘."

도범이 말했다.

"이 눈밭에…… 그렇게 떠나시면 감기드십니다."

하지만 초의는 벌써 털맹이를 꿰고 있었다.

"네가 뭘 안다고 잔말이여."

초의가 지팡이를 쥐고 내딛었다. 젊은 행자와 도범이 이쪽 저쪽에서 부축하건만 그는 수없이 넘어지며 헐떡거리며 해가 가섭봉 저쪽으로 사라진 후에야 쾌년각에 당도했다. 쾌년각은 대둔사를 찾아온 손들을 모시는 객관이었다.

"누가 왔어?"

초의가 안에 대고 고함을 질렀다. 절의 행자들이 우르르 나오고 이어 큰방의 세살문이 열리면서 완당이 얼굴을 내밀었다.

"도량에 왔으면 공손히 스님을 찾아뵙는 법이거늘, 자빠져서 오라 가라? 이 건방진 선비 같으니라고!"

상우와 소치와 경득이도 보였다.

"웠다, 이 사람들아. 이 눈길을 또 왔구만!"

그들이 조아렸다. 완당이 말했다.

"바싹 말라 빠져 가지고 장가도 살아 있었구나!"

완당은 기어 나오고, 초의는 뛰어올라 대청마루에서 얼싸 안았다.

"중부, 그대 뭘 하고 있었어? 공부했어? 워낙 멍텅구리가 돼서 터득은 못했을 거지만……."

"귀양살이 9년씩이나 하고서도 속을 못 차리고…… 이 버릇없는 것."

"그대 나이도 예순셋, 내 나이도 예순셋. 이제 서로 늙어 버렸구나!"

"그려 그려!"

그들은 서로 부축해가며 방으로 들어갔다. 그러니 저러니 하는 인사말이 무슨 소용이랴. 서로 바라보고 비실비실 웃기만 했다.

"왜 웃어?"

"그대는 왜 웃나? 실성한 아이처럼."

"그쪽이 우습구만."

“난 그대가 우스워.”

“싱거운 사람!”

“누가 아니래?”

“허헛헛헛…….”

“히야! 핫핫…….”

그때 백설당(白雪堂: 식당)에서 저녁 공양이 왔다.

“자, 묵더라고.”

“노덕(老德)이 죽비를 쳐.”

“죽비고 지랄이고 밥맛 떨어져. 시장할 건디 어서 들어.”

“그럼…….”

고사리나물, 고소나물, 무채, 튀각, 표고무침, 토란국……. 절밥
치고는 제법이었다. 백설당 원주 스님의 각별한 배려였다.

초의는 완당과 함께 쾌년각에서 밤을 샜다.

이튿날 쉴참께에 옥화가 나타났다. 제주에서의 그 일 이후의
재봉이었으니 그 정감이야 어찌 말로써 표현할 수 있었겠는가.
거듭거듭 감개가 무량할 따름이었다.

“어찌 나 여기 온 줄 알았던고?”

“다 아는 수가 있습니다.”

옥화가 초의를 힐끗 쳐다보았다.

“불은 수인씨가 내었고…….”

“그러하옵니다.”

“나 역시 그대를 만나고 싶었어.”

“고맙습니다.”

“지난번에는 고생이 많았지?”

“고생은커녕 정말 즐거웠습니다.”

“아름다운 추억이야!”

“그렇습니다.”

초의가 끼어들었다.

“인사치레 끝났으면 올라와. 점심 공양 들게…….”

옥화가 아뢰었다.

“아닙니다. 두 어른의 점심 공양은 소녀가 마련하였습니다. 대 감님 소복(蘇復)의 뜻도 있고 해서 비린 음식이 섞였기에 저 아래에 자리를 잡았습니다. 내려가시지요.”

“옳거니…….”

알심 있고 눈치 빠른 안산댁과 옥화가 하는 일이었으니 어찌 빈틈이 있으리요. 완당과 초의는 옥화를 따라나서지 않을 수 없었다.

해탈문을 나서서 피안교를 지나고 조옥교를 건너면 개천가에 제법 운치있게 지은 유선각(遊仙閣)이 있었다. 골의 유생들, 한량들, 아전들이 소풍 나와서 노는 곳이었다.

유선각 못미쳐서 옥화가 다시 아뢰었다.

“골의 선비들 몇몇이 대감께 위로의 말씀을 올리고자 소녀와 동행하였삽기 과히 허물 마시옵기 바랍니다.”

“그래…….”

아니나 다를까 유선각에는 선비들 대여섯이 미리 자리를 잡고 있었다. 그들은 완당에게 전관예우의 도리로 인사를 올렸다.

"여독이 풀리지 않으셨을 것인데 뵙자고 해서 죄송합니다."

"뵙게 되어서 영광입니다."

그들은 그런 말로 완당을 대하고 있었다.

그사이 옥화는 함께 온 아낙네를 재촉하여 교자상을 꾸미고 있었다. 겨울이라지만 마루에는 포장을 두 겹으로 둘렀고 숯불을 네 귀에 피웠으므로 운치와 아늑함이 일품이었다.

초의는 완당과 나란히 앉아서 덤덤할 뿐, 내내 말이 없었고 선비들 또한 그에게는 관심을 보이지 않았다.

안산댁이 옥화 편에 보내온 음식은 매우 푸짐했다. 완당의 소복을 위하여 마련한 용봉탕과 어만두와 진양주와 칠과차는 참으로 진품이었다.

옥화의 권고로 완당은 음식을 달게 먹었고 약주도 몇 잔 마셨으나 초의는 강정 따위를 몇 알 드는 둥 마는 둥 하였고, 동석한 선비들은 차츰 조심성을 잃어가며 호기를 부리기 시작하였다.

오나가나 주석에서는 재승덕하는 사람이 불거지기 마련이었다. 어느 선비가 쑥 나섰다.

"완당 선생님을 뵙게 된 오늘 같은 좋은 날 어찌 시 한 수가 없을 수 있겠습니까? 우리 모두 시회를 여는 것이 어떨까요?"

"좋지요."

"그게 좋겠소."

모두 찬성이었다. 그들은 미리 그런 일을 꾸며 두었던 것 같았다. 왜냐하면 필연과 종이가 이미 마련되어 있었으므로.

그들은 주안상에서 조금씩 떨어져서 붓을 들었다. 완당과 초의

에게도 붓과 종이가 배당되었다. 완당은 비실비실 웃고 있고 초
의는 시름시름 졸고 있었다.

"운자(韻字)를 내야지."

"그렇고말고."

"자네가 내소."

"그럴까."

그들끼리 주거니 받거니 하더니 누군가가 소리를 높였다.

"어둘 명(冥), 뜰 징(庭), 별 성(星), 마름 평(萍), 갈 거(去), 떨어
질 령(零)."

운자가 나왔다. 그런데 그때 놀라운 일이 벌어졌다. 선비들인
지 유생들인지 그들 모두가 붓을 잡고 머리를 조아리는 찰나에
완당이 소리 높이 시구를 읽는 것이었다.

"제주에서 여기 초의 스님과 작별할 때의 일이 생각나는군!"

만나자 이별이니 이런 슬픔 또 있을까

헤어지기 어려워 발이 뜰에서 떨어지지 않는구나

내가 그대 시를 매일 읊을 것인즉

그대의 시를 벌레가 슬지는 않을 것일세

덧없이 늙어가는 이 한 몸

소매에 스며드는 가을 기운 쓸쓸하나니

그대 뱃길을 마름풀이 붙잡을 거야

남곽(해남현)으로 그대가 떠난 후

나는 국화 피고 지는 것 보며 이 외로움 달래리라.

乍逢旋別曉沈冥

未忍相分久立庭

日閱君詩應不蠹

夢勞吾鬢易添星

還憐秋氣鬆歸袂

悵望舟行礙泛萍

從此又當南郭去

可堪籬菊任開零

　그리고 놀라운 일은 또 한 번 벌어졌다. 완당에 이어 시름시름 졸고 있던 초의가 곧이어 시구를 암송했기 때문이다.
　"나 역시 그때의 생각이 나누만!"

아 가을인가 고요가 쌓였구나

조각달이 뜰안에 가득 찼도다

역대 군왕의 위업은 청사에 전하고

드높은 가문은 덕성으로 빛나리니

나 공융주 받은 지 몇 번이며

강상의 초왕평 먹은 게 얼마던가

그대 나를 해남으로 보내며 슬퍼하는 것은

가을 바람에 이슬 떨어지는 모습 볼 수 없음이리라.

秋氣澄惺積翠冥

半輪明月可中庭

列朝勳業傳靑史

一國淸門照德星

山客幾霑孔融酒

江商時進楚王萍

傷心送我南州去

可奈金風玉露零

　골의 선비들은 아연실색이었다. 벼르고 또 별러서 골려주자고 작정했던 계책이 단숨에 와르르 무너진 것이었다. 우물 안의 개구리들 주제에 천하의 영걸 김정희와 당대의 고승 초의를 희롱하려 하다니 그건 분명 오산이었다.

　하나 주사가 끈질긴 작자에 의해서 다시 벌어졌다.

　"이번에는 운자 없이 그냥 오늘의 이 정경을 읊기로 합시다. 여러분 어떻습니까?"

　모두들 좋단다. 어물어물 그렇게라도 얼버무려서 체면을 세울 작정인 듯 싶었다. 그러나 이번에도 그들의 참패로 막을 내렸다. 그들의 용렬한 버릇을 바로잡아 주려는 완당과 초의의 의지 때문이었다. 그들이 미처 붓을 들기도 전에 시구가 읊어졌다. 이번에는 초의가 먼저였다.

　눈이 어둠을 밝혀 주는 눈 덮인 집에

뛰어난 선비들 왕래가 잦구나
처음 만나 그 빼어난 용모에 놀랐고
마주하여 그 툭 트인 마음씨를 사랑하였나니
마치 좋은 나무를 부여잡은 기쁨이로다
이별한 후에는 그 모습 잊을까 두렵구나
이제 부질없는 짓은 하지 말자
흰구름 멀리 정을 띄운다

花豁夜闢雪中關
卓犖群賢與往還
傾蓋初驚仙骨秀
聯襟相愛道心閒
當時自喜攀珠樹
別後能忘對玉山
今日對煩霞上作
多情遠寄白雲間

초의의 '백운간' 하는 여운이 가시기도 전에 완당이 읊조린다.

춤추는 난조와 절룩거리는 봉황은
따로 나누어보기 어려운 것
비취와 난초는 비치면 훈훈하지만
좋은 가락은 본시 자주 부르지 않는 법이며

허튼 소리는 잘 들리는 것이어서

다가올 일도 모르면서 떠들고

먼 앞날을 뚫어보고파

문득 두 날개 돋아나서

저 하늘을 마음껏 날 수 없을까 꿈꾸어 보네.

舞鸞騫鳳兩難分

翡翠蘭莉照更薰

絶操由來多不唱

陋方能得幾廻聞

論心末卜靑山雨

望眼長穿碧海雲

安得身生雙羽翰

飛空自在若鴻奔

　완당과 초의의 시구가 그들의 경망을 꾸짖고 경개를 촉구하는
내용임은 물론이다.

　그들은 두 번째의 계책에도 실패하자 곧 무릎을 꿇었다.

　"죄송합니다."

　"잘 배웠습니다."

　"그게 아니었는디……."

　그들은 살금살금 빠져 나갔다. 옥화가 비로소 입을 열었다.

　"소녀에게는 어떤 매를 내리시렵니까?"

완당이 대답했다.

"주편(酒鞭)일세."

술잔을 내밀었다.

"술은 천천히 주시옵고…… 소녀는 우선 치마를 벗겠습니다."

"치마를 벗겠다고?"

완당이 눈알을 부라렸다.

"네."

옥화가 분홍색 모본단 치마를 홀랑 벗으니 안에는 노방주 속치마가 눈부시게 희었다.

그녀가 완당 앞으로 다가앉아서 속치마를 넓게 펴고 붓자루를 내밀며 말했다.

"속치마에다 이 붓으로 매를 때려주십시오."

초의가 히죽 웃었다.

"희한한 통정이로고……."

완당이 마지못해 붓을 들었다. 먹을 듬뿍 묻히더니 육조체(六朝體)로 요(樂)·가(歌)·암(盦) 석 자를 썼다.

'요가암.'

완당이 해남 대둔사 유선각에서 기생 옥화의 속치마에 쓴 '요가암' 석 자는 액자로 표구되어 그 지방의 명기명창 사이로 전전하면서 '그걸 지니고 있으면 명창이 되어 좋은 남편을 만난다'는 전설을 낳게 되었다.

지금은 누가 가지고 있는지 알 수 없는 노릇이지만.

옥화와 더불어 유선각에서 해를 잡고 소풍한 완당과 초의는 그날밤 피곤해서 그랬던지 상우, 소치와 함께 일찍 잠이 들었다.

밤중에 완당, 상우와 소치는 초의의 시부렁거리는 잠꼬대에 잠을 깼다. 초의의 말은 생시의 음성과 다름이 없었다.

"권돈인 유배 순흥(順興), 신관호 유배 고금(古今), 김명희·김상희 방축향리(放逐鄕里), 김정희 유배 북청(北靑), 뭐? 뭣이 어째? 당신들 당신들은 살인자야 살인자라고! 상(上)도 살인자야, 상 역시 살인자야!"

보다못해 소치가 초의를 흔들어 깨웠다.

"대사님의 옷이 땀에 흠뻑 젖었습니다."

초의가 벌떡 일어나서 두리번거리다가 후유우 한숨을 내뿜고는 완당을 등지고 결가부좌한 다음 또 시부렁거렸다.

"나무 나무 관세음보살, 나무 관세음보살……."

완당 또한 시부렁거렸다.

"무슨 소리를 하는 건지, 나 원!"

소치와 상우가 바위처럼 굳어버린 초의를 물끄러미 바라보았다. 새벽 예불을 알리는 종소리가 울려 퍼졌다. 이어 여기저기서 스님들의 높고 낮은 염불소리가 은은하게 들려왔다.

제철 만난 세한사우(歲寒四友)

초의가 대둔사 쾌년각에서 완당과 함께 잠을 자다가 시부렁거린 잠꼬대는 그 후 몇 해 사이에 사실로 맞아떨어졌으니, 1849년(헌종 15) 7월 23일에 신관호가 고금으로 유배된 일이 그 첫째요, 1851년(철종 2)에 권돈인이 순흥으로 유배된 일이 그 둘째요, 그해 김명희·김상희가 방축향리 되고 완당이 다시 북청으로 유배된 일이 그 셋째의 사실이었다.

그와 같은 사실이 어찌하여 1년 전 또는 3년 전에 저 땅끝의 한낱 승려에 불과했던 초의의 심령에 예견되었을까. 실로 불가사의한 일이 아닐 수 없었다.

하지만 그때 함께 잤던 일행(완당·소치·상우)은 초의의 잠꼬대가 후일 맞아 떨어지리라 짐작할 리 만무했기에 그냥 웃어넘기고 말았지만 후세의 우리들은 그 잠꼬대 중에서 버리기 아까운 말을 추려내야 하겠다.

그건 상(임금)을 살인자라고 단정한 대목이다.

예나 지금이나 절대 권력자인 상(최고 통치자)은 그의 업적을

눈덩이처럼 불려서 찬양할 수는 있어도 어떠한 과실, 어떠한 실책도 그걸 죄로 다스리지 아니하였다. 부서(副署)의 제도가 있으므로.

다시 말하자면 잘한 일은 모두 위의 영광이요, 잘못한 일은 보필자의 실책이라는 것이다.

가까운 예로 1800년 안팎의 순조·헌종·철종대의 정치사를 훑어보면 그건 끊임없는 처형·유배의 연속이었다. 단 한 사람의 신하도 곱게 여생을 마치게 하지 않았다. 기어코 잡아들여 매를 때리고 죄목을 뒤집어 씌워 무거운 벌을 주었으며 그 가정을 파탄시켰다.

그게 모두 정적끼리의 세력다툼이요, 간신배의 책략이라 했다. 최고 통치자에게는 전혀 책임이 없게 되어 있었다. 그렇다면 절대 권력자이자 최고 통치자는 뭐하는 존재인가.

무릇 인간은 누구나 자기가 행한 일에 대하여 책임을 지는 것이 상식이다. 자기가 행한 일에 대하여 책임을 지지 않는 것은 짐승에 불과하다.

또 자기가 행하였거나 명하여 저질러진 일에 대하여 그 결과 여하에 따라서 편리한 쪽으로 판단을 내리는 것은 동서고금 폭군들의 상투수단이었다.

그런데 그러한 부당한 처사를 지적할 수 있었던가. 임금은 지존(至尊)이었다. 신성불가침의 존재였다. 그 임금에 대하여 부실을 경고하는 방법이 없는 것은 아니다. 직간의 방법, 상소의 방법, 진소의 방법 등이 그것이다. 그러나 그때에도 상대가 지존이며 신성불침의 존재임을 잊어서는 안 된다. 말발 글발 속에 불경의 티가 조금이라도 끼여 있어서는 큰 야단이 난다.

그런데 초의는 그 상을 살인자로 단정하고 있다. 혹자는 말하리라, 그건 잠꼬대 아니냐고.

이야기가 조금 비약되지만 중국인들은 평소에 조심스럽게 하는 말은 그게 약간 섭섭한 대목이 있었다 하더라도 이해하고 양해하고 덮어주곤 하지만 취중에 한 말에 대하여는 추호의 변명도 용납되지 않는다. 왜냐하면 취중에 한 말이야말로 진정이기 때문이라는 것이다. 잠꼬대도 마찬가지다. 초의는 그토록 솔직하고 용감한 선비였다. 어찌 후세의 귀감이 아니 되겠는가.

완당은 초의와 함께 쾌년각에서 사흘 밤을 지냈다. 좋은 친구, 좋은 차, 정갈한 음식으로 하여 지난 9년 간 유찬의 고초가 일시에 가시는 듯 싶었다. 이제 슬슬 예산의 고향으로, 그리고 한양의 월성위로 떠나야 할 차례 아니던가.

아들 상우도 그렇고 제자 소치도 그렇고 심지어 외우 초의도 그가 이제 떠날 것으로 알고 있는데, 어찌 된 일인지 당사자인 완당은 떠날 것 같지 않았다.

"……안 갈껴?"

"……가긴 가야지."

초의와 완당의 대화는 이러하였다. 완당이 왜 이렇게 지체하는 것일까. 그렇다! 완당은 떠나기가 싫은 것이다. 고향에 들르고 한양에 가는 것이 겁나는 것이다. 쑥밭으로 변했을 집안의 참상, 얼

음처럼 냉랭한 주변의 눈초리, 어쩔 수 없이 대치하게 될 정적들
의 면면…… 그런 것이 모두 두려운 것이다.

　초의가 살며시 완당의 심사를 떠보았다.

　"옥화 오라고 해서 어디 소풍이나 갈까?"

　"소풍 가자면서 옥화는 왜 부르나?"

　"……싫지는 않겠지."

　마다하지는 않는 눈치였다.

　"어디 소풍 갈 곳은 있어?"

　"…… 뒷산 두륜봉을 넘으면 강진(康津) 도암(道岩)이야. 거기
백적산(白破山)이 있고, 그 산허리에 초당을 짓고 땅을 일구어 청
경우독하는 선비가 있어."

　"누구야?"

　"치원(梔園) 황처사야. 장수인(長水人)으로 정다산 선생의 제
자라구…… 그대를 그곳으로 안내할까 혀."

　"좋겠구만!"

　"……허면, 옥화를 부르겠어."

　"그건 시자가 알아서 할 일이여."

　"저런저런 버릇없는……."

　그때 창문 밖 대청에서 설지 않은 여인의 낭랑한 음성이 들려
왔다.

　"소녀 옥화 진즉 대령하고 있습니다."

　초의가 시치미를 떼고 말했다.

　"벌써 와 있어?"

옥화도 능청을 떨었다.

"오늘 일진이 두 어른께서 임방(壬方)으로 출타하실 것 같아서 미리 서둘고 있습니다."

"허면, 어서 들어와."

"네."

초의와 완당과 옥화가 쾌년각을 나서서 강진 도암의 황치원을 만나고자 두륜봉을 향한 것은 쉴참께였다.

소치와 상우는 따르지 않기로 하였다. 어른들의 대화가 불편할 것으로 여겨졌으므로.

일행이 쾌년각을 나서서 미처 50보도 못 가서 도반 한 사람이 초의 앞에 엎드렸다.

"소승 표충사(表忠祠)에 있는 지운(智雲)입니다."

"그래서?"

"오늘이 청허비각(淸虛碑閣) 상량일이온데 큰스님께서 어디로 행차하시는지요?"

"내가 어디를 가건 무슨 상관이여."

"큰스님께서 상량문을 내리실 것으로 알고 있습니다."

"그랬던가!"

"하오면……."

"알았어."

대둔사의 표충사는 서산 대사(淸虛堂)의 영정과 의발을 간수한 사액서원이다.

사액서원은 사찰 측과 그곳 관청이 공동으로 관리했다. 제사 때는 현감 혹은 관찰사가 주사(主祀)가 되며, 사우(祀宇)의 개증축 때는 관아의 우두머리가 직접 참여하기 마련인 것이다.

표충사와 쾌년각은 지호지간이며 두륜산을 넘자면 표충사 앞을 지나지 않을 수 없고, 또 보아하니 초의는 청허비각 상량문을 맡고 있는 성싶어 완당과 옥화는 부득이 초의의 뒤를 따랐다.

청허당 서산 대사의 공덕을 찬양한 청허비를 덮는 비각 상량식 현장에는 사찰의 도반 2백여 명과 인근 주민 3백여 명과 해남 현감 김종만(金宗晚) 외 관원 20여 명이 대둔사의 조실이자 대종사인 초의 선사를 기다리고 있었다.

초의가 성큼성큼 다가가서 대상에 올랐다. 현감과 초의가 동시에 고개를 숙였다.

"안녕하셨습니까."

"안녕하셨습니까."

대체로 한 골의 현감이 그 관할 지역에 있는 사찰의 승려를 다루기란 누워서 떡 먹기보다도 쉬운 일이었다. 배불숭유의 풍조가 팽일한 때라서 관원이 승려 대하기를 고양이 쥐 보듯 하는 때였다.

그러나 초의의 경우는 그게 아니었다. 그의 워낙 크나큰 품격과 그가 경향 각지에 사귀고 있는 폭 넓은 교우로 하여 오히려 세도가인 현감 쪽에서 풀이 꺾이고 있는 터였다. 그건 이 글의 초반에 당시 현감 이치연이 초의로 하여 영달을 도모한 대목을 들추이보면 짐작이 가는 일이다.

그건 그렇고, 초의가 좌정하자 의식은 삼귀의례부터 시작되었고 이어 상량문 봉축의 순서가 되었다.

　초의가 소맷자락을 들추어 장지에 쓴 상량문을 읽는다. 그의 음성은 염불을 하듯 시를 읊듯 때로는 호령을 하듯 거침이 없이 드넓은 경내에 메아리쳤다.

　　듣건대,
　　석가여래는 무리들을 가엾게 여기사
　　유리왕의 행패를 나무 그늘에 앉아서 씻어주었고
　　신성스런 스님께서는 겨레를 돕고자
　　바라기(鉢羅器)의 정령을 푸른 하늘에서
　　스스로 내리게 하였도다.
　　일찍이 얽힌 원한이
　　신통 앞에서는 소용이 없었나니
　　어찌 서산(西山)의 일장지운용(一場之運用)이 아니었으면
　　우리 나라를 만세에 편케 할 수 있었으랴.
　　스님의 발자취를 더듬어보니
　　젊은 부인들도 칭찬하고
　　어린아이들도 말하기에
　　어리석은 내가 그걸 주워 모은 데 불과하나니라.
　　크나큰 덕을 지녔고
　　품격은 원만하였으며
　　성미는 대쪽인데
　　얼굴은 철들기 전부터 난처럼 맑았다 하더라.

그리하여 예악(禮樂)과 명교(名敎)로

음양 없는 땅위에 푸른 휘장을 두르고

메아리 없는 골짜기에서 의연히 홍우(紅雨)를 끓였도다.

중현(重玄)한 가운데 자취를 감추고

허백(虛白)한 곳에 앉아서 소리를 죽였나니

잔잔한 물결 위에 별과 달이 뚜렷하고

청풍(淸風)은 운(韻)을 머금어

여리 계곡에서 생황(笙簧)과 용(鏞)의 소리를 내더라.

이때는 발바닥이 땅에 닿은 때요

콧구멍이 하늘을 흔드는 때였다.

한음(翰音)이 드높아 혜일(慧日)이 성천(性天)에 비치며

깃발이 나부끼어 법뇌(法雷)가 의해(義海)를 뒤흔들었도다.

불야살(佛也殺) 조야살(祖也殺)은

바로 전해받은 임제(臨濟)의 가풍이요,

명두타(明頭打) 암두타(暗頭打)는

일찍이 갖춘 경산(經山)의 수법이니라.

그때의 근심을 도처에서 큰소리로 외치니

야호선(野狐禪)은 동쪽에서 떠들고

요맹의(妖盟蟻)는 고죽심운(孤竹尋雲)의 끝에서

모여들도다.

거북이 흉한 점괘를 바치니

번두리 봉화가 감천(甘泉)에 비치고

궁안의 음률이 소리를 멈추었도다.

일이 급하여 상감이 파천하고

위급한 형세에 조야(朝野)가 갈 바를 잃었도다.

불도(佛道)는 본시 중생의 편이라

이제 세상 구제키에 힘쓰도다.

불심으로 만다라의 계율을 지키며

법장(法杖)은 하늘에 기대어 금강검의 위력을 보였느니라.

모란봉에서 왜구를 무찌르고

임금의 수레를 다시 궁안으로 모시었도다.

수구연생(獸口烟生)이 곧 행궁(行宮)의 서기(瑞氣)가 되고

지팡이로 요사한 것들을 쓸어버려

4백년의 왕록을 태평케 하였기로

온 백성이 다시 생업에 힘썼느니라.

연후, 스님은 다시 산 속으로 들어가

소매로 천성(天星)을 씻고

모든 공을 사양하여 수도에 전념하더라.

그리하여 아무것도 가진 것 없지만

뉘라서 스님의 공덕을 모르리요.

해계지상(解繫之賞)을 어찌 받을 것이며

열지지봉(裂地之封)은 무엇하랴.

슬프다.

증삼지양(曾參之讓)의 뽐냄이 걱정스럽고

노중지사(魯仲之辭)의 고집이 걱정되더니

우리 스님은 그 뽐냄과 고집을 헤아리지 아니하였도다.

어찌 위의 두 사람과 같다 하리요.

그리하여 임금은 그의 슬기를 높이 칭송하고 사액(賜額)하여

표충(表忠)하니 홍은이 춘추의 제사 때 내려졌더라.

임금이 옷에 묻은 핏자국을 오래 간직하게 하였고(稽康의 말)

공신록에 올랐으니 무루정(蕪蔞亭)에서

오래오래 추앙 받으리로다.

이미 그 사적은 비석에 기록되었지만

풍진에 마모될까 두려워

이 비각을 세우는 것이로다.

영당(影堂)을 양지에 옮기고

비각을 높이 세워

세 분(淸虛 · 泗溟 · 雷默)을 모시니

경내가 매양 웅장하구나.

단청은 추녀 끝에서 용과 호랑이가 꿈틀거리고

붉은 빛은 봉숭아꽃에서 흩어졌으며

푸른 빛은 버드나무 언덕에 머물렀도다.

싱그러운 만월은 석경(石鏡)의 봉우리에 나타났고

물씬거리는 향기는 향로의 멧부리와 마주했고나.

짧은 가락으로 대들보를 올리나니

아랑위(兒郎偉) 포량동(抛樑東)

가년봉(伽年峰)이 푸른 하늘에 높이 솟아

동쪽 바디 천만 리를 눌렀으니

흉봉(凶鋒)을 넘어뜨려 왜구를 귀화시켰도다.

아랑위(兒郞偉) 포량서(抛樑西)

소림(小林·達磨)의 약위리(若爲提)를 가리키고

다못 처음 온 뜻 얻은 것은

한 점 맑은 빛이 진흙에서 나옴이로다.

아랑위(兒郞偉) 포량남(抛樑南)

부처의 자비가 남으로부터 밝혀졌고

보게(寶偈)로써 수(壽)를 비나니

백호광(白毫光) 아래서 염불 올리도다.

아랑위(兒郞偉) 포량북(抛樑北)

고불(古佛)과 함께 모셨는데 거기 미륵이 있으니

보살의 하생(下生)이 더듭다 꺼려 마라.

염부(閻浮)에서 만나면

그게 모두 즐거운 나라가 될 것이로다.

아랑위(兒郞偉) 포량상(抛樑上)

향기 자욱한 국토에는 막힌 것이 없는 법

바라건대, 향내나는 재(齋) 지낸 밥을 중생에게 나누어 주어

굶주림과 병에서 구제하소서(維摩居士의 말).

아랑위(兒郞偉) 포량하(抛樑下)

구름 같은 글과 구슬 같은 글씨가 서로 어울려

거칠어진 하늘과 버려진 땅을 새롭게 하였구나.

엎드려 비나니, 상량이 끝난 후

법해(法海)는 더욱 맑고

불등(佛燈)은 높게 비쳐서

그 흐름으로 하여 반야(般若)의 연을 이루고

그 빛을 받아 보리의 원을 풀어주소서.

금상옥궤(金床玉机)의 담복(蕁蔔)향기를 길이 보전하시고

봉자용손(鳳子籠孫)이 지란(芝蘭)처럼 무성하게 하사이다.

초의가 상량문 낭송을 마치자 홀기(笏記)를 부르는 시자가 다그쳐 초의에게 법문을 간청했다.

"내가 무신 법문을 혀?"

그는 일언지하에 거절하였다.

현감 김종만이 넌지시 말했다.

"손님이 오셨습니까?"

"그렇소이다."

이제 겨우 유형에서 풀렸다고는 하지만 언제 또다시 권세를 되찾을지 모를 완당에게 은근히 접근하고자 하는 현감의 속셈을 초의가 어찌 짐작을 못하겠는가.

"잠시 뵈었으면 합니다만……"

"완당공과 나는 강진 도암의 황처사를 찾아가는 길입니다."

"하오면 다녀오신 후에……"

"그렇게 하시지요."

초의는 현감과 작별하고 저만치서 구경하고 서 있는 완당에게 다가갔다.

"끝났어?"

"나는 끝났지만, 해남 현감이 그대를 다시 잡아가겠다 혀. 어서

떠나자고."

"알고 있어. 헌데 어느 새 그 상량문은 만들었누?"

"그게 어디 글인가! 하도 조르기에 잔소리 지껄인 것이지."

"그게 잔소리여?"

"잔말 말고 어서 떠나자고!"

"허면, 앞장서."

초의가 앞장서고 완당과 옥화가 뒤를 따랐다.

두륜봉을 넘어서 도암의 석문을 지나면 백적산이 나타나고 그
아래에 사발 모양의 분지가 장광 10리로 펼쳐지는데, 조선 땅에
이런 승지가 있었느냐 싶었다.

황치원은 정다산의 실학사상을 몸소 실천한 사람이었다. 그의
행적과 됨됨은 초의가 기록한 일속암가(一粟庵歌)에 잘 나타나
있다.

남쪽 바다 언저리에 우뚝우뚝 솟은 많은 산 가운데 백적가야
의 골짜기가 있다. 그곳은 넓고 맑은데 사람들은 외딴 데라 하
여 살기를 꺼렸었다.

치원자(梔園子)가 이 말을 듣고 미친듯이 좋아하여 거기 높은
언덕에 집을 짓고 시냇가에 밭을 일구어, 구름 속에 갈고 달 가
운데 낚으며 이슬 위에 자고 바람을 먹는 검소한 삶을 30년을 하
였다.

그러면서도 그는 하루도 시서(詩書)를 게을리 않고 또 삼여지
철(三余之綴)을 다했으니 티없는 의연한 선비라 아니할 수 없

도다.

　그리하여 그는 늙어서 골짜기 뒤편에 집 한 채를 세워 여생을 보내려고 하였으니 그것이 이른바 일속산방(一粟山房)이니라.

　기유년 겨울에 그가 나를 찾아와 놀다 갔는데, 그로써 초의행(草衣行)이라는 글을 보내왔기에 그 운(韻)으로 일속산방가를 지어 보답하노라.

백적산은 깊어 사람의 발자취 드물고
바위 위에는 오색 이끼가 끼었더라
노을과 안개 자욱한 곳에 띠집 짓고
물 흐르는 가운데 조용히 사립을 닫았도다
흐린 봄날 우장 갖춘 것은 비 맞으며 김매려 함이며
해 저물면 구름 이고 돌아오도다
밤에는 관솔 밝혀 시를 읊는데
화조를 낱낱이 노래하는 그 소리 낭랑하구나
꽃 그림자 물먹은 창가에 자고……
그대를 뉘라서 주기(珠璣) 잃은 패령(佩鈴)이라 하리요
맑고 아름답고 어질고 순후함은 하늘이 내린 복이나니
속세와는 어울리기 어려운 일
난초·지초·헌초·국화가 무성한 일속암에
약 가는 소리 잔잔하구나
물 위에 뜬 꽃잎이 힘차게 흐르는 깃은 윗물이 많은 증거요
큰 뜻 품은 것은 더 먼 곳 헤아림이니

말은 적어도 그 안에 현기(玄機)를 품었고

그 현기가 새 경지 이룰 것을

내내 스무 해를 축원하였도다

설창(雪窓)에서 초의행(草衣行)을 썼다는데

그 넘치는 정의와 고결함이 이를 데 없구나

허나 그대는 그곳 좋단 말은 한마디 없고

오직 태고산(太古山) 못 간다는 말만 하는구려.

황치원은 완당과 초의와 옥화를 맞아 날듯이 기뻐하였다. 세속의 인사치레가 무슨 소용이리요. 핫하 헛허 홋호 하는 사이 손수 가꾸고 덖은 작설차가 나오고 취나물에 아욱국에 서속으로 빚은 연엽주(蓮葉酒)가 나왔으며, 누가 하랄까 마랄까 제 손수 뽑아내는 옥화의 찰진 진양조 가락이 거기 있었으니, 상산사호(商山四) 죽림칠현(竹林七賢)이 부럽지 않았다.

"치원은 욕심이 너무 많아요."

전후좌우로 펼쳐진 대자연의 품에 안겨서 매양 들떠 있던 완당이 일속암 주인에게 화두를 던졌다.

"남들이 모두 버린 것입니다."

황치원이 이렇게 받았다.

"……운산(雲山)·연수(煙樹)·송풍(松風)·나월(蘿月)·야수(野獸)·산금(山禽)·몰수(沒收) 오가지기물(吾家之器物)이라 했던가!"

완당이 운을 띄우자 초의가 뒷줄을 이었다.

"……차부귀행막향(此富貴幸莫向) 문속인설(問俗人說) 동자
(童子)야!"
거기에 덜렁 옥화가 끼어 들었다.
"……홍진 소식을 막내전(莫乃傳)하라!"
비비배뱁 쨱쨱쨱……
산새들이 화답했다. 워낙 따뜻한 고장이라서 정초의 세한인데
봄 날씨 같은 정취였다.

눈물 아롱아롱 떠나는 님

황치원은 가식을 모르는 알멋쟁이였다. 강진으로 유배된 다산 정약용으로부터 10년간 훈도를 받은 실학의 정수이자 예악의 달인이기도 했다.

참다운 멋을 터득했다는 것은 참다운 덕성을 지녔다는 것과 오랜 수련의 결과 아니겠는가.

송풍 · 나월 · 야수 · 산금을 기물(器物) 삼아 대자연에 유유자적하여 홍진 소식을 멀리하는 은둔 생활을 하고 있다고 해도, 걸맞는 친구를 그리는 것은 인지상정이다.

황치원의 경우, 완당과 초의와 옥화의 내방은 '봉황이 죽실(竹實)을 물고 오동숲으로 날아든' 격이었다. 일속암에 미리 봄이 밀어닥친 것이다.

그들은 차와 술과 시작과 휘호와 가무와 객담으로 시간 가는 줄을 몰랐다.

완당이 특히 황치원의 품성을 칭송하느라 노규황량사(露葵黃粱社)라 일필휘지하니, 그걸 벽에 걸어놓고 그 아래서 황치원이 거문고를 뜯었다.

등 당 살 당 둥다롱 당뜰 둥뜰 당둥 다롱 다링 다롱 다리랑 다
롱 다리랑 당 〈界面도도리〉
　둥 당 뜰 둥 덩 둥 당 징 당징 둥뜰 당 징 살 깽 도 랑 칭 뜨둥
랑 둥다 동당 뜨둥 당 슬키 둥 뜰 청 〈風流다스림〉

이어 옥화가 화창(和唱)한다.

천생아재(天生我才) 쓸데없어 세상공명(世上功名)을 하직하
고 양한수명(養閑守命)하여 운림처사(雲林處士) 되오리라.
　삼승갈포(三升葛布) 몸에 걸고 구절죽장(九節竹杖) 손에 들고
낙조강호(落照江湖) 좋은데 망혜완보(芒鞋緩步)로 나려가니 적
적송관(寂寂松關) 닫았는데 요요행원(廖廖杏園) 개 짖는다.
　경개무궁(景槪無窮) 좋을시고 창암병풍(蒼岩屛風) 둘렀는데
백운심처(白雲深處) 집을 삼고 강호어부(江湖漁夫) 같이하여 죽
관사립(竹冠蓑笠) 제껴 쓰고 십리사정(十里沙汀) 내려가니 백구
비거(白鷗飛去)뿐이로다.
　일위편범(一葦片帆) 높이 달고 만경창파(萬頃蒼波) 흘리저어
수척은어(數尺銀魚) 낚아내니 송강노어(松江鱸魚) 비길거나, 일
모창강(日暮蒼江) 저물었다. 박주포저(泊舟蒲渚) 돌아드니 남
북고촌(南北孤村) 두세 집이 낙하모연(落霞暮煙) 잠겼구나. 기
산영수(箕山潁水) 예 아닌가. 별유천지(別有天地) 여기로다.
　연명오류(淵明五柳) 심은 곳에 천조세류(千條細柳) 늘어졌다.
자릉택반(子陵澤畔) 백두금린(百頭金鱗) 일개가동(一個家僮) 벗

을 삼아 반향(半明) 겨워 바라보니 우배목동(牛背牧童) 한가하
다. 홍안미록(鴻雁麋鹿) 벗이 되어 만학천봉(萬壑千峰) 오며가
며 석로창태(石路蒼苔) 막혔으니 진세소식(塵世消息) 끊졌애라.
아마도 이 강산 임자는 나뿐인가 하노라.

옥화가 노래를 마치고 황치원의 거문고 산조에 맞추어 춤을 추
었다. '살풀이' 였다.

남도의 살풀이란 시나위 무악(巫樂)에 연유한다. 또 살풀이란
흉살(凶煞)을 미리 피하도록 한다 하여 하는 굿으로써 살풀이춤
은 그 굿의 한 토막이다.

살풀이 춤은 별로 기교가 없는 까닭으로 누구나 출 수 있는 듯
하지만 실상은 아무나 추는 춤이 아니다.

춤의 내면에 도사리고 있는 희로애락을 육신 전체로 승화해야
하기 때문이다. 느린 진양조로 시작하여 중모리 · 중중모리로 이
어져서 휘모리로 끝나는 춤이다.

한 팔은 치켜들고
한 팔은 어중쭝하게
허리는 조금 구부리고
고개는 모로 틀고
오이씨 버선발은 어긋나게 콧날을 세우고
살며시 동작이 뒤바뀐다
하늘을 우러러 기원한다

육신을 회전한다

우르르 달려간다

허탈하여 물러난다

더러 단호하게 더러 요염하게

더러는 자비롭게 더러는 비수처럼

정열을 불사른다

한(恨)이야 한이로다

넋이야 넋이로나

고이 잠드소서.

좁은 공간이지만 심혈을 기울여서 추었던 때문인지 옥화의 몸은 땀으로 흠뻑 젖어 있었다. 그녀가 '푸석' 방바닥에 주저앉는다. 거문고 소리도 칠흑의 밤하늘 저편으로 빨려드는 듯했다. 만당(滿堂)했던 흥취가 갑자기 고요에 휩싸였다. 완당이 초의를 바라보며 입을 열었다.

"차계(此界)가 화장해(華藏海)요, 화장해가 차계 아닌가?"

초의가 살며시 미소지었다.

"그려 그려!"

그들이 황치원의 일속암에서 이틀을 지낸 다음날 낮에 도촌(道村) 김인항(金仁恒)이 찾아왔다.

도촌은 새금현 길호리(吉湖里)에 사는 선비였다. 예문과 풍류에 뛰어난 선비인데, 황지원과는 대조적으로 매우 호탕하며 농사도 광작하고 특히 사슴을 수십 마리 사육하고 있어서 인근에서는 그를 모르는 사람이 없었다.

그는 초의와는 시문으로 돈독한 사이이고 황치원과는 사돈지간이며 옥화와는 풍류 때문에 자주 만나는 터이지만 완당과는 초면이었다.

수인사가 끝나자 그가 대뜸 너털거렸다. 초의에게 던지는 하소연이었다.

"완당공께서 누지에 오셨으면 당장 내 집에 안내해서 녹용이나 듬뿍 드시게 하여 원기를 회복하도록 할 일이지, 이런 가난뱅이 산처에서 산나물이나 들고 어줍잖은 거문고나 듣게 해서야 말이나 됩니까? 초의 선사께서 실수하셨소이다."

"도촌의 저 입살!"

황치원이 받았다.

"세상사, 천사만사 순차가 있는 법 아닙니까?"

초의가 받았다.

"허면, 행차를 하시지요. 완당공께서 대둔사에 오셨다는 소식을 듣고 절에 들렀다가 바로 뛰어왔습니다. 옥화가 앞장서야 하겠구만."

"네."

이렇게 해서 완당과 초의와 옥화는 황치원과 작별하고 도촌을 따라나섰다. 황치원이 완당에게 손수 만든 떡차 한 봉지를 쥐어주었다.

"후의에 감사합니다."

"옥체 보전하십시오."

황치원은 손들이 백적산 고개를 넘을 때까지 마당 가운데 우두커니 서 있었다.

도촌이 사는 길호리를 가자면 강진과 새금의 옥천을 지나고 다시 마산의 복평(洑坪)을 지나야 했다. 복평에서 길호리까지는 왼편은 산이요, 오른편은 바다였다.

일행이 복평을 지나서 길호리 어귀에 다다랐을 때 갯가에서는 무슨 굿이 벌어지고 있었다.

"씻김굿을 하고 있어요."

옥화가 대번에 알아차렸다.

"씻김굿이라니?"

완당이 되물었다. 도촌이 나섰다.

"우리 마을에 사는 어느 어부의 아들이 흑산도 홍어잡이에 나갔다가 죽었어요. 그의 넋을 건져서 씻겨주겠다고 굿을 하는 모양입니다."

피리와 징과 장구로 무가와 무악이 구슬프게 울려 퍼지고 있었다. 도촌이 완당에게 말했다.

"그만 가시지요. 저 잔등만 넘으면 제 집입니다."

완당이 딴전을 피웠다.

"……어떻게 해서 죽었나요?"

도촌이 상황을 아뢰었다.

"고기잡이 하는 박씨 형제가 편모를 모시고 살지요. 형은 장가를 들었고 동생은 아직 총각인데, 이웃 마을 규수와 정혼을 하고 혼수를 마련하기 위하여 무안 흑산도로 홍어잡이 나갔다가 변을 당했답니다."

완당이 뚜벅뚜벅 갯가로 다가갔다. 도촌과 옥화가 그 뒤를 따랐고 초의는 우두커니 서 있었다.

죽은 총각이 자라났던 마을 앞 갯가에 당골들인 신대(푸른 이파리가 달린 긴 대나무 장대)를 세우고, 신대 꼭대기에 흰 무명천(질베)을 매달아 그 끝을 바다에 드리웠다.

바닷물에 드리운 질베 끝부분에는 죽은 총각이 살아서 먹던 밥그릇이 매달려 있다.

당골은 흑산도 쪽을 향하여 지전(紙錢)을 흔들며 진양조의 느린 가락(界面)으로 죽은 자의 넋을 부른다. 그리고 가락이 염불조로 바뀌면서 용왕께 굿이 이루어진 사연을 고하고 나서, 저 험준한 바다 밑을 방황하고 있는 가엾은 영혼은 당사자나 살아남은 가족에게나 모두 참을 수 없는 고통이니 그 영혼을 되돌려 달라고 호소한다.

애절한 무가는 시나위 가락의 무악과 호흡이 일치하여 근방의 바다 위를 맴돈다.

흑산도 근해의 홍어 어장은 파도가 거센 여밭(暗礁)이라 한다. 그 바다 밑 캄캄한 곳에서 방황하던 총각의 넋이 그의 고향인 새금의 길호리 갯가로 돌아와 바닷물에 띄워놓은 그의 밥그릇 속으로 들어와 질베를 타고 신대를 쥐고 있는 그의 형수 품에 안긴다.

형수가 대번에 전신을 덜덜 떨며 무어라 되지도 않는 말을 시부렁거리며 가슴을 툭툭 친다.

당골들이 형수의 어깨를 쓰다듬으며 넋을 달랜다.

"그랴 그랴! 오직 원통하것냐! 하지만 어쩌것냐! 팔자소관인 것
을! 어서 집으로 가자. 젖은 옷 갈아입고 씻김하고 좋은 데로 가
거라."

총각은 가슴을 쥐어뜯으며 갯가에 쓰러져 뒹군다.

"아이고 원통해라! 내가 왜 죽어! 워째서 내가 죽어! 아이고 답
답하여라! 아이고 추워라! 아이고 무서워라! 내가 무신 죄를 지었
어? 내사 죄 없어! 내사 죄 없어라우!"

무당들이 다시 형수의 가슴을 쓰다듬는다.

"오냐 오냐. 네 억울한 맘을 우리가 왜 모르겠느냐. 다 안다 알
고말고! 그러니께 어서 집으로 들어가서 마른 옷으로 갈아입
고……."

총각이 울부짖는다.

"그러면 뭣해? 인자 그러면 뭣해? 나는 죽었어! 나만 죽었어! 답
답해 못 살것어! 난 미치것어!"

무당들이 이번에는 준엄하게 꾸짖는다.

"이놈아, 네가 아무리 원통한 넋이라지만 네 늙은 어머니가 저
토록 통곡을 하고 계시는디 으찌 그리 진정을 못하느냐? 그리면
못써."

총각이 슬피 운다.

"어무니 어무니 불쌍한 우리 어무니, 무달라고 날 낳고 이다지
도 못 당할 일을 겪소? 날 낳았으면 이 지경이 된 날 살려주시오.
어무니 어무니 원통하고 절통하요."

총각의 노모가 절통한다. 주름진 얼굴에는 눈물이 덕지덕지 말

라붙었고, 앙상한 손과 발은 갈퀴가 되어 갯벌을 짓이긴다. 총각의 울음소리와 노모의 탄식으로 거기 나온 구경꾼들도 울지 않은 사람이 없다.

무당 일행과 박씨 가족이 어렵사리 총각의 넋을 달래어 갯가에서 마을로 떠났다.

그들이 떠난 후 완당 일행도 도촌댁에 당도했다.

도촌은 완당 일행을 사랑채에 안내하여 때늦은 저녁 식사를 대접했다. 격식을 갖춘 융숭한 접대였지만 완당은 식욕이 당기지 않은 듯 뜨는 둥 마는 둥 상을 물렸다.

생각지도 않았던 씻김굿이라는 생소한 굿거리를 목도한 완당은 그 굿의 내용이 자신의 처지를 되씹게 했던 것이었을까? 아니면 남도의 독특한 민속 또는 전에 들어보지 못한 음률에 현혹된 것이었을까.

평상시라면 이미 농담이라도 던졌을 초의마저도 꿀먹은 벙어리가 되었고, 재치꾼인 옥화마저 좌불안석이었다.

보다못해 도촌이 말문을 열었다.

"쓰잘 것 없는 굿판이 벌어져 가지고 그만 쯧쯧쯧……."

완당이 비로소 소견을 폈다.

"아닙니다. 나는 오늘 소중한 것을 보았어요. 그게 비록 미신이라 할지라도 삶이 무엇인지 죽음이 어떤 것인지를 새삼 깨우쳐 주었어요. 죽는 혼령이나 살아남는 가족이나 그들은 모두 거짓없이 세상을 살고 있습니다."

“따지고 보면 인생은 한의 연속인 듯합니다.”

“한도 그렇고 음률도 그렇고…….”

“그 음률이 어떻던가요?”

“현묘하더군요.”

“하오면, 그걸 내일 다시 구경할까요?”

“어떻게 말입니까?”

“저에게 맡기십시오.”

“고맙습니다.”

완당 일행의 길호리에서의 첫날은 이러하였다.

다음 날 아침, 완당과 초의와 옥화가 다시 모여 앉아서 초의가 넣은 작설차를 마시고 있는데 도촌이 나타났다.

“잠자리가 불편하지는 않았습니까?”

완당이 정중하게 답했다.

“잘 쉬었습니다. 결례가 많았습니다.”

“결례는 무슨…… 오랫동안 고초를 겪으셨으니까 차차 원기를 회복하셔야지요.”

도촌이 안사랑에 대고 소리질렀다.

“탕제 들여라.”

김이 오르는 탕제가 쟁반 위에 얹혀 왔다.

“이걸 드십시오…… 초의 선사와 옥화는 먹을 것이 못 됩니다.”

“이게 뭡니까?”

“잡수신 후에 말씀드리겠습니다.”

완당이 천천히 사발을 기울였다.

"약향(藥香)이 어떻습니까?"

"좋습니다."

"가미녹용대보탕(加味鹿茸大補湯)입니다. 내가 기르는 50마리의 사슴 중에서 종록(種鹿: 씨받이 사슴)의 뿔을 자른 것입니다. 진품 중의 진품입니다. 서너 차례 잡수시고 나면 효험이 나타날 것입니다."

"고맙습니다."

초의가 불쑥 나섰다.

"그런데 왜 나는 먹지 못한다는 거여?"

완당이 받았다.

"중이 생식을 해?"

도촌이 나섰다.

"스님이 기운내서 어디다 쓰게요!"

초의가 어이없다는 시늉을 했다.

"즈이들만 재미보는구만!"

이번에는 옥화가 대들었다.

"저는 왜 안 되나요?"

"바람나면 어쩔 거여. 날 잡아 잡수시오 그럴 거여?"

도촌이 노랑목으로 이르자 모두 히죽히죽 웃어제꼈다. 이윽고 아침 밥상이 들어왔다. 도촌이 완당에게 반주를 권했다.

"해장술은 사양하겠습니다."

"그냥 술이 아닙니다."

"뭡니까?"

"잡수시고 나면 말씀드리지요."

완당이 술잔을 비웠다.

"이건 녹신주(鹿腎酒)라는 술입니다."

"녹신주?"

도촌이 녹신주를 설명했다.

암사슴들이 발정기가 되면 숫사슴들은 정력이 넘쳐서 자신의 배때기에 수시로 정액을 쏟는단다. 그 정액은 쌓이고 쌓여 고약처럼 눌어붙는데, 뿔을 사를 때에 그 고약(생엿과도 같은)을 도려내어 약술에 담근 것이 녹신주인데, 신경통에 정양제로 회춘제로 일품이라는 것이다.

아니나 다를까, 약효가 나타났음인지 완당은 식사가 끝난 후 곧 베개를 찾더니 점심 때가 지나서야 깨어났다.

"술에 취한 거여, 약에 취한 거여?"

초의가 비아냥거렸다.

"어느 쪽인지 모르지만 아무튼 한결 몸이 가벼운 것 같아."

어제와 같은 황혼 무렵, 도촌의 사랑채에 피리 · 대금 · 해금 · 장고 · 징의 악사들이 대령했다. 도촌이 미리 설명했다.

"이제부터 시나위를 연주하겠습니다. 시나위는 보시는 바와 같이 피리 · 대금 · 해금 · 장고 · 징 등속으로 연주하는 기악 합주입니다. 경우에 따라서는 약식으로 피리 · 장고 · 징만으로 연주하는 수도 있습니다만, 아무튼 시나위라는 음악은 남도의 육자배기 · 판소리 그리고 거문고 · 가야금 · 피리 · 아쟁 · 해금 등으로 이루어지는 산조의 기본적인 바탕을 형성하는 음악입니다. 시나

위는 또 어제 보신 씻김굿·넋건짐굿 그리고 성주굿 등의 종교의
례를 성립시키기 위하여 사용되는 무악이며, 살풀이 춤을 위한
반주 음악이 되기도 합니다.

　시나위 음악에 나오는 악기는 모두 독자적인 성음과 가락을 가
지고 있습니다. 그러나 그들은 같은 성음, 같은 가락으로 화음하
지 않습니다. 다른 악기가 연주하는 선율을 정확하고 예민하게
들으면서, 그걸 의도적으로 피하면서 별도의 독자적인 선율로 연
주합니다. 그러니까 결과적으로는 각(角) 마다의 음은 화음이 되
지 않고 불협화음이 되지만 음악 전체는 대위(對位)적인 관계를
유지하여 하나의 통일된 악곡으로 완성되는 것입니다.

　남이 연주하는 소리를 따라가지도 않고 남의 소리가 따라와 주
기를 바라지도 않지만 서로 남의 소리를 무시하지도 않는, 그러
면서도 남의 선율, 남의 음악을 절대적으로 신임하는, 그러니까
'이질의 화합' 이 시나위입니다. 그건 굿판에서 벌어지는 이승과
저승의 교신, 이승과 저승의 제자리 잡기를 돕는 구실을 하는 것
이지요. 자 들어보십시오."

　드디어 시나위가 연주되었다. 도촌이 설명한 그대로의 신나는
음악이었다. 장고의 어우름에 이어 피리가 창공을 나는 기러기의
울음소리로 느릿느릿 무엇인가를 호소하면 해금이 딴전을 피워
동문서답하고 그 사이로 대금이 끼어들어 구슬프게 제2의 주제
를 탄식하니 징이 그것저것을 모닥거려서 각을 짓는, 그러면서도
그런 순서와 그런 가락과 그 고저장단이 단 한 번도 반복되는 법
이 없이 계속되었다.

아! 그런데, 그 어디가 시작이고 어디가 각단이며 어디가 끝인
지도 모를 부단의 변화가 사람의 심성을 뒤흔들어 놓는 현묘한
예술이라니!

"이런 신기한 음악이 우리 나라에 존재하다니 기이한 노릇이로
고."

"저건 악공이 악기를 연주하는 것이 아니라, 인생의 모든 것을
체험한 도인이 천상의 선인에게 토로하는 이야기이다."

"자신의 자존심을 한 치도 양보하지 않으면서 타인의 품격을
티끌만큼도 건드리지 않는 달인의 자세이다."

"아니다. 저건 군더더기를 한 올도 걸치지 않은 인간 본연의 한
이다."

완당은 일찍이 들어보지 못한 시나위라는 음악에 넋을 잃었다.
가능하다면 몇 번이고 몇 날이고 듣고 싶은 소리였다.

완당과 초의와 옥화는 도촌댁에서 닷새를 머무른 후에 다시 대
둔사로 돌아왔다. 도촌이 그에게 베푼 가지가지의 후의에 대하여
그가 할 수 있는 보답이란 시(詩)·경(境)·암(盦) 석 자의 현판을
써준 것뿐이었다. 초의 또한 시 한 수를 남겼고…….

드넓은 평화한 마을에서
그대(道村) 태평하게 사는구려
뜰에는 난 기르고
문 밖에는 연못도 팠고
스스로 약 만들어 병 고치고

좋은 차까지 마시는군
우리 다시 만나자는 언약은
올가을쯤으로 해두었고

道林恬養處
心遠日遲遲
徑逼幽蘭砌
門臨曲沼碩
鍊藥削閒疾
品茶減睡癡
宿昔烟霞約
淸秋始赴宜

   대둔사의 쾌년각에서는 소치와 상우가 눈이 빠지게 그들을 기
다리고 있었다.
"저희들은 선생님께서 무슨 변을 당하신 줄 알았습니다."
"변은 고사하고 신선놀음하고 오는 길이니라."
완당은 태평이었다.
"서찰이 와 있습니다."
"누구?"
상우가 서찰 세 통을 내밀었다. 하나는 명희의 것이고, 또 하나
는 상희의 것이며, 또 하나는 영의정 권돈인의 것이었다. 한결같
이 빨리 상경하라는 내용이었다. 자칫하면 큰 오해를 살 수도 있

는 일이니 더는 지체 말라는 것이었다. 완당이 어찌 그런 정상을 짐작하지 못하리요마는 올라가기가 영 싫은 걸 어찌하랴! 할 수만 있다면 초의와 더불어 영영 대둔사에 주저앉고 싶은 심사인 것을.

하지만 그는 역시 올라가야 할 팔자였다. 다시 큰 파도가 밀어닥치더라도 그건 주어진 운명 아닌가! 완당과 초의가 서로 멀거니 바라보았다.

"어쩌, 길 거여?"

"글쎄, 어째야 할 것인지!"

"색즉시공 공즉시색."

다음 날 아침 완당과 상우와 소치는 행장을 꾸렸다. 그러니 저러니 말도 없이 떠나는 것이었다. 초의 또한 벙어리가 되어 그들과 사찰 어귀 구림리 비탈길에서 작별했다. 나이 64세의 동갑내기 두 노인의 움푹 파인 눈에 이슬이 고이기 시작했다.

우리가 보물이라 말하는 것은

완당은 초의와 작별하고 대둔사 구림리를 떠나 옥천을 경유하여 성진(星津)에 당도하였다. 목적지인 충청도 예산의 본가에 가자면 천리 길도 한 걸음부터인 그 한 걸음을 온 것에 불과하였다.

"쉬어 가실까요?"

아름드리 느티나무 아래 길손들을 위한 정자가 보였으므로 동행하는 소치가 넌지시 아뢰었다.

"그러지."

종 경득이가 말고삐를 잡았고 아들 상우가 부추겨서 쉬어 가기로 했다. 그늘진 곳에는 아직도 눈발이 그대로 남아 있는 쌀쌀한 날씨지만, 말 위에서 출렁거린 탓인지 완당의 등에는 땀이 배어 있었다.

정자에는 선객이 두 사람 있었다. 그들은 완당 일행을 본체만체 이야기를 나누고 있었다.

"자네는 아직도 조삼모사의 이치를 모르고 있군!"

"조삼모사요?"

나이 지긋한 선비가 수하 선비에게 설명했다.

　"원숭이를 기르는 자가 먹이로 도토리를 주는데 하루는 원숭이들에게 말하기를 아침에 셋, 저녁에 넷을 주겠다 하니, 저녁에 넷을 주면서 왜 아침에는 셋을 줍니까 하더라네. 그래서 허면 아침에 넷, 저녁에 셋을 주기로 하면 어떻겠느냐고 하니까 원숭이들이 낄낄낄 좋아하더라는 거야."

　"이러나 저러나 하루 일곱 개 아닙니까?"

　"실질적으로 아무런 차이도 없는데 그것을 모르고 눈앞의 차별에 사로잡혀서 기뻐하기도 하고 노하기도 하는…… 원숭이뿐 아니라 인간도 그런 경우가 많아!"

　"조삼모사와 조사모삼은 같은 셈인 것을 모르는 원숭이와 비슷한 인간……. 하오면 그 모르는 것과 안다는 것은 무엇입니까?"

　"사람은 습한 곳에서 자면 중풍에 걸려 반신불수가 되고 말지만 미꾸라지는 어떻던가? 사람은 높은 나무에 오르면 덜덜 떠는데 원숭이도 그러하던가? 사람은 고기를 좋아하고 사슴은 풀을 좋아하고 지네는 뱀을 좋아하고 까마귀가 쥐를 좋아하는 것은 만물의 표준이 일정하지 아니하다는 것이며, 인위적인 표준이 유일하거나 절대적일 수 없으므로 우리들이 알고 있다고 생각하고 있는 것이 실은 모르는 것인지도 모르고, 모른다고 결정하고 있는 것이 실은 알고 있는 것인지도 모를 일이야. 지(知)와 부지(不知) 이것이 상대적이라는 것에 주의를 하면 인간은 이해득실에 구애되지 않는 경지에 근접할 수 있다고 했어."

　"지와 부지는 무아의 경지와 이떻게 다릅니까?"

　"술에 취한 사람은 마차에서 떨어져도 죽지 않고, 젖먹이 어린

아이는 높은 데서 떨어져도 심하게 다치지 않네. 그건 자신이 마차에 탔는지 떨어지는지, 높은 곳에서 떨어지는지 마는지 모르기 때문에 생사의 공포심이 일어나지 않는 까닭으로, 즉 나를 잊은 (無我) 때문에 자연의 보호를 받을 수 있다는 거야. 오체에서 힘을 빼고, 일체의 감각을 없이 하여 몸과 마음을 비우고 옳고 그름, 좋고 싫음의 상념에 사로잡힘이 없이 무심의 경지에 몰입하면 무한의 자유를 얻을 수 있다 했어."

"하오면 인간은 지혜로울 필요가 없다는 뜻이 됩니까?"

"아니지. 인간이 지혜롭다는 것은 도(自然之道)에 순응하되 그도 또한 상대적인 것이므로 무소위(無所謂) 무용(無用)·무소위 유용(有用)으로 한 것을 고집하지 않는 초월의 경지를 터득해야 한다는 거야."

젊은 선비는 쉬 납득이 안 되는 모양이었다.

완당이 문득 말했다.

"장자설(莊子說)이 훌륭하십니다."

연상의 선비가 완당에게 시선을 돌렸다.

"댁은 뉘십니까?"

"난 김가요."

"관향이 어디시오?"

"경주요."

"나 역시 김가요. 관향은 순천이요만."

"순천 선비께서는 저 젊은이에게 장자의 좌망(座忘)과 부유(浮游)를 말씀하신 것 같은데, 사실은 나이들어 세상을 경험했다는 나도 그 참뜻을 모릅니다만."

"……난들 알고 하는 말이 아니지요. 말이란 이른바 '달을 가리키는 손가락'이지 '달 그 자체'는 아니잖습니까? 더구나 말의 대상인 사물은 끊임없이 변화하고 있으므로 말로써 잡아둘 수는 없는 것이어서 선에서는 불립문자를 표방한 것 아닙니까?"

"불립문자……."

"헌데 경주 선비께서는 어디로 행차하시는 길입니까?"

"정처 없습니다. 가는 데까지 가는 것이지요."

"……하기사 우리들 인생이 그런 것 아닙니까! 허면 느릿느릿 쉬어 가시지요. 저 개천 건너에 제 집이 있습니다. 마침 점심 때가 되었군요."

"……한동자가 되겠군요."

"설령 그런들 어떻습니까?"

"고맙습니다."

완당은 순천 선비의 범상치 않은 덕성에 끌리고 있었다.

순천 선비는 젊은 선비를 남겨둔 채 앞장섰다.

"이거야 원."

"이 노릇을 또 어쩌지."

일각이 여삼추 격인 상우와 소치가 걱정스러운 듯이 말했지만, 완당은 전연 개의치 않고 그 순천 선비의 뒤를 따랐다.

돌다리를 건너 보리밭 사이를 지나, 청룡은 장욕기(藏浴氣)하고 백호는 장지기(藏指氣)하고 주작은 장고기(藏顧氣)하고 현무는 장수기(藏垂氣)한 조그만 봉우리에 순천 선비의 떳집(茅屋)이 있었다.

완당이 그의 사랑에 안내되었다. 집주인이 기거하는 서재였다. 손님이 방으로 안내되면 방안 등물을 살피는 것이 상례이다. 춘향가에서 처음으로 춘향의 방에 안내된 이도령도 동벽을 바라보니…… 서벽을 바라보니……하고 기웃거리고 있잖는가!

방안을 둘러본 완당은 대번에 집주인의 맑은 품성과 학덕을 가늠할 수 있었다.

중원의 많은 고전과 백가서는 물론 그 지방 선비들의 가지가지의 저서들이 방안에 가득하였다.

"저건 연담화상(蓮潭和尙 : 대둔사의 스님)의 경술(經述)이고, 저건 다산 선생의 문집이고, 저건 위당 신관호(우수영수사를 지냄)의 서첩이고, 저건 충장공(忠壯公) 정운(鄭運) 장군의 문집이고, 저건 옥봉(玉峯) 백광훈(白光勳)의…… 저건 문청공(文淸公) 이후백(李後白)의…… 저건 도촌 김인항의…… 저건 금남(錦南) 최박(崔薄)의…… 저건 귤정(橘亭) 윤구(尹衢)의…… 저건 미암(眉岩) 유희춘(柳希春)의…… 저건 취죽(翠竹) 박백응(朴伯凝)의…… 저건 고산 윤선도의…… 저건 공재 윤두서와 낙서 윤덕희와 청고 윤용 3대의 화집이고……."

그런데 그 정성스럽게 모은 서적보다도 더욱 완당의 관심을 끄는 물건이 있었다.

방의 두 구석에 놓인 삼층 탁자 위에 덜렁 얹혀진 백자항아리와 백자흑상감초문편병(白磁黑象嵌草文扁瓶)이다.

완당은 먼저 백자항아리를 살폈다. 크기는 높이가 한 자 두 치

가량이었고 폭은 한 자 가량이었다.

'저 아리송하게 생긴 둥근 맛, 도형적으로 둥그런 원을 그린 것도 아니요, 그렇다고 이그러지지도 않은, 어리숙하면서도 어딘가 고집스런, 어떤 계산을 초월한 그리하여 설명이 불필요한 천연스럽고도 신비스런 아름다움.

원의 어진 맛은 저 흰 바탕색과 어우러져 너무나 욕심이 없고 너무나 순정적이어서 마치 인간이 지닌 가식 없는 어진 마음의 본비탕 같구나!

휘영청 맑은…… 가슴이 후련한 저 백색의 아름다움! 저 폭 넓은 흰빛의 세계와 형언하기 어려운 부정형(不整形)의 원이 그려주는 무심스런 아름다움을 모르고서 어찌 조선의 미의 본바탕을 체득했다고 말할 수 있을까.

저런 백자 항아리를 만들었던 도공들은, 비록 그 아름다움을 인식하고 의식적으로 작품한 것이 아니었다 하더라도 그들은 자신의 손끝에서 빚어지는 항아리의 둥근 맛과 저절로 지어지는 의젓한 곡선미에 홀로 미소 지었을까! 비록 스스로를 작가라고 말하지 못하고 그리하여 무엇인가를 계속해서 낳아놓은 아름다움은 아니었지만 저 도공들의 손길은 그들의 흥겨운 마음을 따라 움직였을까?

도대체 조선 사람들처럼 백색의 아름다움을 창조해내고 그리고 그것을 즐길 줄 아는 민족이 또 있을까? 이웃 나라 중원이나 일본의 자기들이 그토록 다채로운 빛깔로 온통 사기 그릇을 뒤덮은 것에 비하면, 우리 민족은 배꽃이나 젖 빛깔과 같은 저토록 흰빛의 조화를 유유하게 즐겨 왔으니…….

아! 저 원의 맛과 흰빛의 유연함을 모르고서 나 어찌 글씨를 말하고 그림을 논했던고…….'

완당은 오금이 당기는 가느다란 전율을 느끼며 그 조그만 눈을 부릅뜬 채 고개를 돌려 백자흑상감초문편병을 바라보았다. 높이가 아홉 치 가량이었고 폭이 일곱 치 가량이었다.

'오른쪽의 백자항아리와 흡사한 유백색 바탕에 그림이 다북 그려져 있다. 마치 천진무구한 어린아이가 장난하듯……뭔가를 어떻게 그리고자 한 계산도 없고 그렇다고 그런대로 별로 서운한 구석도 없어 보이는, 야무지지도 못하고 모질지도 못한 그저 흥건한 심성…….

앞면 한가운데는 큼직한 원을 겹쳐서 그렸고, 그 안에 꼽실꼽실 돌려 새긴 저 희한한 형체는 과연 무엇을 나타내려는 것일까? 저 형체 속에 다시 아리송한 작은 원이 두 겹으로 그려졌고 원추형의 굽다리 윗둘레에 성큼성큼 돌려 새긴 저 꽃 모양은 과연 무슨 꽃일까? 어찌 보면 연꽃 같고 어찌 보면 흔한 들꽃 같은데, 저 도공은 그랬을까…… 연꽃이면 어떻고 연꽃 아니면 어떻고, 들꽃이면 어떻고 아예 꽃잎이 아니면 어떠냐고 천연덕스럽게 그렸을지도…….

저렇게 그려놓고 저만치서 바라보며 히히 하하 웃었을까?

세상에 하고많은 색깔 중에서 조선 사람들은 왜 그리도 흰빛을 좋아했으며 저 흰 바탕에 검지도 않고 그다지 푸르지도 않은 검정 단색 그림을 조촐하게 새겨 넣고서야 마음이 편안했던 도공들

의 저 높은 안목.'

조선의 영물, 해동의 기린아 완당 김정희, 글씨 그림은 물론 뛰어난 관지(款識: 落款)만도 2백여 과(顆)(아니, 3백여 과 이상일지도)를 만들어낸 조형예술의 거벽이 초면의 어느 선비의 사랑에서 자기 두 개를 보고 그토록 감격했으니 또 일은 벌어진 모양이다.

"……그릇이 이상합니까?"

집주인이 완당의 심사를 떠보았다.

"어디서 만든 것입니까?"

"강진(康津) 것입니다."

"당전요(堂前窯)의?"

"그렇습니다."

예나 지금이나 예술작품(특히 미술작품과 공예작품)은 결국 지배자의 것이 되기 마련이다.

완당은 당시 영의정을 지낸 권돈인과 더불어 미술품 감식의 대가였다. 한때 한양의 완당 저택에는 경기 제물포의 경서동(景西洞), 경상 월성(月城)·견곡(見谷)·내대(來台), 전라 진안(鎭安)·성수(聖壽), 충청 서산(瑞山)·성연(聖淵), 황해 송화(松禾)·운유(雲遊), 평안 강서(江西)·잉차(芿次), 전라 부안(扶安)·보안(保安) 등지의 가마에서 소성된 가지가지의 도자기가 즐비했었다.

그가 어찌 전라 강진의 칠양(七良)·삼흥(三興)과 대구 사당(沙堂)의 가마터를 모르겠는가.

그가 오늘 두 개의 자기를 보고서 유난히 감격한 것은 전에 보

아 온 어느 작품보다도 그것이 자신의 심성과 일치하였던 까닭이
었다.

점심상이 들어왔다. 반주로 그 고장의 특산인 진양주(晋陽酒)
도 나왔다.

"때가 되었으니 요기나 하십시다."

밥은 잡곡이었고 찬이라고는 김치와 산나물 몇 가지에 미역냉
국뿐이었다.

집주인은 그걸 개의치 않고 서슴없이 먹자고 했다.

"여기서 강진 대구까지는 몇 리나 됩니까?"

제주 유찬 시절부터 잡곡밥에 이골이 나 있는 완당이 그걸 달
게 먹으면서 물었다.

"1백 50리는 될 겁니다. 거기 가시렵니까?"

"가마가 더러 남아 있을까요?"

"내가 작년에 다녀왔지요. 칠양에는 옹기를 굽는 곳이 몇 군데
있을 뿐이고 대구의 사당과 용운(籠雲)에는 도자기 가마가 서너
곳 있지요."

"다행이오."

"가시겠다면 그곳 도공 한 분을 소개하지요. 조지원(曺智元)이
라는……저 그릇을 만든 사람입니다만."

"고맙소."

완당은 서둘러 점심을 먹고, 순천 선비가 써준 서찰을 쥐고 말
에 올랐다.

"인연이 있으면 다시 만날 수 있겠지요. 점심 잘 먹었소."

“인연이야 이미 생겼지요.”

완당 일행이 다시 보리밭을 지나서 개울을 건너고 성진 어귀에 이르렀을 때, 오늘은 나주까지 가거나, 잘 가면 무진까지 갈 수 있을지도 모를 일이라며 말고삐를 북으로 휘어잡으려 하는 찰나에 완당이 불쑥 말했다.

“남쪽으로 가자.”

상우와 소치가 기겁을 했다.

“어인 말씀이십니까?”

“강진 대구를 들러서 가겠다.”

“거긴 무슨 일로 가시렵니까?”

“천하의 명장을 만나러 간다.”

아뿔싸, 이게 또 무슨 청천벽력인가! 이렇게 하는 것이 아닌데! 귀향을 서둘기는커녕 핑계만 있으면 주저앉으려고 하니.

다시 옥천을 지나 샛길따라 도암을 거쳐 강진 대구의 사당 마을에 도착한 것은 초저녁께였다.

수소문하여 조지원의 집을 찾았다.

도공 조지원은 칠순이 넘은 노인이었다.

아닌 밤중에 들이닥친 불청객을 맞아 전전긍긍하는 사이, 완당이 내민 서찰을 돋보기 너머로 뜯어본 후 일행을 건넌방으로 안내하고 단정한 자세로 수인사를 올렸다.

“소인이 조지원입니다. 이렇게 김대감님을……아니 완당 선생님을 뵙게 되어 큰 영광입니다.”

“아니 나더러 김대감이라고?”

"그럼 아니십니까?"

"……."

"이 서찰에 그렇게 적혀 있습니다만."

완당은 한 대 얻어맞은 꼴로 묵묵부답이었다. 그 순천 선비는 완당을 샅샅이 알고 있으면서도 능청을 부렸던 것이다.

조노인은 완당을 더는 다그치지 않았다.

높은 벼슬아치들이 신분을 감추고 가마터를 내왕하는 일은 흔해빠진 노릇이었으므로.

그날 밤 조노인은 완당이 찾아온 참뜻을 헤아린 후 자신의 생애에 대하여 긴 이야기를 해주었다.

조노인은 조선 사람들이 세계 만방에 떳떳하게 자랑하는 청자와 백자와 분청을 만들어낸 많은 도공들 중의 한 사람이었다. 그들은 가장 고귀한 예술품을 만들어내어 민족의 우수성을 내내 드높인 공로자들이면서도 가장 천대받고 모진 매질을 감내한 한의 생애를 겪어야 했다.

그는 더러는 하소연하듯 더러는 울먹이며 때로는 포효하듯 이야기를 이어나갔다.

"저는 태어나면서부터 태토(胎土) 속에서 살았어요. 가마에서 수비(水簁 : 태토를 체로 걸러내어 물을 부어 짓이기는 일)를 하는 날은 어른이나 아이나 모두 벌거숭이가 되어 진흙을 밟았으니까요.

이 근방에는 본시 가마가 사당(沙堂) · 용문(籠門) · 계율(桂栗) · 용운(籠雲)을 합쳐서 수백 기가 있었습니다. 모두 관요(官

窯: 관청에서 직영하는 가마)였지요.

저는 3대 째 이 짓을 하고 있습니다만 예나 지금이나 도꽹이(도공)는 관급으로 잡곡 서말을 달품(월급)으로 받는 것 뿐입니다. 우리는 하루도 쉬지 않고 물건을 만듭니다.

가지가지의 병, 대접, 주전자, 탁잔(托盞), 반합(飯盒), 향로, 정병(淨瓶), 개호(蓋壺), 화병, 유호(油壺) 그리고 거기에 모란당초문양(牡丹唐草文樣)·국당초문양(菊唐草文樣)·보상당초문양(寶相唐草文樣)을 새겨 넣고…… 물레를 돌려서 본을 떠, 그걸 말려서 상감을 넣고, 초벌구이를 하고, 유약을 입혀서 소성(燒成)하면…… 검수관이 입회해서 추려내는 합격품은 열 개에서 하나 혹은 둘, 나머지 여덟 개 아홉 개는 망치로 박살을 내고…….

그러나 그건 약과지요. 느닷없이 중국에 갈 공물로 뭐가 몇 백 개, 뭐가 몇 십벌 얼마 하고 명령이 떨어지거나 대전(大殿)에 올릴 뭐가 몇 백 뭐가 몇 십벌, 또 어느 대감댁의 수연이다 어느 대감댁 혼사다 하여 호령이 떨어지는 날에는 이곳 도꽹이들은 죽어나는 것입니다.

시한부로 납품날을 대자면 밤낮을 가리지 않고 구슬땀을 흘리는 터에 합격품이 나오지 않거나 시일이 넘으면 감독관은 여지없이 태형을 내립니다.

곤장 오십 도, 곤장 육십 도 하고…… 도꽹이란 곤장을 맞아 볼기가 터져서 피를 흘리면서도 곧바로 물레를 돌려야 합니다. 내 할아버지가 그랬고 내 아버지도 그랬으며 나도 그러고 있고요."

"요즘도?"

“……그 버릇 개 줍니까!”

“도꽹이 숫자가 차차 줄어들고 가마가 하나 둘 내려앉은 까닭을 아십니까? 나는 그 설움 그 모욕을 당하고 살지만, 내 자식만은 차라리 어디 가서 거렁뱅이가 되더라도 그놈의 지긋지긋한 도꽹이만은 만들지 않겠다고 객지로 오입을 보내버리는 때문입니다.”

“헌데 조노인은 왜 그 일을 계속하고 있나요?”

“……저는 이미 늙어서 갈 데도 없고, 다른 재간도 없으려니와…… 그놈의 청자의 비색과 백자의 유백색이 나를 놔주지 않습니다.”

“자제분들은 어떻게 했나요?”

“3남 2녀를 두었습니다만 모두 객지로 보내버렸고, 내가 죽었다는 소문이 있더라도 다시는 오지 말라고 일렀으니까 어디서 뭘 하는지 모르지요.”

새벽녘에 조노인은 가마의 불을 봐야 한다고 자리를 떴다. 완당은 노독이 겹쳤는데도 잠을 이루지 못했다. 먼동이 틀 무렵 살며시 밖으로 나왔다.

산기슭 언덕 쪽에 연기가 솟고 있는 가마가 보였다. 지난 밤 조노인의 처참한 이야기와는 달리 맑고 평화로운 광경이었다.

연기가 나는 가마는 길이 삼십 자 가량, 폭 넉 자 가량, 높이 다섯 자 가량의 마치 누에가 엎드려 있는 꼴로 산기슭에 붙어 있었다.

벽은 찰흙(점토)으로 가득 채운 갑발(匣鉢)을 첩첩이 쌓아 올렸

고 궁륭형(穹隆形)의 천장 안팎을 찰흙으로 발랐으며 그 궁륭 양
어깨에는 장작 구멍(投薪孔)이 열 개씩 뚫려 있는데 맨 아래 봉통
(焚口・窯口)에서 도공 두 사람이 장작을 밀어넣고 있었다. 그런
데 그 봉통의 이맛돌 왼쪽에 돌로 쌓은 사방 석 자 가량의 석실이
있었고, 그 석실에 누군가가 쭈그리고 앉아서 타오르는 봉통의
불길을 매서운 눈초리로 바라보고 있었다.

흙을 빚어서 불을 쬐어 돌보다도 강하게 그리고 영원히 빛나는
도기 또는 자기를 만드는, 이른바 인간과 불과의 싸움…….

그 불의 세력을 조절하는 사령탑 역할을 하는 곳이 저 석실일
까. 그 석실의 위치는 되도록 봉통에 가까워야 하겠지. 그래야 불
길의 세력을 면밀하게 관찰할 수 있을 것이니까. 그래서 봉통의
열기와 별로 다를 바 없는, 어쩌면 사람마저 불에 타버릴지도 모
를 아슬아슬한 작업을 하고 있는 것일까.

불길은 너무 강하면 그릇이 터질 것이고 너무 약하면 죽이 될
것인즉, 이른바 중용의 묘를 얻어야 할 것이렷다. 그 불길을 독수
리 눈망울로 응시하고 있는 눈초리를 유심히 뜯어보니 그게 조노
인이었다.

정신일도 무아지경의 바위가 되어 앉아 있는 도공 조지원 노
인, 한민족이 세세손손 긍지와 자존으로 간직하는 도예품은 도공
들의 저 처절한 장인 정신으로 말미암아 이룩되는 것이렷다.

완당은 순천 선비의 해후와 조지원의 상봉을 거듭거듭 천행으
로 여겼다.

왜 웃는 것일까

강진 대구의 사당 당전요에서 조지원이라는 도공을 만나고, 그의 말과 그의 행실을 유심히 살핀 완당이 학문을 한다는 것이나 글씨를 쓴다는 것이나 도자기를 굽는 일이나 그게 모두 어려운 과정을 겪어야 하는 일이라는 현실을 목도하고 나서, 생각 같아서는 거기서 며칠 더 쉬면서 조지원 노인과 사귀고 싶었으나, 상우와 소치에게 너무 미안하다는 생각도 들어 그곳을 떠나기로 하였다.

"형편이 이 모양이라 대접이 말이 아닙니다만, 며칠 더 계시면 쓸 만한 그릇이나 하나 드릴까 했었는디 그냥 가셔요?"

조지원 노인은 하루 사이 완당에게 정을 주고 있었다.

"그대와 내가 마주친 지난 하루는…… 한가한 사람들의 일 년보다도 더 길었어요. 그대가 만드는 그릇은 지금 누구의 손에 있건…… 백 년 천 년 우리네 것이니까."

조지원 노인은 부랴부랴 잡곡밥 도시락을 싸서 일행에게 안겼다.

"산길을 가노라면 더러 시장기를 겪을 때가 있습니다."

"고맙소."

완당 일행은 조지원 노인과 작별하고 강진·영암·나주를 거쳐 무진에서 하루를 묵고 다음 날 전주에 당도했다.

전주는 9년 전 1840년(헌종 6) 제주로 귀양 가는 길에 잠시 머물렀던 곳이다. 명필 창암(蒼巖) 이삼만(李三晚)이 거기 살고 있었기 때문이다.

사람에 따라 견해는 다르겠지만 당시의 명필로는 호서의 김정희, 호남의 이삼만, 강서의 조광진(曹匡振)을 드는 것이 상례였다.

그 이삼만은 누대로 전주에서 세거하는 완산 이씨 이기철(李枝喆)의 둘째 아들로 1770년(영조 46)에 태어났다. 그러니까 완당보다는 16년 연상이요, 그들이 처음이자 마지막으로 만날 때 완당은 지명(知命)을 벗어난 55세, 창암은 71세의 고희였다.

완당이 박제가 등의 영향을 받아 중원으로 유학하여 견문을 넓힐 수 있었던 것과는 대조적으로 창암은 시골에 묻혀 거의 독공을 하였으나 그의 인품과 필력으로 하여 서로 존경하는 처지였다.

완당은 전주의 객사에서 이삼만이 이미 세상을 떴다는 소식을 들었다.

"창암을 뵙고자 이렇게 들렀건만!"

완당은 의관을 갖추어 창암의 상발청에 나아가 문상하였다.

완주군 상관면(上關面) 공기(孔器) 고을.

창암이 시(詩)·서(書)·금(琴)을 벗하며 후진을 양성하다가 타계한 곳이다.

"녕년이 탈상이라 입비(立碑)를 준비하던 차에 대감께서 문상 오셨으니 천만다행입니다. 노독이 심할 것이오나 며칠 쉬신 후에 비문을 써주시면 고맙겠습니다.”

영위를 지키고 있던 창암의 제자들이 완당에게 매달렸다. 완당
이 곧 붓을 들었다.

名筆蒼巖完山李公三晚之墓
公筆法冠我東老益神化名播中國弟子數十人日常侍習薦名于世
取季弟子爲后

완당은 상가에서 머물기로 하였다. 이미 일모도 되었거니와 사
랑에 가득 찬 서적과 진적들이 그를 잡아앉힌 것이다.

나는 어려서부터 글씨 쓰기를 즐겨서 몇 해 동안 선생들의 문
하에 드나들었으나 그 참뜻을 알지 못하여 늘 탄식하였다.

중년에 충청도에서 공부하다가 우연히 진(晉)나라 사람 주정
(周珽)이 쓴 비단 바탕의 글씨를 보고 당나라의 여러 명필에 못
지않다고 여겼다.

또 서울에서 유공권(柳公權)의 글씨를 얻게 되어 옛 사람의 붓
을 다루는 법을 알게 되었으며, 만년에는 신라 김생(金生)의 글
씨를 얻어보고 옛 사람들의 글씨의 획이 견실하고 슬기롭다는
것을 알게 되었다.

이에 세 대가의 글씨를 밤낮으로 눈에 익히고 또 만 번이나 써
보았으나 재주가 모자란 탓인지 그 진수에 이르지 못함을 한탄
하였다.

나에게 더러 글씨를 청하는 사람이 있었으나 매양 옛분들의 심오한 경지에 미치지 못함을 크게 개탄하였다. 그런데 이제 경향간에는 어디를 가나 옛 법칙을 지키는 이가 없고 모두 과거(科擧) 글씨에만 힘을 쓰고 있으니 나 같은 사람의 글씨가 무슨 소용이리요.

다만 세상 사람들이 옛 것을 배우지 아니하고 속된 글씨만 쓴다면 금석(金石)의 글씨와 큰 액자 글씨는 누가 쓸 것인가.

경인년 가을 완산 이삼만 쓰다.

완당은 상가의 사랑에 앉아서, 고인이 남긴 자서문(自敍文)부터 읽었다.

"겸허한 선비가 분명하구나!"

永宋乙邑戈我之逐心思家國底事風氣山行海宿松篁紛張獨伴麋牘誰敎爲隣性好泠聞入靜處幽泉聲竹韻卽是神仙徑谿 등 오십 자를 날마다 공부하면 속되게 쓰는 것보다도 열 배는 나을 것이다.

그런 후에 해서(楷書)로 필력을 얻어내어 반행(半行)을 쓰는 법인데, 결코 급히 서둘지 말고 붓이 종이를 뚫는다는 마음으로 쓰되 원력(元力)과 골기(骨氣)를 바탕으로 하여 필세(筆勢)에 따라 가로 세로 결구(結構)할 일이로다.

글씨가 크거나 작거나, 먹물이 덜 가거나 더 가거나, 길거나 짧거나, 획이 굵거나 가늘거나, 간격이 고르거나 조잡하거나 마음에 두지 말 것이니라.

그것이 바로 뜻을 얻은 운필(運筆)이니라.

매양 누속한 사람의 말은 듣지 않는 것이 옳은 일이며, 그리고 나서야 초서를 쓰게 되는 것이니 해서와 행서 쓰는 법과 다름이 없는 것이니라.

거칠거나 급히 하거나 함부로 붓을 내둘러 쓰는 일은 절대로 아니 되는 것으로, 붓의 중심을 잡아 모래 위를 긋는 것 같이 운필하면 스스로 생동하여 보는 사람의 눈을 자극할 것이다.

만약 해서는 힘을 얻지 못하면 글씨가 종이에 붙지 않을 것이로다.

이건 창암이 어린 제자들에게 글씨를 익히는 순서와 마음가짐을 경고하는 내용을 필첩에 남긴 것이었다. 완당이 또 한 권의 서첩을 집어들었다.

왕희지(王羲之)의 서첩은 많이 볼 수 있는데 짜임새나 모양은 다를지라도 획을 긋는 법(戈波), 점을 찍는 법(點劃)은 개발된 것이 없으니 배우는 사람은 다만 여덟 가지 법칙(위나라 鍾繇)을 익히면 스스로 글씨를 알 수 있을 것이다.

당나라 구양순(歐陽詢)은 왕희지의 글씨를 잘 익히어 점차 그의 체가 되었으나 그 틀을 넘지는 못하였다.

그 후 안진경(顔眞卿)과 유공권(柳公權)은 그 전통을 이었으나 송나라 때는 거의 옛 법을 무시하여 쓸 만한 글씨가 없어졌다.

신라 김생(金生)의 글씨는 활달하여 그 기운이 왕희지에 비길

것으로, 중국 사람들이 다투어 그의 비문을 갖고자 하였다.

한석봉(韓石峰)의 글씨는 천진스럽고 우아하여 옛 법에 어긋남이 없으니, 우리 나라에서는 위의 두 사람을 으뜸으로 여겨야 한다. 그러나 그 깊은 뜻의 품격에 있어서는 어찌 중국에 미칠 수 있겠는가. 옛날 글씨 쓰기를 즐기는 사람들은 행서나 초서를 즐겨 썼는데 그것은 좋은 일이 아니었다.

옛 사람들이 말하기를 해서는 스스로 법칙이 있으나 행서·초서는 그게 없으므로 법칙을 맞추는데 정성을 쏟아야 했다. 글씨란 법대로 쓰지 않으면 어지러지기 쉽다 하였다.

해서로써 법을 익히면 행서와 초서는 따라 될 것이나 득성(得成)하기가 그리 쉬운 것이 아니니 매양 필력을 많이 쌓을 일이니라. 그 일은 한 평생의 노력으로 이루어지느니라. 옛부터 서가(書家)들이 평하기를 오직 역량이 많으냐 적느냐를 따질 뿐, 그 짜임새나 기묘한 솜씨로 썼다고 해서 잘 썼다고 말할 수는 없는 법이니, 그 뜻을 모름지기 생각할지어다.

나는 맹부자(孟夫子)를 흠모한다. 그 풍류가 천하에 알려졌으니, 벼슬을 버리고 소나무 그늘에 누워서 달빛에 취하여 늘 지덕(智德)을 생각하였으며……

창암 이삼만은 매우 꼼꼼한 성품을 지녔던 것 같다. 근세에 이르러 오세창(吳世昌)이 펴낸 《근역서화징(槿域書畵徵)》에 다음과 같이 적고 있다.

젊어서부터 글씨 쓰기를 좋아하였고, 필력을 얻기 위하여 베
(布)를 썼다. 비록 병석에 있어도 하루 천 자를 썼다. 그는 말하
기를 벼루 세 개를 뚫지 아니하고는 아니 된다 하였다.
　집안은 본시 부유하였으나 차츰 퇴락하였고, 더러 글씨를 배
우러 찾아오는 사람이 있으면 한 획 한 점을 가지고 각각 한 달
씩 가르쳤다.

“그 양반 어지간하구만.”
꼼꼼하기로야 완당인들 뒤질 수 없는 성품이지만, 완당은 또
창암의 서첩을 뒤적였다.

　해서 쓰는 법을 체득한 후에 행서를 쓰는데, 행서라 하는 것은
해서에서 조금 변한 것이어서 붓 놀리는 법이 달라진다고는 하
지만 함부로 방종해서는 아니 될 일이니라. 성교서(聖敎序)와
백월비(白月碑)를 표준하여 오랫동안 적공하면 스스로 아름다
운 경지를 터득하게 될 것이다.
　행서는 오직 가볍게 쓰기로만 일삼고 있어서 옛 사람들의 뜻
은 알지 못한 채 손끝으로 미불(米芾)과 동기창(董其昌)의 흉내
만 내고 있도다.(中略)
　해서로써 힘을 얻게 되면 행서와 초서는 스스로 이루어진다.
해서에는 공을 들이지 아니하고 초서에만 붓을 놀리는 것은 이
치에 어긋나는 것이다.
　옛날 장동해(張東海)라는 사람이 초서로 이름을 떨쳤으나 후

세 사람들이 그를 평하기를 필력은 없고 번거롭기만 하도다 하
였으니 어찌 두렵지 아니한가.

그것을 산천에 비유하면 우선 큰 산이 솟아 있고 아름다운 봉
우리가 흘러내리는 것이요, 물리(物理)로 말하자면 먼저는 어렵
고 나중에는 쉬운 것이요, 꿈틀거리는 것으로 비유하면 뼈가 먼
저요, 근육은 나중이므로 무엇을 먼저 힘쓸 것인가는 자명한 일
이라 하겠다.

실로 시도(書道)란 자은 것이 아니니, 오직 고결한 인품을 지닌
후에 묘경(妙境)에 들 수 있느니라. 어찌 쉬운 일이라 하겠는가.

이삼만의 아명은 규환(奎煥: 奎奐)이었다. 본시 집안이 넉넉했
으나 아버지를 여의고 나서 가세가 기울었고, 이 때문에 학문과
교우와 장가가 늦었다 하여 이름을 삼만(三晩)으로 개명했다는
것이다.

또 그의 부친이 독사에 물려 세상을 떴다 하여 뱀이란 뱀은 보
는 대로 잡아죽였기로, 매년 정초의 뱀막이로 '이삼만(李三晩)'
이라고 방을 써서 마루기둥 · 측간 · 곳간에 거꾸로 붙이는 풍습
이 생겨나기도 했다.

완당이 다시 서첩 하나를 폈다.

해서는 서 있는 것 같고, 행서는 걸어가는 것 같고, 초서는 달
리는 것 같은 것이니, 다만 해서를 쓰는 뜻으로 조용히 굴리어
(轉) 운필하면 무한한 취미를 얻게 될 것이다.

천 가지 백 가지 형태가 있을지라도 필력을 체득한 연후의
일…… 초서는 체(體)를 얻기가 더욱 어려운 일이나니 장초(章
草)인지 독초(獨草)인지를 미리 마음에 두고 해서를 쓰는 뜻으
로 쓰되 방종하거나 거칠거나 난잡해서는 아니 될 일이니라. 초
서의 생김새는 봄철에 백로가 고기를 엿보는 것 같고, 가을철에
뱀이 구멍을 찾아드는 것 같고, 장사가 강철을 펼치는 것 같고,
추위에 떠는 원숭이가 마른 나뭇가지를 흔드는 것 같고, 난(鸞)
이 춤추고 봉(鳳)이 날고, 바람에 나부끼는 잔딧잎 같고, 꺾인 대
나무 같고, 나부끼는 난초잎 같을진대, 대개 이러한 기상을 뛰어
난 운치라 하느니라.

완당이 문득 허리를 펴고 저만치 서가 위에 걸린 액자를 바라
보았다. 창암의 육조체(六朝體)였다.

書道以漢魏爲原若專事爲晉家恐或有取妍

글씨의 진수를 탐구하려거든 모름지기 그 연원을 찾아 올라가
야 하는 것으로써, 한나라와 위나라를 바탕으로 하는 소박한 기
풍을 본받아야 할 것이나니 혹 진나라의 고운 속태(俗態)에만
쏠려서는 아니 되는 것이어늘…….

완당이 액자를 새겨보고 방긋 웃었다. 왜 웃는 것일까. '옳으신
말씀이야' 하는 웃음이었을까 아니면 '당신이 뭘 얼마나 보았다

고’ 하는 비웃음이었을까. 예나 지금이나 어느 분야에서나 그 정상을 노리는 시새움은 치열하였다. 그게 선의의 경쟁이거니 오기스런 치기이거니, 의식적이거니 무의식적이거니 대립의 관계는 형성되기 마련이다. 당시의 서론(書論) 또는 화론(畵論)도 마찬가지였다.

완당과 창암을 놓고 말할 때, 일응 당대의 쌍벽이라고는 하였지만 몇 가지 대조적인 데가 있었다. 첫째는 출신 계급이 달랐다. 명문 귀족의 출신과 지방의 평범한 토반, 둘째는 과거를 통과한 반듯한 고급 관리와 공직에는 전혀 물들지 않은 지방 선비, 셋째는 해외 청국에 유학하여 견문을 넓힌 것과 고향에 칩거하여 독학했다는 점 등이 된다. 완당의 입장에서는 어느 모로 보나 자기보다는 훨씬 뒤진 한낱 지방의 선비를 당대의 쌍벽이라거니 명필이라거니 하는 것이 못마땅했을지도 모를 일이다.

더구나 자신이 청조학에 깊고 넓게 심취하고 있는 터에 그 어줍잖은 지식을 가지고 중원의 학풍·서풍을 이러쿵 저러쿵 말하고 있으니 가소롭다 여겼을지도 모를 일이다. 호학(好學)의 화신과도 같았던 저 김정희이고 보면, 이제 귀양살이도 풀린 터, 그 라이벌인 창암과 실컷 토론을 하고 싶었을지도 모를 일이다.

그러나 그와 같은 가설은 어디까지나 상념에 불과하다. 그러한 상념은 차원 높은 옛 선비들에 대한 모독이 될 지도 모를 일이다.

어떤 사물 또는 어떤 현상에 대하여 자상하게 살피지도 않고 그냥 과학직으로 이떻디거니 논리적으로 어떻다거니 하느니보다는 지그시 눈을 감고 넉넉히 새긴 다음, 그래도 헛바닥으로 발설

하지 않고 가만히 고개를 끄덕인다던가 혹은 방긋이 웃은 옛 선
비들의 기개를 본받아야 할 것 같다. 완당이 다시 서첩을 뒤적였
다. 〈영(永)〉자 필법의 해설이다. 、측(則) 一늑(勒) ㅣ노(努) 、
적(趯) 一책(策) ╱약(掠) ㆍ탁(啄) ╲책(磔).

　측이란, 붓을 기울여 내리는 것. 눕는 것이 아니고 올빼미가
쭈그린 것 같이, 떨어지는 돌 같이 하라.
　늑이란 인필(鱗筆)로써 위로 거두어 올리는 것. 늑마(勒馬)의
기세이어야 한다.
　노란 획을 내려그을 제 구불구불 이어 내려가는 것. 지나치게
곧게 그어 내리면 힘이 없어지는 법.
　약이란 붓의 힘을 죽여서 치켜 일으키는 것. 기러기 머리 모양
같은 것으로 미끄럽지 않은 것이 좋다. 치켜 올린 후에는 붓끝
을 다시 바로잡아야 한다.
　책이란 늑(勒)과 같은 것.
　약이란 힘을 아래로 거두는 것. 아래로 내려 쏟는 것같이 하지
말고, 끝을 뾰족하게 또는 빨리 빼지도 말 것이니라.
　탁이란 교룡(蛟籠)이 하늘을 나는 것 같이 빨리 긋는 것. 느리
면 힘이 빠진다.
　책이란 파도가 무너지는 기세, 또는 목마른 말이 냇물로 달리는
것 같은 기운. 바다를 질주하는 배의 돛대와 같이 하라. (中略)

　창암 이삼만이 남기고 간 서첩 간찰 액자는 수없이 많이 쌓여

있었다. 모두 서법에 관한 것들이었다. 한결같이 옛날의 법방에 충실하라고 강조하고 있다. 특히 한나라의 것에 연원을 두라 하였고, 그 연원에 충실하다 보면 진나라와 당나라 때의 멋은 스스로 생겨나는 것이니 행여나 진나라 당나라의 것을 먼저 흉내내려 들지 말라고 강조하고 있다.

구구절절이 옳은 말이요, 예나 지금이나 변함없는 진리라 하겠다. 서첩 사이에 《제현가영(諸賢歌詠)》이라는 시집이 보였다. 거기 이삼만의 시조 한 수가 있었다.

자문(紫門)에 기 짓거릴 동자(童子) 불러 니느가 보라
이러한 벽항궁촌(僻巷窮村)의 어느버지 날 찾난고
안무도 추풍(秋風)이 쇼실ᄒ니 낙엽인기 ᄒ노라

완당은 밤을 새워 저승에 있는 이삼만의 소리를 들었다. 전후 좌우의 여건이 달랐고 생전의 상봉은 단 한 번 뿐이었으며 그것도 유형의 참담한 상황에서였지만 이제 그의 진적을 대하고 보니 백년지기를 만난 듯하였다. 동병상련이기도 하였고…….

완당은 상가에서 차려주는 조반을 들고 길을 떠났다.

"가자, 예산으로 가자."

종 경득이 말고삐를 잡았고 상우와 소치가 뒤따랐다. 이제 더는 해찰하는 일이 없을런지.

지난 7월 19일부터 전주시 전북예술회관에서는 〈창암 이삼만 유품전〉이 열렸다. 그곳 문화방송사가 주축이 되어 3년 여에 걸

쳐 3백여 점을 발굴 수집했다고 한다. 아울러 발간한 《창암이삼만유묵첩(蒼巖李三晚遺墨帖)》은 전시가 끝나기도 전에 매진되었고, 기어이 구득하고자 하는 이는 프리미엄을 붙여야 했다고 하니 열 번 백 번 즐거운 일이라 하겠다.

창암 이삼만의 묘소를 가자면 버스 편으로는 40여 분을 달려야 했고 택시로는 5천 원을 내고 30분을 달려야 했다.

구이면 동적골 평촌리 가는 길.

택시 기사는 명필 창암 이삼만에 대하여 전혀 아는 바 없으므로 그곳 태봉국민학교 앞에서 차를 세워야 했다. 어느 촌로에게 물었다.

"창암 이삼만 선생의 묘소가 어딥니까?"

"그게 누군디?"

옛부터 내 마을 무당은 영하지 못하다 했다.

"하척 마을은 어딥니까?"

그제사 저만치 옹기종기 삼십 호 가량의 마을을 지팡이로 가리켰다.

완주군 구이면(九耳面) 하척리(下尺里).

논길을 백 미터 가량 마을 쪽으로 올라가면 송림이 우거진 언덕에 〈명필창암완산이공삼만지묘(名筆蒼巖完山李公三晚之墓)〉의 비석이 보였다.

초라했다. 거칠었다. 너무나 왜소했다.

음력 칠월이 되어 벌초를 하고 나면 조금 나아 보일까. 그게 왜 초라하게 느껴졌는가. 그건 예산의 완당 김정희의 고택과 묘소가 비교되기 때문이었다. 당대 쌍벽의 한 쪽은 왕릉을 방불케 하는 규모에 문화재로 지정이 되어 나라에서 관리사무소까지 차려주었고, 또 한 쪽은 그 쌍벽의 상대가 써준 비석 하나만 우뚝 서 있기 때문이었다. 그러나 창암 이삼만은 외롭지 않을 성싶었다. 그의 비석 계하에 반려자의 표석이 있잖은가.

〈고명창심녀지묘(故名唱沈女之墓)〉

창암 이삼만은 나이 53세 때 부인 김해 김씨와 사별하였다. 슬하에는 어식 셋이 있을 뿐, 가계를 이을 아들이 없었으므로 그의 문중에서 두 사람을 입계시켰으나 대를 잇지 못하였다.

그러나 그에게는 풍류를 같이한 여인이 있었으니 그녀가 심씨였다. 매우 음률을 잘하였고, 그를 좇아 삼십 년 동안 종유(從遊)하였다. 기축년 4월 10일 병으로 세상을 뜨니 그의 선산 아래 길가에 묻었다. 성돌로 쌓고 흙은 올리지 않았다.

'벼슬을 하지 않아서 양반 계급이 그의 인품이며 작품을 높이 평가하지 않았지만, 그의 천진하면서도 호방한 행운유수체(行雲流水體)는 완당 김정희의 틀에 짜인 듯한 필법을 앞지른다' 는 그 지방의 묵객들의 말이다.

타고난 떠돌이

완당이 제주 적소에서 해배되어 한양으로 가는 길에 해남 대둔사를 거쳐서 이곳저곳을 들러 해찰을 부리고 있을 때 완당과 석별한 초의는 무엇을 하고 있었을까. 초의에 대하여 필자는 그의 인품과 학덕과 수행 따위를 이미 단편적으로 기술한 바 있거니와 아무래도 이번에는 그의 생애를 정리할 필요가 있을 것 같다.

다음의 글은 석용운(釋龍雲: 해남 대흥사 일지암 주지) 스님이 쓴 《초의선사전집(草衣禪師全集)》 중의 해제(解題)와 필자가 편역한 《초의선집(草衣選集)》 중에서 간추린 것이다.

초의는 1786년 4월 5일 전남 무안군 삼향면에서 태어났다.

속성은 장(張)씨, 홍성(興城)이 본이다. 법명은 의순(意恂)이며 호를 해옹(海翁)·해사(海師)·해노사(海老師)·해양후학(海陽後學)·해상야질인(海上也耋人)·간사(竿社)·자간일지암(紫幹一枝菴) 등으로 썼다.

15세(1800년)에 나주군 다도면(茶道面)의 운흥사에서 벽봉(碧峰) 스님께 의지하여 중이 되었다. 20세(1805년)에 대둔사의 완호 스님에게 구족계를 받았고, 21세에 대교(大敎)를 수료하였다.

22세에 쌍봉사(雙峰寺)에서 토굴 생활을 하였다. 초의는 완호 스님이 준 그의 법호. 24세에 강진 다산초당에서 약용과 초대면 하였다.

30세(1815년)에 처음으로 한양 나들이를 하여 완당 김정희·산천(山泉) 김명희·금미(琴糜) 김상희 형제와 다산 정약용의 아들 유산(酉山) 정학연(丁學淵)·운보(耘逋) 정학유(丁學遊) 형제와 연천(淵泉) 홍석주·해거(海居) 홍현주 형제를 비롯하여 자하 신위·학산(學山) 이노영(李魯榮)·학고(鶴皐) 윤정현·동노(東老) 김재원(金在元)·담재(覃齋) 김경연(金敬淵)·황산(黃山) 김유근(金逌根)·다정(茶亭) 윤효렴(尹孝廉)·진재(眞齋) 박종림(朴鍾林)·광산(匡山) 박종유(朴鍾儒)·견당(絅堂) 윤정진(尹正縉)·유원(유園) 홍희인(洪羲人)·약인(藥人) 홍성모(洪成謨)·능산(綾山) 구행원(具行遠)·용호(蓉湖) 김매순(金邁淳)·이재 권돈인·위당 신관호 등과 사귀었다.

38세에 《대둔사지》를 편찬하였다. 39세(1824년)에 그는 평생의 수도도량 일지암을 세웠다. 45세에 《다신전(茶神傳)》을 저술하였다. 46세에 《일지암시고(一枝菴詩稿)》를 간행, 서문과 발문을 홍석주·신자하·신허·윤치영·신헌구 등이 썼다. 50세에 소치 허유를 제자로 맞았다. 51세에 《홍현주시집》에 서문을 썼다. 53세에 소치를 완당의 문하에 보내어 사사케 하였다. 55세에 헌종이 초의에게 대각등계보제존자처의대선사(大覺登階普濟尊者 草衣大禪師)라 사호(賜號)하였다. 56세에 제주 대정으로 완당을 찾아갔다. 73세에 〈완당김공제문(阮堂金公祭文)〉을 썼다.

74~75세에 잠시 쾌년각에서 지냈다. 76~80세에 일지암에서 저술과 시작에 전념하다가 81세(1866년 8월 2일)에 입적하였다.

저서로는 《일지암시조(一枝庵詩藻)》·《일지암문집(一枝庵文集)》·《진묵조사유적고(震默祖師遺蹟考)》·《초의선과(草衣禪課)》·《선문사변만어(禪門四辯漫語)》·《군방보(郡芳譜)》·《다신전(茶神傳)》·《동다송(東茶頌)》 등이 있다.

초의 장의순이 어떤 인물이었는가 하는 물음에 대하여 《초의선집》의 발문에 다음과 같은 글이 보인다.

……초의는 뛰어난 승려로서 그 지위가 대종사(大宗師)에 올랐고 나라에서 보제존자(普濟尊者)로 추대된 분이다. 그러나 그는 근엄한 성직자에게서 흔히 느껴오는 역겨움 같은 것이 조금도 풍기지 않는 분이다.

신자하나 홍현주가 말했듯이 중의 티(蔬箚氣)가 전혀 나타나지 않았다. 그의 언행과 거동은 우리 속인과 다를 바가 없었다. 수도자로서 고고하지도 않았고 재주꾼으로 나불대지도 않았다. 그러면서도 그는 경과 선의 차와 시화를 가지런히 터득하였다.

초의를 말하면서 원효(元曉)나 의상(義湘)이나 연담(蓮潭)이나 백파(白坡)와 견주어서는 안 된다. 저들이 고승임에는 틀림없으나 저들은 저들대로의 고고한 경지를 이루었고 초의는 초의대로의 멋과 시름을 체득한 빼빼마른 한 산승이었으니까.

세인이 초의에게서 친근감을 느끼게 되고 불자가 아니면서도

그의 사념에 접근하노라면 어렴풋이 그에게 빨려 들어가는 덕
은 그가 저만치 멀리서 우리를 내려다보지 않는, 매우 우정적인
인간 관계를 맺고 있기 때문이다.

각설하고, 초의의 업적을 크게 나누면 다도관·시정신·선사
상으로 집약할 수 있다.

초의의 다도관

초의는 차에 관하여 《다신전》과 《동다송》 두 저서를 남겼다.
《다신전》은 차를 하려는 이들에게 차의 내력, 제조법으로부터
차를 마시는 법에 이르기까지를 기술한 것이고, 《동다송》은 해거
홍현주의 부탁을 받고 우리 나라 차의 우수성을 칭송한 글이다.
다서 내용을 요약하면 다음과 같다.
첫째, 차란 사람에게 매우 좋은 것이니 즐거 마셔야 한다. 둘째,
우리 나라 차는 외국의 차에 비해서 맛과 효험이 뒤지지 않는다.
(차는 세계 30여 나라에서 생산됨) 셋째, 차 마시기를 성실하게
하노라면 그게 현묘함과 지극함과 중정함에 이르게 되어 드디어
는 다도의 경지에 도달하는 것이다.
또 다도란 신체건영을 함께 얻는 것이라 했다. 차는 물의 신이
요, 물은 차의 체이며, 차를 달이는 데 중정을 잃지 않으면 스스로
건과 영을 얻는다 했다. 도대체 이게 무슨 말인가. 쉽게 풀이하면
다음과 같이 된다.
먼저 좋은 차, 좋은 물을 구하라. 다음으로 물을 끓일 때 알맞은

온도를 유지하고 차를 우려낼 때 그 시기를 조절하라. 그러면 건전한 성분의 차를 마시게 되어 드디어 영험을 얻는다. 또 신체건영을 얻고자 한다면 문(門)·행(行)·득(得)의 길을 거쳐야 한다 했다.

문에는 4문이 있으니 채·조·수·화가 그것이며, 행에서 4행이 있으니 묘·정·근·중이 그것이며, 득에는 4득이 있으니 신·체·건·영이 그것이라 하였다.

그러므로 신(神)이 건(健)하면 기(機)가 이(理)하고, 체(體)가 영(靈)하면 용(用)이 묘(妙)하며, 신체(神體)는 기용(機用)과 같아서 불이(不二)한 것이라 하였다.

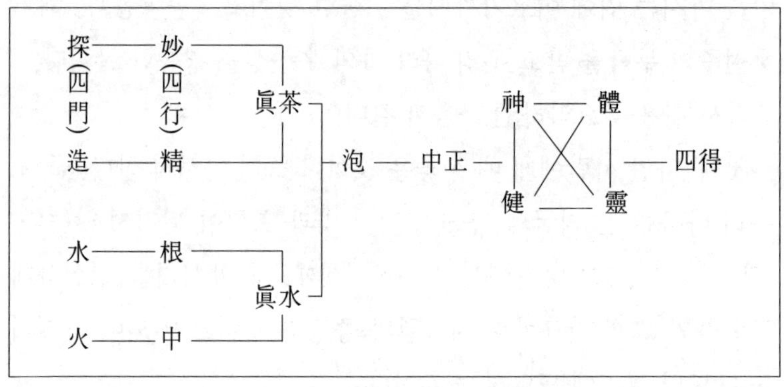

또 건영한 차를 마시면 대도(大道)를 얻는 것과 같아서 예로부터 성현들이 즐겨 마셨다 하였고 차는 군자의 성품을 지니고 있어서 그를 가깝게 하면 드디어는 바라밀의 경지에 이른다 하였다.

또 차는 선과 일치한다 하여 '제법불이선다일여(諸法不二禪茶一如)'라 하였다.

그리하여 후세에 이르러 초의는 차의 중흥조다, 또는 조선의 다성(茶聖)이라 하였고, 중국에 육우(陸羽) 나고, 조선에 초의 나고, 일본에 천리휴(千利休) 났다고 하였다.

초의의 시정신

불가에서는 중이 시를 읊는 일을 시작불사라 하여 유가의 선비들 못지않게 소중히 하였다.

초의는 경전에 통달하였음은 물론 백가서에도 정통하였으며 더군다나 당대의 내노라 하는 명사들과 두루 교류하고 있었으므로 그의 시문은 승속을 떠난 독특한 경지에 이르고 있었다.

초의의 시문에 대한 정평으로는, 초의의 《일지암시고》의 서문에서 당대 제일의 시인이라 일컬었던 신자하가 다음과 같이 말하고 있다.

일지암은 호남승(대둔사의 승려) 장의순의 재호(齋號)이다. 의순이 시를 잘하기 때문에 세인이 그를 초의 스님이라 하고 이름이 높았다.

내가 그의 시를 보니 내용이 깨끗하고 잔잔하며 참을성 있게 옛 경지에 몰입하고 있더라. 그 일이 어찌 쉬운 일인가.

불가에서 시를 잘하는 스님으로는 탕휴(湯休)가 맨 처음인데 송대에 으르러 도잠(道潛)·총수(聰殊) 등이 소동파와 교유하여 그 이름을 떨치기는 하였으나 그들은 중의 티를 벗어나지 못하였다.

시란 참으로 어려운 것이다. 우리 나라 스님 가운데에도 더러 시인이 있었는데 도중에 끊기더니 이제 의순의 시를 얻었도다. 그의 교유하는 품을 보건대 승속을 떠나 훌륭한 인사들과 사귀고 있으니 이 아니 좋은가.

초의의 시에는 중의 티가 없다. 도잠·총수 따위의 사문과는 비할 바가 아니로다. 그는 불경과 격언으로 구업(口業)을 삼으면서 시로써 계를 삼았도다.

그러나 위의 도잠과 총수는 계율에 얽매이고 고공(苦空)에 빠져 깨달음을 얻지 못하였느니라. 의순은 장차 시작불사로써 크게 깨칠 인물이니라.

다음은 홍석주(당시 좌의정)의 서문이다.

한퇴지(韓退之: 당의 문호, 당송팔대가의 한 사람)는 평생 부도(浮屠: 여기서는 불교의 뜻)를 좋아하지 않았으나 원혜(元惠)·문창(文鴨) 두 영사의 시문을 보고 그 재주를 주찬하였으며 자양부자(紫陽夫子: 송의 주자)는 유도(儒道)를 본분으로 하면서도 지남상인(志南上人)의 문집에 발문을 쓰면서 그 문집에 있는 「첨의욕습행화우(沾衣欲濕杏花雨) 취면불한양유품(吹面不寒楊柳風)」이라는 구절을 높이 찬양하였었다.

석씨(佛家)의 학문이 본시 세상을 허무하게 여기는 터라, 유가(儒家)에서는 쓸모없는 글이지만, 원혜·문창·지남상인 등은 유도에도 관심이 있는 사람들이어서 두 공(한퇴지·자양부자)

이 그들의 시문에 발문을 썼던 것이다. 그러나 불가에서 글나부랑이나 하는 자들 중에는 음란 사치하고 호탕한 무리들이 있으니 혜휴(惠休) · 보월(寶月) 따위가 그들인데 몸에는 가사와 장삼을 입었으나 입으로 허튼 소리(桑濮)를 하니 이는 불가에서는 적이요, 유가에서는 용납할 수 없는 인물이다.

초의 스님은 평소 학자 선비들과 고루 교유하기를 좋아하더니 그의 시문은 속성을 벗었고, 또 간결 간명하며 군더더기가 없어서 마치 당송의 그것과도 같도다. 그의 글 중에는 창려운(昌黎韻) 몇 편이 있는데 그 내용이 어질고 곧으며 잔잔하여 주자서와 부합된 바가 많더라.

애석하도다. 초의 스님은 참으로 유도에 뜻이 있는 사람이니라. 그러므로 내가 기꺼이 그의 시집에 서문을 쓰나니 그의 시에는 세인을 깨우치는 구절이 많은데 「발로 물속의 구름을 헤치는데 창문은 소나무 위에 뜬 달을 머금었도다(履雜澗底雲 窓含松上月)」라는 대목과 앞서의 「행화양유…(杏花楊柳…)」의 구절은 그 어느 것이 더하다 덜하다 말할 수 없도다.

위의 두 구절로써 오늘의 詩客에게 그의 글을 믿게 하는 바이다.

그의 시 한 편을 현대문으로 옮겨보자.

소나무와 달
창 밖에 너울거리는 소나무와
소나무 위에 곱게 뜬 달과

솔바람의 살랑거리는 숨소리와

달빛의 황홀함과

소나무의 곧음과 달의 빛남이 어울려서

그 운치와 가락이 한 쌍을 이룬다.

옥난간의 문턱에 앉아 있으니

막힌 것들이 툭 트이는구나

소나무 가지와 달빛이

책방에 스며들어 뼛속까지 시원하도다.

이 아니 좋을시고

초의의 선사상

초의는 선에 관하여 《선문사변만어》와 《초의선과》 두 권을 저술하였다. 그것은 백파선사(白坡禪師: 1767~1852)가 선의 종지(宗旨)를 후학들에게 풀이하여 펴낸 《선문수경(禪文手鏡)》의 선론을 반박하기 위하여 쓴 책이다. 《선문수경》이 간행된 후, 선의 참뜻이 잘못 전해지고 있고 달마조사의 근본 사상이 어긋나게 풀이되었다고 판단한 초의의 선사상은 어떤 것이가.

백파가 주장하는 3종선(三種禪), 즉 조사선(祖師禪) · 여래선(如來禪) · 의리선(義理禪)으로 분류하는 것을 부인하고 2종선을 고집한 것이다. 2종선이란 인명으로는 조사선과 여래선으로 나누어야 하고 법명으로는 격외선(格外禪)과 의리선으로 나눌 수 있는데, 조사선은 격외선과 같고 여래선은 의리선과 같은 것이라고 보는 견해이다.

이 논쟁은 백파와 초의 두 당사자뿐만 아니라 여러 승려들이 두 편에 가세하여 반세기 동안 끌어왔는데 주목을 끄는 것은 완당 김정희가 이 논쟁에 가담, 초의의 편에 서서 당당하게 선론을 폈다는 대목이다.

백파와 초의의 선사상을 다시 검토하면 다음과 같다.

첫째, 임제3구(臨濟三句)를 백파는 제1구 조사선·제2구 여래선·제3구 의리선으로 보고, 초의는 제1구 조사선·제2구 여래선·제3구는 제1구와 제2구의 병본구(竝本句)로 보는 것이며 둘째, 선문 5종(禪門五宗: 臨濟宗·雲門宗·曹洞宗·潙仰宗·法眼宗)을 각각 조사선과 여래선에 배정하고 그 선문 5종에 들지 못한 북종(北宗)의 신수계(神秀系)를 우두종(牛頭宗)의 법융계(法融系), 하택종(荷澤宗)의 신회계(神會系)를 의리선에 배정한 백파의 견해가 틀렸다는 것이며 셋째, 백파는 조사선과 여래선의 의미 규정을 근기의 차이로 보는 것에 반하여, 초의는 조사선에 법의 은(隱)으로 여래선은 현(顯)으로 보는 견해이다.

그밖에 백파와 초의는 살활(殺活)·기용(機用)·진공(眞空)·묘유(妙有)·살인도(殺人刀)·활인검(活人劍) 등등 사사건건 견해를 달리하고 있다, 아무튼 백파는 당대 선의 주종이었으며 연세로 따져도 초의보다는 20년 연상이었는데 그 백파에게 초의가 사사건건 물고 늘어졌으니 백파 쪽에선 가소롭다 했을 것이고 초의 쪽에서는 통렬하다 했을 것이다.

그러나 인생무상이랄까. 초의의 편에 서서 백파의 선사상을 맹렬하게 비판했던 완당 김정희가 백파가 입적한 후 〈대기내영백파

대선사지비(大機大用白坡大禪師之碑)〉의 비문을 쓰고 있으니 기연이라 아니할 수 없으며, 초의가 백파 문중의 영향을 받은 대둔사에 있으면서 그 종주격인 백파에게 대들었고 끝내 그 절에 암자(일지암)를 지어 생애를 마쳤다는 것 또한 기연이 아닐 수 없다. 하여간 초의는 교(敎)와 선(禪)을 고루 갖춘 스님이었다.

초의는 희기(戱技)

초의는 차의 중흥조이자 뛰어난 시인이었고 독처지관 40년 선교병수(禪敎幷修)의 고승이면서 그밖에도 불가사의 하리만큼 재주가 많은 사람이었다.

첫째는 그의 그림 솜씨와 단청 솜씨를 들 수 있다. 낭암(郎岩) 스님이라는 분으로부터 전수했을 것이라고 전할 뿐 자상한 수련의 과정은 알 수 없지만 어쨌든 그는 저 유명한 남화의 거봉 소치 허유를 제자로 맞아들여 끝내 소원 성취시킨 것으로, 또 해남 대둔사를 비롯하여 인근의 사찰에 소장되어 있는 탱화의 거의 대부분이 그의 작품이거나 아니면 증사(證師)한 것으로 미루어 그가 대단한 화격을 지녔던 것만은 의심의 여지가 없다 하겠다. 그의 탱화 중에서도 〈사십이수관세음보살상(四十二手觀世音菩薩像)〉(대흥사 박물관 소장)은 문화재로 지정된 걸작이다. 또 그가 남긴 단청은 대흥사의 대광명전(大光明殿)과 보련각(寶蓮閣)이 있는데 그가 세상을 뜬 지 1백여 년이 지난 지금도 그 문양이 선명한 것으로 미루어서 재료의 선택과 시공의 성의가 얼마나 정밀했었던가를 짐작할 수 있는 것이다.

둘째는 그의 글씨 솜씨다. 연원(淵源)이 있는 서체라 할 수는 없으니 그의 예서를 곰곰히 살펴보노라면 마치 눈발을 빗자루로 쓸고 지나가듯 아니면 천진한 어린아이가 비단에 문양을 새기듯 하여 저절로 미소를 짓게 하는 그런 글씨를 쓰고 있다. 어느 누구의 것도 흉내내지 않은, 어느 누구도 흉내낼 수 없는 천진 그대로의 서체이다. 특히 그의 만년의 글씨는 위에서 지적한 바탕에 노숙의 경지가 깃들어 있어서 더욱 돋보이고 있다.

글씨에는 그 인간의 성품이 나타난다 하거니와 작의적인 글씨를 초의가 싫어했을 건 뻔한 일이다.

셋째는 그의 잡기이다. 필자는 초의가 기록한 《군방보》라는 책의 복사본을 본 일이 있는데 거기에는 승복의 침선법(針線法), 사찰 음식의 조리법, 난을 가꾸는 법, 조경법(造景法), 질병을 치료하는 투약법, 역술 · 택일법 · 목공법(木工法) · 도요법(陶窯法) 등등 지금의 생활백과대사전을 방불케 하는 기록이었다.

독일 철학자 칸트가 메모의 대가였는데 초의야말로 그 방면의 대가 아닌가 싶다. 완당이 제주에서 해배된 날짜가 1848년 12월 6일인데 그 해에 고향인 예산에도 가지 않고 이곳 저곳에서 해찰을 부리다가 기어코 해를 넘기고 있을 즈음, 스승 완당과 동행하다가 미리 한양에 와 있던 소치가 헌종께 입시하고 뜻밖의 하문을 받았다.

"그대의 고향 호남에 초의라 하는 승려가 있다는데 그의 수행이 어떠한고."

소치가 동동대는 심장을 달래며 아뢰었다.

“세인이 모두 고승이라 하옵는데 그분은 내외전(內外典)에 달통하고 있으며 승속간에 많은 인사와 교우하고 있다고 합니다.”

“이미 그에게 사호(賜號)를 한 바 있거니와…… 한 번 만나고 싶군!”

헌종과 소치가 이러한 대화를 하고 있는 것을 초의가 알 까닭이 없었다. 설령 알았다 할지라도 성은이 망극 어쩌고 날뛸 그도 아니었다. 그런데 완당의 거듭하는 해탈을 흉내라도 내려는 듯 초의 또한 천부의 방랑벽이 도져 그의 암자를 떠났다.

어디로 가는 것인지 아무도 모른다.

운유 방랑의 첫 무대

완당이 전주의 이삼만 고택을 하직하고 예산을 향하여 떠나고 있을 무렵, 초의 또한 일지암을 떠나 발길을 북쪽으로 돌리고 있었다. 아직은 정정하다고 하지만 64세 노승의 걸음걸이였다. 더구나 서둘 일 없는 방랑길임에랴, 그가 성진의 김진사(愚軒 魯榮) 댁에 당도한 것은 그날 석양 무렵이었다.

그 김진사는 누구인가.

누대의 예문가(禮文家) 출신으로 25세에 생원시에 장원하여 호조의 말직에 있다가 30세에 곡성 현감을 제수하였으나, 나라에서 주는 오두미(五斗米)로는 생계를 꾸릴 수 없고 그렇다고 부정을 할 수도 없고 하여, '귀거래사(歸去來辭)'를 쓰고 고향으로 돌아와버린 저 도연명(陶淵明)의 본을 받아 낙향한 후 오직 책과 자연을 벗하여 유유자적하는 선비였다.

근동에서는 그의 고결한 인품과 깐깐한 행실과 탁월한 학식을 칭송하지 않은 사람이 없거니와, 그런 인물치고 청빈하지 않은 사람이 없으니, 대대로 물림받은 논뙈기·밭뙈기의 소출로 만족하는 낙천가이기도 하였다. 그는 본처 무안 박씨와의 사이에 두 아들이 있었는데 이미 성혼시켜 따로따로 분가하였고, 후취 반남 박씨와의 사이에서 딸 하나를 두었는데 근자 영암(靈岩) 구림(鳩林)의 경주 최씨 댁에서 혼담이 오가더니 드디어 택일을 끝낸 터였다.

예나 지금이나 결혼 풍습은 천태만상이다. 청첩장이라는 것을 돌려서 많은 사람들에게 향응을 베푸는 혼주도 있고, 자식을 대여섯 성혼시키면서도 이웃도 모르게 가까운 친척만 모여 소곤소곤 끝내는 사람도 있다.

대체로 옛날의 예문가에서는 근동이 떠들썩하게 혼사를 치르지 않았다. 초례청은 집안의 대청마루였고 홀기(笏記)는 집안의 숙항(叔行) 어른이 맡았었다. 따라서 신랑 쪽에서도 본인과 본인의 직계 어른 한 사람 또는 후배 한 사람이 동행할 뿐이었다.

그러니까 호화스런 예식장을 빌어 저명인사를 주례로 세워 많은 하객을 끌어 모으는 요즘의 결혼식과는 그 취향이 딴판인 것이었다.

김진사 댁의 경우, 그 양상은 더욱 간결할 수밖에 없었다. 혼주의 취향은 물론이려니와 씻은 듯한 적빈(赤貧) 때문이었다. 내일모레 딸을 시집보낼 집은 아닌 성싶었다.

초의가 김진사의 사랑에 좌정하자 김진사가 먼저 말했다.

"염불도 쉬엄쉬엄 하는 거고, 운유 방랑은 몸에 배었고……."

초의는 딴전을 피웠다.

"일전에 과객이 있었을 것이야, 이 댁 시량(柴糧) 형편은 어떤지…… 빈도가 또 축을 낼 것인즉……."

완당 일행이 다녀간 것을 말함이리라.

"그 과객은 스님처럼 대식가가 아니었어요."

"하오면 안심하고 며칠 쉬어 갈까!"

"축객할 수는 없지만!"

"없지만?"

"어험!"

그때 김진사의 부인 박씨가 소반에 저녁상을 받쳐들고 들어왔
다. 반행하는 집의 안주인이 손이 들어 있는 사랑에 어찌 내왕을
할 수 있으리요만 주인과 초의의 사이가 워낙 친근할 뿐 아니라
부인의 불심 또한 비범하여 서로 허물을 떨친 터이기에 이렇게
나오는 것이었다.

초의가 부인과의 수인사를 끝낸 후 다그쳤다.

"댁에 무슨 일이 있습니까?"

머뭇머뭇하다가 부인이 자초지종을 말했다.

"하오면 댁에는 경사요, 빈도에게는 고역이로소이다."

"스님께서는 고역이라니 무슨 말씀이십니까?"

"혼사의 채비는 어떤지요?"

"짐작 하시는대로 앟으나 서나 그것이 걱정입니다. 채비도 마
련하지 못한 데다가 겸하여 보릿고개에 택일이 되어놔서 엄두가
나지 않습니다."

초의가 기염을 토했다.

"세상만사 방편은 있는 법입니다. 그러기에 일찍이 아난존자께
서는 촉식(觸食)의 법을 깨우쳐 주셨고, 목련존자께서는 견식(見

食)의 지혜를 가르쳐 주셨습니다. 빈도가 따님 혼사에 쓰일 초례
상과 상객상과 폐백의 숙수를 맡지요. 이제 걱정일랑 놓으세요.”

김진사와 그의 부인은 어안이 벙벙하였다.

초의가 잡기에도 능하여 이미 《군방보》라는 저서까지 남기고
있다 함은 앞에서도 언급한 바 있었다.

초의는 실로 무한량의 지혜 덩어리였다. 무엇이든 한 번 듣고
보았다 하면 그걸 손끝으로 터득해 내는 재주를 지닌 사람이었다.

김진사 댁 따님 혼사에 숙수를 자청하고 나선 그는 실로 놀라운
솜씨를 보였다. 하기사 넉넉한 처지에 돼지 잡고 소 잡고 하는 잔
치라면, 속담에 양념이 시남이라고 누군들 솜씨 못 내리요만, 김
진사 댁의 경우 그야말로 무에서 유를 창조하는 일 아니겠는가.

하지만 초의의 눈에는 산천의 초근목피가 모두 훌륭한 음식이
요, 하나를 가지고 열을 만들고 손끝으로 기상천외의 재주를 부
리는 것이었다.

그는 곧 안채의 마루에 좌정하고 그 일을 시작하였다. 안주인
박씨는 조역이 되었고…….

가령 떡 한 소쿠리를 만들자면 쌀이 얼마 팥 또는 녹두가 얼마
하는 식이 아니라, 쌀 몇 되를 가지고 형형색색 기기묘묘한 모양
의 재주를 부리는데 떡으로는 절편 · 백병 · 증편 · 깨편 · 쌍개피
떡 · 쑥잎부꾸미 · 주악 · 매화떡 · 각색단자 · 가진색떡 · 경단 ·
용떡 등의 열두 가지를 만들었고, 한과류로는 산자 · 다식 · 매작
과 · 만두과 · 빙자 · 강엿과 · 각색전과 · 오색강정 등의 여덟 가
지를 만들었으며, 찬으로는 산과 들과 밭고랑에 널려 있는 풀과

부리와 열매를 재료로 하여, 더덕구이 · 도라지산적 · 도토리묵조
림 · 메밀묵조림 · 호박전 · 감자지짐 · 각색전 · 탕평채 · 녹두지
짐 · 감자국수 · 가죽나무지짐의 열한 가지를 만들었고, 김치류는
배추김치 · 무우김치를 위시해서 죽순김치 · 숙섞박지 · 과일나
박지 · 석류김치 · 가지김치 · 고들빼기김치 · 우엉김치 · 미나리
김치 · 섞박지 · 나박김치 등의 열두 가지를 만들었으며, 음료로
는 식혜 · 배화채 · 배숙 · 곶감수정과 · 보리수단 · 산딸기화채
등의 여섯 가지를 만들었다.

　또 초례상에 놓일 것으로는 별도로 용떡과 닭떡을, 폐백에 쓰
일 꿩떡과 청색 · 홍색의 보자기 두 개를 특별히 침선하였다.

　초의는 그 두 개의 보자기에 유난히 정성을 쏟았다. 한쪽은 붉
은색으로 또 한쪽은 청색의 겹보자기를 만드는데 박씨 부인이 손
수 짠 비단에 공들여 염색하는 것이었다. 초의가 보자기의 색깔
을 내는 데에 너무나 정성을 쏟고 있었으므로 김진사가 넌지시
건드려보았다.

　"단청의 명수 아니랄까 봐 몹시 안달이시오 그려."

　초의는 화로에서 끓는 물감을 막대로 저으면서 시부렁거렸다.

　"조선을 상징하는 대표색은 현(玄)이요 수색(水色)인디, 그냥
청색이 아니라, 망망대해 바닷물의 쪽물색이라야 혀요."

　"……."

　"홍즉길(紅卽吉)이라 하여 한쪽은 붉어야 하는디 그냥 홍은 야
비하다 하여 진달래 짙은색을 내야 허고……."

　"……."

“시부모에게 첫인사를 올리는 폐백 음식 보자기가 나라의 바탕색과 길색(吉色)으로 조화가 되야 하는 법이니께…….”

이래저래 초의가 밤낮 이틀 동안 재주를 부리고 있는 판에 대둔사에서 한 중이 찾아왔다. 초의는 여전히 하던 일을 계속하며 그 중을 맞았다.

“내가 여기 있는 줄 어찌 알았으며 어쩐 일로 날 찾는고?”

“대체로 짐작을 하고 왔습니다.”

“그래서?”

“큰스님! 내일이 광명전(光明殿) 상량일입니다.”

“그랬던가! …… 그런디?”

“큰스님께서 계셔야 함은 물론이옵고, 우선 상량문이 급하와 달려왔습니다.”

“대둔사에 중이 백도 넘게 있을 것인디 어째서 날더러 그걸 쓰라고 허나?”

“큰스님 계시는 터에 감히 누가 그걸 쓰겠습니까?”

“감히고 지랄이고 나는 이 댁 일이 바빠서 못 가.”

“……하오면 상량문이라도 내려주시기 바랍니다.”

“하, 그녀석 끈질긴지고!”

“죄송합니다.”

“죄송이고 뭐고…… 그러면 내가 부를텡께 받아 써.”

중이 김진사의 지필묵을 빌어, 초의가 음식을 만지면서 지껄이는 소리를 구박을 받아가며 받아썼다.

광명전 상량문

참다운 근원은 혼돈하였을 때

천문(天門) 안에 한 기운으로 갇혀 있고

밖으로 나타난 모양은 동몽(潼濛)해서

삼영(三靈)을 지호(地戶)에 감추었도다.

옥룡자(玉籠子)의 높은 식견으로

그 참모습을 헤아릴 수 없을 것이며

금벽현문(金壁玄文)으로도 그 오묘함을 캐내지 못하리로다.

여기 두륜(頭輪)이 있는데

넓은 바다를 끼고

산세가 비할 데 없이 기이하여

큰 신령이 숨어 그 신광(神光)이

청숙(淸淑)한 기운을 심었으며

지신(地神)의 수호로써 상서로운 것들을

정영지화(精英之華)로 쌓았도다.

지운(地運)이 살며시 돌아와서

비로(毗盧)의 보전(寶殿)을 세우게 되었나니

하늘의 아름다움이 불어나서

사나(舍那)의 모습을 나타내었느니라.

표충사의 동쪽에 자리잡고

정로예근(靜老禮覲)의 북쪽에 있도다.

색상(色相) 빈 곳에 색상이 있게 되어 보탑(寶榻)이 빛나고

비장엄(非莊嚴)한 곳에 시장엄(是莊嚴)이 되었나니

어찌 은감(銀龕)이 빛나지 않으리

이에 여러 참다운 것과 여러 부처님이 계시리니

4부(部) 6화(和)가 또 의지할 곳이 생겼느니라.

백십 년 전의 상공(相公)의 비석이 오래도록 쓸쓸하더니

몇 달 사이에 도사들이 모여들도다.

여러 골짜기의 영기가 이곳으로 넘쳐 흐르고

한 산의 정맥(正脈)이 여기 사려 있어서

높은 멧부리는 사방으로 둘려 있고

첩첩 봉우리는 여러 모양이로다.

산문은 북쪽으로 트여 왕화(王化) 입음을 기뻐하고

안통은 넓어 햇빛 받아 즐거우며

옥방금승(玉榜金繩)은 조명(朝命)으로 빛나도다.

수미(須彌)는 움직이지 않아 염부에 자리잡고

사굴(闍窟)에 안거하며 도리(恨利)를 굽어본다.

등불은 만발한 꽃들을 밝히고

달은 연양(連陽)의 상서로움을 머금었으며

기(旗)를 높이 세우니 그 색깔이 무지개 같아서

속명(續命)의 상서로움이 나부끼도다.

안개는 낮은 골짜기에 뿌려져 있고

못에는 그 안개의 푸르름이 떠 있으며

대(竹)에서 이는 소리는 새벽 종소리와 어울리고

살랑이는 바람은 새벽의 범패와 나뉘어 들리도다.

이에 이 모든 것들을 한데 묶어

실로 오묘함을 이루었나니

십천 천자(十千天子)는 새로이 제석(帝釋)의 궁에 모이고

팔만 선인(八萬仙人)은 비야(毘耶)의 나라로 가도다.

현감(縣監) 백공(白公)은 목욕재계하고

주공(周公)과 공자(孔子)의 도풍을 받들어

두심언과 소공(召公)의 좋은 본을 이었도다.

속인과 승려를 구별하지 않으며

절간과 이교(異敎)가 함께 집을 짓는데

혹은 금전으로 시주하고

혹은 관명으로 돕도다

나(意恂)는

불가(佛家)의 거품이요 절간의 미출인데

일찍이 출가하여 속된 생각을 없앤 줄로 여겼고

문우(文友)들과 사귀면서 연정을 이룬 걸로 알았으며

피안(彼岸)에 갈 것으로만 짐작하여

고승들과 즐거움을 함께하였도다.

아! 아니로다 아니로다.

피안은 아득히 멀었도다 멀었도다.

이제 많은 사람의 시주로 절간을 짓나니

일승(一乘)의 감주(甘注)를 불리어

삼도(三塗)를 빛내기로 맹세하고

좋은 때 만나 가르침대로 행하리니

삘기 피고 시냇가 푸르르고

꾀꼬리와 나비는 제 모습을 자랑하며

제비와 비둘기는 훈풍받아 즐겁도다.

이 경치 속에서 이 상량문 쓰나니

아랑위(兒郎偉) 포량동(抛樑東)

구름 뚫은 아침 해가 낙산에 붉게 물들었고

그 낙산에서 흐르는 물은 구슬처럼 맑아

흘러흘러 명당으로 들어오니 상서로운 얼굴 비치리라.

아랑위 포량서(抛樑西)

바닷가 산들은 푸르러 석양에 낮고

연화계(蓮花界)는 석양 밖에 있으니

거기 가려면 우선 보제(寶梯)를 만들어야지

아랑위 포량남(抛樑南)

안개 걷혀 보타(寶陀)의 바위가 푸르르고

자비스런 얼굴이 툭 트인 경지에 있어서

모든 것이 한자리에 모였도다.

아랑위 포량북(抛樑北)

조각달은 활을 잰 것 같고

넘치는 정을 안고 문전에 이르니

때때로 지성을 바쳐 왕성하리로다.

아랑위 포량상(抛樑上)

향기 자욱한 국토에 막힌 것이 없나니

바라건대 향내나는 재(齋) 지낸 밥을

중생에게 나누어주어 굶주림과 병에서 구제하소서.

아랑위 포량하(抛樑下)
많은 신도가 한자리에 모였는데
이들은 모두 한뜻을 지녀
당대에 이 절간을 지었도다.
엎드려 비나니 상량이 끝난 후
도력(道力)이 오래오래 굳어지고
종풍(宗風)을 크게 떨쳐
이 모임을 팽택(彭澤)의 높은 정과 같이 하고
깨닫기를 염계(濂溪)의 그것과 같이 깊게 하여
허명(虛明)을 바로 뚫어 백세의 사표가 되게 하고
평안한 태일(泰逸)의 본을 지켜서
천문의 덕은을 함께 하소서.
3명(三明) 5명(五明)의 아름다운 보살핌으로
백만 창생의 큰 복이 모여들게 하소서.

　옛날 글 잘하는 선비들 중에는 행보시(行步詩)라 하여 발자국
을 옮기면서 박자를 맞추어 시를 지은 사람이 더러 있었고, 서양
에서도 즉흥시인이다, 음영시인(吟詠詩人)이다 하는 따위가 없었
던 건 아니지만 초의의 글재주 역시 비범하였다.
　초의의 글솜씨는 당대의 대시인 신자하와 주고 받은 즉석시에
서도 엿볼 수 있다.

오늘 내가 석가의 생신에 즈음하여

그 증거를 밝히고자 하노라.

주나라와 하나라 제도는

인(寅)월 자(子)월로 햇머리를 삼았나니

4월과 2월이 뒤바뀐 셈 아닌가

소왕(昭王) 때의 갑인(甲寅) 4월 8일은

인도의 제도와 같도다.

항성(恒星)이 보이지 않고 샘물이 넘치면

풍년이 된다고 태사(太史) 소요(蘇繇)가 말했는데

그것은 하나라 제도의 2월이니라.

세인들은 그걸 모르고 떠드는도다.

우리 나라 사람들은

정월 보름에는 등불을 켜지 않으면서

석가 생신에는 불 켜기를 좋아하기에

스님께 이 글을 보내노라.

2월 8일 새벽에

내가 켜는 등불은

한도 없고 자취도 없는 것이어서

시를 지어 바치는 것이노라.

허허벌판 푸른 들녘의

저 먼 산이 팔(八) 자로 다가와서

그 중간에 연화대(蓮花台)가 우뚝 솟았는데

큰스님이 단정하게 법복 걸치고

부처 앞에 엎드렸으니
부처는 아무 말이 없어도
오직 깊은 깨우침을 얻게 하리로다.
영화와 욕됨은 본시 평등함이라
거듭 업장을 뉘어 번뇌를 씻었으니
허허, 보이는 것은 없고
 스님 주위에 강산의 서기 비추리로다.

　위의 신자하의 원시에 대하여 초의는 〈봉화자하시랑이월팔일
지작(奉和紫霞侍郎二月八日之作)〉이라는 제목으로 다음과 같이
쓰고 있다. 얼핏 보기에는 글장난과 같은 인상을 풍기고 있지만,
두 사람의 깊은 시심(詩心)을 느끼게 하는 대목이라 하겠다.

2월 8일이냐 4월 8일이냐
석가여래 생신에는 말도 많도다.
살펴보건대
주나라 소왕 때에 머무를 것도 아니고
거슬러 올라가서
은나라 무을(武乙)과 하나라 걸왕(桀王) 때도
아닌 것 같으며
다시 내려 살피니
초나라의 장왕(莊王) 때와도 같도다.
계절이란 천기에 어긋남이 없거늘

소왕 때란 무슨 근거로 말함일까.

또 갑오년이다 갑인년이다 하고

혹은 그날이 석가의 생신이 아니고

입도(入道)날이라 하는데

원래 《나함기(那含記)》에 씌어 있기는

축령(鷲嶺) 성인이 법인을 석가에게 전한 날이라 하였도다.

석주문자(石柱文字)에 현기가 새어나서

모두 아름아름하여

이적(離遊)이 뒤바뀌었는가.

묘길상(妙吉祥)이 곧 만수리(曼殊利)요

무진의보살(無盡意菩薩)이 곧 아차말(阿差末)이라

많은 등불이 석가모니를 축복하는

2월을 4월로 치면 어떻고

4월을 2월로 친들 어떠리요.

넓고 텅 빈 강을 향하여

한 번 웃을 일이로다.

아무튼 김진사의 딸 혼례에 쓰일 음식과 폐백은 박씨 부인이 따로 마련한 몇 가지의 육물과 함께 어느 명가댁의 찬수보다도 훌륭했고 푸짐했다.

도대체 초의가 만든 가지가지의 음식은 그게 먹거리가 아니라 예술 작품이었다. 가령 예를 들자면, 매화떡이나 갖은 색떡 같은 것은 갓 피어난 꽃봉오리 같아서 감히 젓가락을 댈 수 없었고, 문

어발 하나로 오려놓은 봉황새는 만지면 푸드득 날 것 같았으며
역시 문어발 하나로 오려놓은 용은 금새 하늘로 승천할 것 같아
서 뉘라 건드리지 못했던 것이었다.

또 꿩떡은 어떤가. 그 찬란한 깃털하며 알을 품고 있는 그 자애
로운 몸짓과 눈망울하며 문자 그대로 '시집가는 내 딸, 이 꿩처럼
안아주세요' 그것이었다.

초의는 김진사 댁 혼례가 끝난 다음날 아침에 눈물을 글썽이는
김진사 내외의 전송을 받으며 다시 방랑의 길을 떠났다.

어디로 가는 것일까.

이야기의 숨은 뜻은

초의가 성진의 김진사 댁을 떠나서 발길을 북으로 돌려 그날 석양 무렵 당도한 곳은 나주 다도현에 있는 운흥사 어귀의 연동(蓮洞)이었다.

그 운흥사와 연동은 초의와 인연이 깊은 곳이었다. 50년 전, 15세 때 부모와 작별하고 벽봉 스님에 의지하여 중이 된 곳이기 때문이었다.

중이 된 후 거처를 자주 옮겼고 3천리 산천을 무던히도 주유한 그였지만 기회가 닿으면 반드시 들르는 곳이었다. 그곳은 초의에 있어서 세상을 처음 체험한 곳이고 고생을 많이 했던 곳이자 또래의 옛 친구들이 있는 곳이기도 했다.

그 또래의 옛 친구 중에 오곡(悟谷) 이경춘(李京春)이라는 선비가 있었다. 또래의 친구라 했으니 그도 이제 70을 바라보는 노인이지만 두 사람은 아직도 옛날의 정리를 잊지 않고 있었다.

오곡은 지금도 '보소재(寶蘇齋)' 라는 학당을 차려서 후진들을 교육하고 있었다.

"또 바람이 도졌구랴!"

오곡이 초의를 반겼다.

"스님, 어서 오십시오."

학생들도 뜰 아래 내려서서 맞았다.

이 보소재라는 당호(堂號)는 완당의 제자 우선 이상적이 10여 년 전에 초의와 함께 그곳에 들렀다가 오곡의 학덕과 많은 전적(典籍)에 감탄하여 지은 것이었다.

보소재란 청나라의 옹방강이 즐겨 쓰는 문자, 즉 '석묵서루(石墨書樓) 소미재(蘇米齋) 보소실(寶蘇室)', 그리고 시 '소미재중보소실(蘇米齋中寶蘇室) 견연주장유성래(鐵然柱杖有聲來) 음천감면하분별(飮泉鑑面何分別) 야발신광설오대(夜發神光說五臺)'에서 유래한 것이다.

오곡 이경춘의 당호는 이토록 훌륭하지만 그도 역시 아니랄까봐 씻은 듯이 가난하였다. 그가 가난하지 않고 문전성시를 이루는 권세가였다면 아무리 학덕이 높고 만 권의 전적을 갖추고 있다 하더라도 초의가 찾아갈 리 만무겠지만.

여기서 옛 선비들이 어째서 한결같이 가난했을까를 들춰보자. 거기에는 자율성과 타율성이 있다고 본다. 자율성이란 선비가 부자가 되면 결국은 타락한다. 그러므로 축재하는 일에는 손을 대지 않는다. 가난이라는 것이 미덕은 아니며 가난을 극복하기란 매우 힘든 일이지만 축재를 위하여 비도덕적인 짓을 하기보다는 견디어낼 만하다는 통념이다.

타율성이란 관직 또는 공직자에 대하여 국가 또는 사회에서 지급되는 보수가 워낙 적다는 점이다.

부정을 저지르거나 깨끗하지 못한 부수입이 아니고는 생활을 할 수 없는, 저 도연명의 5두미를 들먹이지 않더라도 정당한 수입으로는 최저의 생활비도 충당할 길이 없다는 대목이다.

가령 한 마을의 예를 들어보자. 마을을 주관하는 공직자로는 행정의 책임자인 동장과 교육을 담당하는 훈장이 있었다.

이들은 조일두(租一斗) 모일두(牟一斗)의 관례에 따라 동장은 벼가 수확되는 가을에 벼 한 말씩을, 보리가 수확되는 여름에 보리 한 말씩을 부엌 차례(호당)로 받았고 훈장은 글을 배우는 학생의 두당 차례(1人當)로 받았다.

그러니까 훈장의 경우, 학생수가 20명일 때는 1년 수입은 벼 두 섬, 보리 두 섬, 도합 조곡(粗穀: 쌀과 보리쌀로 도정하면 반으로 줄어든다) 네 섬을 수입하는 셈이 된다.

한 훈장이 20명의 학생을 감당하기도 힘겨운 일이고 훈장의 부수입이라면 학부모 댁의 잔치에 초대되어 한 끼 때우는 일이 고작이었으니 가난할 수밖에.

그 가난에 찌든 옛 친구 오곡은 초의를 보자마자 또 바람기가 도졌느냐고 비아냥거렸지만 내심으로는 반갑기 그지 없었다.

그를 만나면 마치 태산과 마주하는 것 같았고, 또 백가서를 펴든 듯 흐뭇하기 때문이었다. 거기에다 특히 아이들(學生)이 그의 구수한 이야기를 좋아하기도 했고.

아니나 다를까. 오곡과 초의가 저녁 식사를 마친 직후 아이들이 몰려들었다.

"너희들, 아닌 밤중에 어쩐 일이냐?"

오곡이 시치미를 떼고 묻자, 관장(요즘의 학급 반장) 아이가 대답했다.

"스님께 옛이야기 해주십사고 벼르고 왔습니다. 선생님도 다 아시면서……."

그러자 초의가 대들었다.

"스승과 제자가 짜고 밥값을 받을 작정이구나!"

오곡이 받았다.

"허면 공밥을 먹을 작정이었나?"

"거, 이 댁 인심 한번 고약허구나!"

초의가 아이들을 둘러보고 나서 화두를 꺼냈다.

"너희들 중에 사마천의 《사기(史記)》를 읽는 사람이 있느냐?"

"아직 없습니다."

관장이 대답했다.

"그 시기에 있었던 이야기를 한 대목 들려주마.

옛날 중국에는 여러 종족이 살고 있었다. 이들 원주민들은 저마다 상제(上帝) 또는 귀신을 섬겼고 또 각기 달리 전하는 신화나 전설을 가지고 있었다.

원래는 하나밖에 없어야 할 상제가 민족마다 생겼고 귀신들이 서로 혼동되었고 하나의 내용이 몇 갈래의 이야기로 전해지기도 했으며 한 사람의 모습이 수없이 그려지기도 했단다.

그래서 사마천은 그런 모든 것을 정돈하기 위하여 모범적인 성인으로 다섯 명을 추려 5제(五帝)라고 높였다. 그 5제가 누구누구인지 아는 사람이 있느냐?"

한 아이가 대답했다.

"황제(皇帝)·전욱(顓頊)·제곡(帝嚳)·당요(唐堯)·우순(虞舜)의 다섯 분입니다."

"아직 사기를 읽지 않았다면서 그걸 어찌 알았느냐?"

"어른들 말씀하시는 것을 그냥 기억한 것뿐입니다."

"……오늘밤은 그 5제의 이야기를 할까 한다. ……너희들은 지금의 왕조 세계(世系)를 외울 수 있겠지?"

"외울 수 있습니다."

"태 정 태 세 문 단 세……."

어느 아이가 헌종까지의 세계를 줄줄이 외웠다.

"옳다, 틀림없다. 그런데 그 왕조는 그 아버지의 아들이, 그 아들의 아들이, 그러니까 면면히 혈통으로 이어지고 있다. 이씨 아닌 이를테면 박씨라든가 김씨라든가 강씨라든가 하는 딴 성씨가 끼어들지 않았다. 그런데 내가 지금 이야기하려는 5제는 모두 자기 아들에게 제위를 물려주지 않았다.

특히 5제의 끝으로 있는 요 임금과 순 임금은 유가(儒家)에서는 성천자(聖天子)로 모셔지고 있는데 그 순 임금도 요 임금의 아들이 아니다.

요 임금은 천하를 다스리는 지체 높은 자리에 있었으나 그의 궁전은 짚을 덮은 채 끝을 잘라 추리지 않았으며, 기둥이나 대들보도 통나무를 그대로 썼으며 대패질을 하지 않았다.

먹는 것으로는 산천의 풀과 현미를 즐겼고 입는 것으로는 억센 삼옷을 택했고 자리에는 사슴의 가죽을 깔았을 뿐이었다. 거기에

다 모든 기물은 토기였으므로 그의 생활은 흡사 종살이하는 머슴의 처지와 같았다.

요 임금은 오직 백성들에 대한 걱정뿐이었다. 백성 중에 단 한 사람이라도 굶주렸거나 헐벗었다는 소식이 들려오면 그게 바로 자기가 그를 못살게 한 것 같이 자책하여 즉시즉시 구제하였다. 또 죄를 진 사람이 있으면 마치 자기 자신이 죄인이 된듯이 달려가서 속죄를 시켜주었다.

그는 낮과 밤을 가리지 않고 노상 심로(心勞)하고 역행했기에 그의 몸은 날로 쇠약해졌다. 형용이 초췌하고 피골이 상접했다.

예나 지금이나 임금의 위치에 있으면 얼마든지 좋은 음식 좋은 약재를 먹고 건강을 누릴 수 있으련만 그는 그걸 거절하고 청빈한 생활을 계속하였으며, 행여나 백성 중에 억울한 사람이 없을까 하여 감간고(敢諫鼓)와 비방주(誹謗柱)를 궁전 대문에 세웠다.

감간고라는 것은 정사에 불만이 있는 사람이면 누구나 치라는 북이었고 비방주라는 것은 잘못된 범죄가 있으면 누구나 두드리게 하는 기둥이었다. 북이 울리거나 기둥에서 소리가 나면 곧 시시비비를 가려나간 건 물론이었다.

그 요 임금이 천수를 다하여 임금의 자리를 물려주어야 할 차례가 되었다. 요 임금에게는 단주(丹朱)라는 아들이 있었다. 백성들은 생각하기를 요 임금의 후계는 당연히 단주가 이어가리라 믿었다.

그러나 요 임금은 아들 단주가 임금의 재목이 아니라고 믿고 그를 제쳐놓고 천하에 제위를 물려줄 인재를 물색하였다.

여기에 뽑힌 사람이 순이었다. 순은 총명과 덕행이 출중했으므로 천하의 모든 인재를 물리치고 요 임금에게 뽑혔던 것이다.

그러나 순이 임금의 자리를 물려받기까지는 가혹한 시련과 많은 파란 곡절을 겪어야 했다.

맹자께서 하신 말씀이 있다. '하늘은 큰 임무를 맡기기에 앞서 시련을 내리어 그 사람의 심신을 시험한다' 고."

지지 지지직 등잔불이 춤을 춘다. 아이들은 스님의 이야기에 신이 났다. 오곡 또한 빙글빙글 웃고 있다.

"순의 아버지는 고수(瞽 叟)라는 사람인데 소경이었다. 어느 날 밤에 그는 희한한 꿈을 꾸었다. 한 마리의 봉황새가 쌀을 물고 와 고수의 입에 물려주면서 말했다.

'나는 계(鷄)라는 새인데 그대에게 아들을 드리고자 왔습니다.'

꿈을 꾼 지 얼마 후 고수는 실제로 득남을 했으며 이름을 순이라 지었다.

순은 태어나면서부터 민첩하고 예리하였으나 불행하게도 곧 어머니를 여의었다. 한편 그의 아버지 고수는 처음에는 순을 더없이 애지중지하더니 순의 어머니가 죽고 후처를 맞게 되자 앞을 못 보는 고수는 사람이 변한 듯 순을 푸대접하게 되었다.

더구나 후처가 아들 상(象)과 딸 계(繫)를 낳고서는 순을 인정 사정없이 볶아대고 못살게 굴었다.

그러나 천품이 온후독실(溫厚篤實)한 순은 어떠한 학대에도 반발하거나 원한을 품는 일이 없이 부모에게 효성하였고 형제에게도 우애와 화목을 기울였다. 그뿐만 아니었다. 참다가도 정 견디

기 어려울 때면 벌판으로 나가서 하늘을 우러러보고 '저의 효양
(孝養)이 모자라니까 꾸지람을 듣고 저의 정성이 부족하니까 미
움을 받는 것으로 알고 있습니다' 하였다.

그러나 혹독한 계모는 마침내 순을 집에서 몰아 내쫓았다. 순
은 그때에도 원망하지 않고 위수(嬀水)라는 강가의 역산(歷山)
기슭에 터를 잡고 조촐한 초가를 세워 맨손으로 황무지를 개간하
여 농사를 짓기 시작했다.

'하늘은 착한 사람을 돕는 법이다.'

외롭게 사는 그를 위해 새들은 떼를 지어 날아와서 노래를 불
러주었고 울타리에는 사시사철 꽃들이 만발했다. 역산 일대의 사
람들은 순의 덕행에 감화되었고 뇌택(雷澤)이라는 곳의 어부들
이 순이 고기잡는 것을 도와주었으며 하빈(河濱)이라는 곳의 사
람들은 순과 함께 와기와 도기 만드는데 협력하여 마침내 그 일
대가 큰 도성으로 변하게 되었다.

그 무렵 요 임금은 천하를 두루 살피며 후계자를 물색 중이었다.

'그윽한 향기나 맑은 빛은 결국 퍼져 나가기 마련이다.'

기적 같은 순의 행실은 결국 요 임금의 귀에 전해졌고 또한 여
러 부족의 장로들이 순을 천거하였으므로, 요 임금은 자기의 두
딸 아황(娥皇)과 여영(女英)을 순에게 하가(下嫁)시켰고 또 광대
한 농토와 많은 가축을 맡기어 관리하게 하였다. 요 임금은 은근
히 순의 역량을 여러모로 시험하고자 했던 것이다.

그건 꿈에도 싱상히지 못한 일이었다. 하루 아침에 천자의 부
마가 되고 벼락부자가 된 것이다. 보통 사람이면 기고만장할 노

룻 아닌가!

그러나 순은 조금도 오만하거나 경솔한 짓을 하지 않았다. 전과 다름없이 소박하고 검약한 생활을 했고 몸을 아끼지 않고 농사에 힘을 썼다.

따라서 그의 처 아황과 여영도 착하고 어진 현처가 되었다.

그러나 계모 일가의 공기는 그와 딴판이었다. 선망과 질투와 증오로 뒤범벅이 되었다. 특히 상은 순의 어여쁜 두 처가 욕심이 났고 계모는 순의 재산이 탐이 났다. 저마다의 욕심에 환장을 한 그들은 마침내 순을 죽이기로 하였다. 계략이 꾸며졌다. 이튿날 상이 순을 찾아와서 말했다.

"형님! 아버지께서 내일 곳간을 수리하니까 형님도 와서 거들라고 하셨어요."

"암, 가고말고."

태연하게 승낙을 한 순은 두 부인에게 의논했다. 아황과 여영은 걱정이 태산 같았다.

"분명히 음모를 꾸미고 있습니다. 아마 당신을 곳간에 넣고 불을 지를 것입니다."

"그렇다고 아버지가 부르시는데 안 갈 수 없지요."

"가셔야지요. 저희들이 방비를 마련해 드릴테니 염려 마셔요."

이튿날 두 부인이 순에게 새 옷을 입혀주면서 말했다.

"만약 불이 나거든 이 옷을 날개같이 양쪽으로 벌리셔요. 그러면 새같이 하늘로 날아오를 수 있을 것입니다."

5색의 조문(鳥紋)이 그려진 옷이었다. 순은 아버지 집의 곳간

일을 태연하게 거들었다. 지붕 위로 올라갔다. 먼저 상이 사다리를 치웠고 계모는 곳간에 들어가서 기름을 부었고 어리석은 고수는 불을 그어댔다. 순식간에 불이 곳간을 삼켜버렸다. 꼼짝없이 타 죽었을 순을 놓고 그들은 쾌재를 불렀다.

"순아! 너는 네 어미를 좇아 천당으로 가는 거다."

"너 없이도 네 동생 상이 부마의 자리와 재물을 잘 지킬 거다."

"내가 아황과 여영을 돌봐주고말고. 헤헤헤……."

순은 그들의 말을 들으면서 날개옷을 펼치고 아무도 모르게 새같이 날아서 자기 집 앞뜰에 사뿐히 내렸다.

순이 죽은 것으로 알고 계모와 상과 고수가 순의 집으로 떼지어 몰려들었을 때, 순은 그들을 태연하게 맞았다.

"또 무슨 일이 있습니까?"

그들은 아연실색 어안이 벙벙하였다. 그들은 말도 못하고 되돌아갔다.

세월이 흘렀다. 그렇다고 회개하거나 단념할 그들이 아니었다. 이번에는 아버지 고수가 몸소 나섰다.

"지난번에는 수고를 했다. 이번에는 우물을 파야 할 테니 와서 앞 못 보는 애비를 도와다오."

"그러지요."

이번에도 순은 태연했다. 설사 죽는 한이 있더라도 아버지의 말씀을 거역할 수는 없기 때문이었다. 어질고 착한 두 부인은 밤을 새워 용문(龍紋)의 옷을 만들어서 슈에게 입혔다.

"다급하실 때 겉옷을 벗으면 용같이 조화를 부리실 수 있을 것입니다.”

순은 이튿날 약속대로 우물을 팔 도구를 들고 가서 밧줄을 타고 좁고 깊은 우물 속으로 들어가서 땅을 팠다. 순이 종일 일을 했으므로 깊이가 열 자도 넘었다. 그때 갑자기 드리워졌던 밧줄과 함께 돌과 흙더미가 마구 쏟아져내렸다. 우물은 순식간에 덮여졌다. 순은 이미 예측했던 것이라 두 아내의 말대로 웃옷을 벗었다. 순은 용으로 변신했다. 그는 다른 우물의 물줄기를 타고 거뜬히 밖으로 나와서 자기 집으로 돌아왔다.

“이번에는 틀림없이 지옥으로 갔으렷다.”

“이제야 우리의 소원이 성취되었나 보다.”

“자, 어서 가서 순의 재산과 계집을 나눠 오자.”

그들은 춤을 추듯 순의 집으로 달려갔다. 그런데 이게 어찌 된 일인가. 순이 의젓하게 대청에 앉아 있는 것이 아닌가. 이게 무슨 조화람! 그들은 이번에도 혼비백산하고 도망쳐 돌아왔다.

이들은 다시 세 번째의 음모를 꾸몄다. 이번에는 순에게 독주를 먹여 쓰러뜨리게 하자는 것이다. 계가 와서 말했다.

“오빠께서 수고하셨으니 아버지께서 잔치를 베푸신다고 오시랍니다.”

“알았다.”

순의 두 부인은 이번에는 밤을 새워서 약을 만들었다.

“시댁에서 무슨 음식이든지 걱정 말고 드셔요. 이 약이 어떤 독물이라도 풀어줄 것입니다.”

순은 그 약을 미리 먹고 아버지를 찾아갔다. 잔치상은 상다리가 휘어질 지경으로 푸짐했다. 순은 권하는 대로 주는 대로 받아 먹었다. 그러나 순은 아무 탈도 없었다. 간악한 계모는 몸에 좋은 꽃술이라며 독이 잔뜩 든 독주를 순에게 계속 권했건만 순은 모른 척하고 들이켰다. 술이 바닥이 나서야 순이 일어섰다.

"푸짐한 잔치를 베풀어주셔서 감사합니다. 소자 이만 물러가겠습니다."

독주로 쓰러질 줄만 알았던 계모는 뚜벅뚜벅 걸어나가는 순을 보고 가슴이 철렁했다. 한 방울이면 죽을 독주를 한 사발이나 마시고도 까닥을 않다니!

이는 필시 하늘이 보우하고 있는 것이라 믿어졌다. 그리하여 다시는 순을 해칠 생각을 염두에 두지 않게 되었다.

한편 요 임금은 그러한 이야기를 소상하게 보고받고 회심의 미소를 짓고 있었다.

"그만 하면 됐다."

그러나 요 임금은 순에 대한 시련을 그것으로 끝내지 않았다.

"그건 그의 가정적인 또는 개인적인 시련일 뿐이야. 더 큰 시련을 이겨내는지 두고 보자."

요 임금은 순을 끝없이 광막한 숲속으로 유인하였다. 천지는 암흑으로 덮였고 귀를 찢는 듯한 천둥소리와 눈을 찌를 듯한 번개와 억수같이 내리는 비와 짐승들의 비명과 절규가 요란한 곳이었다. 추위와 굶주림과 공포가 한꺼번에 몰아닥친, 흡사 지옥과 같은 곳이었다. 그곳을 빠져나와야 한다. 어디가 어딘지 동서남북 방향도 가늠이 가지 않는 곳이다. 그래도 그곳을 빠져나와야 한다. 빠져나오지 못하면 죽는다. 적어도 한 나라의 통치자가 되려면 그런 미궁에서 슬기와 용기를 발휘하여 빠져나와야 하는 것이다. 요임금도 통치자로서 천하를 다스리는 일은 이렇듯 걷잡을 수 없는 어둠과 공포의 미궁에서 외로이 혼자 활로를 찾아야 할 때가 수없이 연속된다는 것을 몸소 체험했기 때문에 순에게 시련을 내린 것이다. 순은 그 시련을 극복했다. 요 임금이 비로소 만족하여 순에게 제위를 물려주었다.

제위에 오른 순 임금은 제일 먼저 고향으로 돌아가서 아버지 고수와 집안 식구에게 인사를 올렸다.

천하에 악독한 아버지요, 계모요, 배 다른 아우와 누이였지만 순 임금은 자신의 도리를 다한 것이다.

공자는 말했다. '효행은 백행의 근본이다' 라고.

아버지 고수와 계모와 동생들이 나쁜 건 그들의 소행이다. 그들이 나쁘다고 해서 내 도리를 어겨서는 안 된다. 순 임금의 생각은 그것이었다.

그뿐이 아니었다. 순 임금은 뉘우치고 또 뉘우친 아우 상을 나중에는 유비국(有鼻國)의 제후에 봉했다. 상이 뛰어난 인물로 변신했음은 물론이다.

내 이야기는 이것으로 끝이다. 저녁 밥값이 되었는지 모르겠다."

어떤 아이가 꼬리를 달았다.

"그 후 순 임금은 어떻게 되었습니까?"

"임금이 된 순도 요 임금 못지 않게 많은 공을 세웠다. 천하의 백성들에게 고르게 덕을 베풀었고 문화적으로 유익한 사업을 많

이 이룩했다. 특히 갸륵한 것은 그도 역시 〈천하위공(天下爲公)〉
의 정신을 따라 아들 상균(上均)에게 자리를 주지 않고 치수(治
水)에 공을 세운 우(禹)에게 왕위를 물려주었다. 장한 일이다.”
　또 한 아이가 다그쳤다.
　“순 임금이 특별하게 잘한 일 하나만 더 말씀하여 주십시오.”
　“옛날의 성왕들은 음악을 숭상하였다. 순 임금도 그랬다. 악기
와 악곡을 많이 내었다. 심성이 고운 탓이겠지. 음악이란 극치에
이르면 사람과 신령이 한데 어울린다 하거든. 순 임금이 손수 지
은 노래로 〈남풍가(南風歌)〉라는 것이 있단다.

　　　훈훈히 불어오는 남풍은
　　　우리 백성들의 노여움을 풀어주며
　　　남에서 불어오는 훈풍은
　　　우리 백성들을 윤택하게 만드네.

　순 임금은 만년에 남쪽 나라를 순수(巡狩)하다가 창오(蒼梧)라
는 벌판에서 운명했다. 그 운명의 비보를 받고 허둥지둥 달려간
아황·여영 두 부인은 동정호(洞庭湖)로 흘러드는 강 상수(湘水)
를 건너다가 배가 뒤집혀 익사했다 한다. 그들의 무덤은 호남성
남쪽의 구의산(九疑山)에 있다고 전한다.”
　더는 아이들이 조르지 않았다. 초의는 그 이튿날 오곡 이경춘
씨댁을 하직하고 또 어디론가 떠났다.

온달 같은 미소로

초의는 옛 친구 오곡 이경춘의 보소재를 떠나 다시 북녘으로 발길을 옮기고 있었다. 어디로 갈 것인지 초의 자신도 작정을 하지 않고 있었다. 목표는 대체로 충청도 지방의 산천을 주유하리라는 정도였다.

"대사님!"

성진(星津)의 동구를 지나서 산허리를 돌아 성전(城田)으로 빠지는 길목에서 어느 학동이 불쑥 나타난 것이었다.

"너 누구냐?"

"보소재의 학생입니다."

"그런데 여기서 뭘 하느냐?"

"대사님을 기다리고 있었습니다."

"날?…… 왜?"

"여쭐 말씀이 있습니다."

"무슨 말이냐? 나 바쁘다. 어서 말을 해."

"공부를 더는 할 처지가 아니라서 중이나 될까 하고……."

"뭐, 중이 되겠다고?"

“네.”

‘보아하니 나이는 12, 3세 가량, 입성하며 몰골하며 가난에 찌든 형상이다. ……곡절이 있는 게로군!’

“거기 좀 앉자.”

“네.”

풀밭을 헤치고 초의와 학동이 위아래로 좌정했다.

“네 이름이 뭐냐?”

“김도연(金度演)입니다.”

“시하냐?”

“저는 독자이온데 어머니는 돌아가시고 집에는 아버님만 계십니다.”

“아버님은 뭘 하시고?”

“별로 하시는 일이 없으십니다. 책을 읽거나 빗자루를 매시는 일이 고작입니다.”

“빗자루는 왜?”

“장에 내다 팔지요.”

“알만하다…… 그러나 중이 되는 일이 그리 쉬운 일은 아니다.”

“알고 있습니다.”

“네 아버님과 의논했느냐?”

“그러하옵니다.”

“네 집이 어디냐?”

“건너편 외딴집입니다.”

“계시느냐?”

“네.”

“그럼 가자.”

아이의 집은 건너편 산기슭에 있었다. 방·부엌·헛간의 토담 삼간집, 불면 날아갈 것 같은 띳집이었다. 아이가 앞서서 인기척을 하자, 그 집과는 어울리지 않을 것 같은 미목이 준수한 50대의 사나이가 죽창문을 열고 내려서서 초의를 맞아들였다. 비록 가난에 찌들기는 했지만 비굴하지 않고 그렇다고 몰염치 하거나 거드름이 없는 깍듯한 언행으로 자신의 처지를 초의에게 말했다.

그의 이름은 김철수(金哲洙)였다. 관향은 김해이고, 대대로 강진 마랑에서 곳곳한 선비의 가풍을 이어오다가, 그의 조부가 현감의 부도덕을 탓한 것이 빌미가 되어 그곳에서 살지 못하고 이곳으로 쫓겨왔다는 것이었다. 그래도 아버지가 살아계실 때까지는 호구지책이 가능했었는데, 그후 독자인 자신이 상처를 하고 재취를 얻어 아들(김도연)을 본 후, 돌이 지나기도 전에 다시 상처한 후로는 헤어날 길이 없다는 것이었다.

“어떤 일이 있어도 도연이는 사람을 만들어야 하겠습니다. 지금의 내 처지로는 불가능합니다. 어제 보소재에 대사님이 오셔서 아이들에게 옛 이야기를 하셨다는 말을 듣고 우리 부자는 밤을 새워 궁리를 했습니다. 우리 도연이를 구해주실 분은 대사님밖에 없다구요!”

“나무 관세음보살!”

초의는 50년 전 자신이 출가할 때의 정상을 떠올렸다. 마치 지옥으로 죽으러 가는 것 같았던 감회가 되살아났다. 부모와 헤어지는 일이 어찌 그리 서러웠는지! 부모와 함께 살 수만 있다면 어떤 고생도 감수하겠기에 벽봉 스님의 손을 뿌리치고 사립문 밖에서 나뒹그러졌던 일, 삼향에서 운흥사까지의 90리 길을 내내 눈물로 적셨던 그날의 서러움을 초의는 지금도 역력히 기억하고 있다.

초의는 문밖에서 시립하고 서 있는 도연을 방으로 불러들였다.

"중이 되는 일은 가시밭을 걷는 일과 같다. 너의 집 형편을 대강 짐작하거니와, 중이 되고 보면 하루에도 몇 차례씩 이 집이 그리워지게 될 것이다. 아무리 배고프고 헐벗어도 내 집이 더 좋았던 것을……하고. 그만큼 수행의 길은 고난의 연속이라는 것이다. 위로는 층층의 상전이요, 아래로는 일거리가 산더미로 쌓인다. 헤프게 웃어서도 안 되고 눈물을 보여서도 안 된다. 정진이 게으르면 불호령이 떨어지고 내내 쓸모가 없다고 보면 쫓겨나기 일쑤이다. 속세와는 철저히 인연이 끊긴다. 아버지가 보고 싶어도 만날 수 없고 윗대의 제사도 잊어야 한다. 먹고 싶은 음식은 가려야 하며, 속세에서 예사로 하는 일을 2백 50가지나 아니하여야 한다. 그래도 중이 되고 싶으냐?"

"네."

도연의 대답은 풀이 죽은 벌레 소리와 같았다.

"아버지 모시고 형편대로 살아가는 것이 현명하지 않겠느냐?"

도연이 닭똥 같은 눈물을 뚝뚝 떨궜다. 이윽고 그가 혼신의 힘을 기울여서 말했다.

"아닙니다. 하겠습니다."

이어 그의 아비가 말했다.

"시생은 아직 병들지는 않았으니까 어찌 두 식구 굶기야 하겠습니까마는, 지금의 처지로는 서재에 보내지 못하게 되어 있는 터에, 겨우 입에 풀칠이나 하는 꼴이라면 살아서 뭘 하겠습니까! 학문을 하지 못하는 삶이란 짐승과 같은 것이지요. 자식 하나 있는 것 제대로 양육을 못하는 시생의 주제가 부끄럽기 한량없습니다."

"하오나 저 아이가 출가를 하고 보면, 속가에서 말하는 대가 끊기는 거 아닙니까!"

"치욕적인 연명일랑 시생까지로 족합니다. 운명입니다. 저 아이가 불문에 들어 다행히 득도라도 하게 된다면 웃어른들께서도 기뻐하실 것입니다. 거두어주십시오."

초의가 물끄러미 아이를 바라봤다.

"네 인생의 갈림길이다. 하루만 더 생각해보자."

"알겠습니다."

"네가 내 노정을 끊어버렸다. 오늘은 여기서 쉬고 싶다. 재워주겠느냐?"

"그럼요, 하오나 단칸방이라 어쩌지요?"

"우리 셋이서 자보는 거여."

"네."

초의가 바랑을 집어들고 일어섰다.

"내 잠깐 아랫 마을을 다녀오겠소."

"무슨 일인지…… 시생이 다녀오겠습니다."

“내가 가야 합니다. 점심 공양을 오곡댁에서 하고, 이내 이리로 오겠습니다.”

초의는 곧 보소재로 오곡을 찾아갔다.

“어쩐 일이야?”

무슨 변이냐 싶어서 오곡이 눈망울을 부라렸다.

“잔말 말고 어서 점심 공양 내와. 그러고 이것으로 쌀 한 말 팔고 나머지는 찬거리 사오라고 누구 심부름시키고…….”

초의가 엽전꾸러미를 오곡 앞으로 내밀었다.

“또 어디 기민 먹일 데가 생겼나?”

“잔말 말라니까 그러네!”

오곡이 더는 추궁을 안 했다. 초의는 오곡댁에서 점심을 들고 나서, 쌀 한 말과 여러 가지 찬거리를 손수 짊어지고 도연의 집으로 왔다.

“저녁 공양은 우리 셋이서 배불리 먹자꾸나.”

도연과 그의 아버지는 그저 감격할 뿐이었다.

주인과 초의는 새벽에 잠을 깼다. 도연은 자고 있었다.

“도연이를 보낸 다음에 댁은 어떻게 할 것입니까?”

“조만간 이곳을 뜨겠습니다.”

“작정한 곳이 있습니까?”

“네.”

“나무 관세음보살!”

“도연이와 속세의 인연을 아주 끊어버리고 싶습니다. 그래야 저 아이도 정진할 수 있을 것입니다.”

"장하십니다."

"자고로 선비라 하는 것은 무엇보다도 염치를 소중히 하는 법인데, 자식 하나를 부양 못하고 이렇게 불가에 의탁을 하게 되니 부끄럽고 송구하기 이를 데 없습니다."

"불가나 유가나 궁극적으로는 인간을 구제한다는 진리에 귀일하는 것 아닙니까."

"고고함을 내세워 가솔을 남에게 의탁하는 것은 선비의 도리가 아닙니다."

"역지사지(易地思之)하면 역지개연(易地皆然)이라는 피안에 도달합니다. 우리 불가에서는 인과의 이치를 소중히 합니다. 우리 세 사람은 필시 같은 불연으로 이어지고 있는 것입니다. 저리 천진하게 자고 있는 도연이를 보십시오. 쟤를 성불의 길로 인도한다는 것은 경사스러운 일일지언정 결코 불행한 일이 아닙니다. 너무 자책하지 마십시오."

"오직 대사님께 감사할 따름입니다."

"날이 새면 도연이를 절로 데리고 가겠습니다."

"부탁합니다."

"하오면 아이에게 먹일 밥을 둘이서 지읍시다."

"그럽시다."

먼동이 트기 전에 도연이가 잠에서 깼고, 주인과 초의는 아침 공양을 차렸다. 셋이서 옹달샘의 물을 퍼서 세수를 하고 식사를 마쳤다. 서로 말이 없는 것은 할말이 없는 것일까! 할말이 너무 많아서일까! 상을 물리고 나서도 바깥은 어둠으로 덮여 있었다.

초의가 새삼스레 방안을 둘러보니 그 찌든 가난 속에서도 서책은 차곡차곡 쌓여 있었다. 문방사우도 보인다. 문득 초의는 어떤 시상을 떠올렸다.

"어둠이 걷힐 때까지……."

필연을 당겼다. 도연이 달려들어 먹을 갈았다. 초의가 얼룩진 창호지를 펴고 붓을 잡았다. 출가하는 아이의 홀아비를 위로하고자 함이었을까!

구름 걷힌 깊은 계곡

싸늘한 바위 위에 달이 밝았도다

달과 마주 앉는다

이 생각 저 생각이 일어났다 꺼졌다 하는구나

기(起)와 멸(滅)이 없어진 곳에

비로소 진(眞)과 상(想)에 의지할 수 있지만

그러나 그 진이다 상이다 하는 생각을 일으킨다면

그건 또 내(草衣)가 아니야

이제 그대에게 묻노니

이 일이 옳은가 그른가!

솔개와 고기가 날고 뛰는 것이

어찌 대자연이 아니겠는가

이와 같은 이치를 깨닫는다면

이성(二聖: 석가모니와 공자)이 인가(印可)하실 것을

幽谷雲初開

寒巖上明月

靜對明月坐

細想猶起滅

起滅滅盡處

始興眞想依

若復起眞想

是亦非草衣

爲問度演文

此事僞然麽

鳶魚能飛躍

豈不以其我

如此理會得

二聖垂印可

초의가 주인에게 붓을 넘기자 그도 창호지를 이어 감회를 엮는다.

한 칸은 띠집이요 반 칸은 구름인데

두 사람이 달을 찾는다

구름 이웃에 달이 있는데

맑은 바람이 적멸을 깨뜨린다

형상이 없어서 볼 수는 없으나

나 그대를 노상 의지하리니

저 맑은 하늘의 달은 내 눈이기에

그 말쑥한 것으로 옷을 삼는다

하나 그 안팎 어디에도 아무 것도 없는데

그 가운데 무엇인가가 있어서

두 손으로 이거다 저거다 말할 수는 있으니

그러므로 만물이 제마다 으뜸(獨尊)이라 하는가!

누구나 그 으뜸이란 이치를 깨달으면

옳고 그른 것이 없음을 알았다 인증하리라

一間茅屋半間雲

二友相尋一是月

雲隣相將月友居

淸風時來扣寂滅

歷歷孤明勿形段

生來與伊爲所依

淸灑灑空心中眼

赤條條落體上衣

內外中間覽總無

無中大何是甚麽

分手上下會指出

物物上具獨尊我

若人理會遮般我

許君無可無不可

초의가 앞서고 도연이 뒤따랐다. 그의 아비는 자식과의 영원한 생이별을 차마 어쩌지 못하고 억장이 무너진 채 사립문에 못박혔다.

초의는 뜻밖의 일로 산천주유를 포기하고 귀소(歸巢)하는 것이었다. 도연은 내내 눈물을 부렸다. 그들이 옥천의 우담(牛潭) 산허리를 지나고 있을 때 초의가 말했다.

"이 늙은이도 너와 똑같은 처지를 겪었다. 많이 울었지! 너도 많이 울어둬라. 앞으로는 울래야 울 참도 없을 게야. 도연아!"

"네?"

"이 늙은이가 옛 이야기 해주랴?"

"네."

초의가 그의 까슬까슬한 손으로 도연이의 보드라운 손을 잡고 이죽이죽 걸었다.

"출가를 해서……중이 되었다 해서 자신을 낳아주고 길러주신 부모나 선조의 은덕을 잊으라는 법은 없다. 절에서는 매년 7월 보름에 우란분재(盂欄盆齋)라는 제사를 지낸다. 그날은 출가승 각자의 부모 또는 선조의 명복과 아귀도에 떨어져서 고민하는 망령을 위하여 법회를 열어 그 고민을 없애는 불사를 하는 것이다."

"절에서도 부모·조부모의 제사를 지낸다구요?"

"그렇다니까, 좀 속된 말이다마는 그날의 제수는 다른 어느 제사 때보다도 걸단다."

"떡도 올립니까?"

"떡뿐이겠느냐. 육물 아닌 것이면 무엇이든 오른단다. 네가 아직 먹어보지 못한 음식도 많을 것이다."

"그럼 출가했다고 해서 부모와 인연이 끊어지는 것이 아니군
요?"

"불가에서는 모든 것을 인연으로 해석한다. 다만 방법이 다를
뿐이지. 아까 말한 우란분재에 대해서 이야기를 해주마…… 부처
님 제자에 목련존자라는 분이 계셨다. 하루는 만화경이라는 것으
로 지옥 세계를 비추어본 바, 거기에는 뜻밖에도 자기의 어머니
가 거꾸로 매달려서 고역을 치르고 있는 광경이 보였다. 그래서
목련존자는 크게 고민을 했지. 나를 낳아주신 어머니가 저 꼴인
데 그 어머니도 구제하지 못하면서 누구에게 무엇을 설법할 것인
가 하고. 그는 고민 끝에 그 사실을 부처님께 아뢰고 애원을 했
다. 우리 어머니를 구해주십사고. 그때 부처님께서 말씀하셨다.
네 어머니의 죄과를 네가 닦으라고. 어찌하면 되오리까, 하고 다
시 물었다. 부처님이 다시 말씀하시기를, 네가 중생을 위하여 더
욱 정진할 것이며, 7월 보름을 기하여 성심으로 제사를 올리라 하
셨다. 목련존자는 부처님의 말씀대로 실행하였다. 그의 어머니를
지옥에서 구출한 것은 물론이고."

"목련존자의 어머니는 생전에 무슨 죄를 지었습니까?"

"부녀자로서 행실이 얌전하지 못했다는 것이다."

도연이는 어느 새 신이 나 있었다.

"이야기 하나 더 해주셔요."

초의가 온달 같은 미소로 도연이를 바라본다.

"그러지야. 네 손에 땀이 고였구나. 손을 바꿔 잡자."

“히히히······ 그러죠 뭐······.”

초의가 다시 옛 이야기를 꺼냈다.

“사람들은 옛날이나 지금이나 사슴이라는 짐승을 좋아한다. 사슴은 풀이나 나무 열매만 먹고 살고 다른 짐승을 해치지 않으면서 녹용이라는 좋은 약재를 사람에게 선사하기 때문이다. 그래서 우리 불가에서는 특히 사슴을 상서로운 짐승으로 친다. 거기에는 다음과 같은 이야기가 전해오고 있단다.

옛날 어느 지방에 마귀의 산과 짐승의 산이 나란히 있었다. 마귀의 산에는 사나운 마귀들이 득실거렸고 짐승의 산에는 온갖 짐승들이 살고 있었다. 그런데 어느 때부턴가 그 마귀들이 짐승의 산으로 몰려들어 선량한 짐승들을 마구 잡아먹게 되었다. 착하고 선량한 짐승들은 사나운 마귀들을 물리칠 힘이 없었다. 그대로 가다가는 씨가 마를 지경이었다. 그래서 어느 날 짐승들이 모여서 의논을 했다.

“역부족으로 마귀들에게 잡아먹히는 것은 어쩔 수 없는 일이지만 이토록 무지하게 당하고 보면 짐승들의 씨도 마르려니와, 짐승들의 씨가 마르면 마귀들은 뭘 먹고 살 것인가.”

“궁여지책이 하나 있습니다.”

어느 짐승이 나섰다.

“어떻게 하자는 말인고?”

“우리 짐승을 잡아먹되, 지금처럼 마구잡이로 학살하지 말고 꼭 필요한 만큼만 차근차근 잡아 간다면 서로 좋을 게 아닌가고 마귀들을 설득하는 것입니다.”

"궁여지책이지만 그게 좋겠소."

짐승의 대표가 마귀의 산으로 가서 자초지종을 말했다.

짐승의 대표가 하는 말을 듣고 마귀들도 깨달은 바가 있었다.

"과연 짐승의 씨가 마르면 어쩐다지?"

그러자 마귀들이 말했다.

"너희들의 말대로 하겠다. 한 달에 한 마리씩 차례로 와서 잡아 먹히도록 하라. 그 대신 그 차례의 명부를 미리 이쪽으로 가지고 오너라."

이 말을 들은 짐승의 대표는 마귀들에게 고맙다 하고 짐승의 산으로 와서 사실대로 보고를 했다.

짐승들은 곧 전체가 모여서 의논을 했다.

"그 차례를 어떻게 정할 것인가."

갑론을박 끝에 결국은 제비를 뽑기로 했다. 첫째는 돼지, 둘째는 고양이, 셋째는 말, 넷째는 오소리, 다섯째는 기린 하는 식으로 차례의 명부가 만들어졌다.

결국 그 명부는 마귀들에게 전해졌다.

그로부터 마귀들은 짐승을 사냥하는 번거로움없이 가만히 앉아서, 이번에는 말고기를 먹었으니까 다음에는 기름진 오소리 고기를 먹겠구나 하고 거드름을 피우게 되었다.

마귀들의 거드름과는 반대로 짐승의 산에서는 한 달에 한 마리씩 차례로 마귀들의 제물이 되는 짐승의 넋을 위하여 눈물의 제사가 치뤄졌다.

억울하기 짝이 없는 노릇이지만 그런대로 질서는 잡혀가는 셈이었다.

토끼의 차례가 되었다. 짐승의 산에서는 토끼의 넋을 위하여 제사를 지내고 그 토끼와 작별하려는 찰나에 다른 짐승들 때와는 달리 토끼가 너무나 슬피 우는 것이었다.

"누구는 마귀산에 가고 싶어 갔고 누군들 아니 갈 수 있겠는가. 차례가 이렇게 되어 있는 것을 어쩌자고 그리 슬피 우는가. 그대가 그토록 미련을 두면 우리들이 민망하지 않겠는가."

다른 짐승들이 말했다.

토끼가 눈물을 삼키고 말했다.

"내 차례가 되어 내가 가는 것은 당연하지요. 거기에 대하여 저는 아무 미련도 없습니다. 내가 여러분 앞에서 눈물을 보인 것은 다름이 아니고 내가 지금 임신중이라, 나는 기구한 팔자를 타고나서 죽으러 가지만 속 모르는 뱃속의 아이들은 그도저도 모르고 나와 함께 죽을 것을 생각하니 그게 불쌍해서 잠시 눈물을 뿌렸나이다. 미안합니다. 저는 이만 가겠습니다."

토끼가 짐승들과 작별하고 만삭한 배를 움켜잡고 마귀산으로 가려는데, 저쪽에서 사슴이 토끼를 가로막고 말했다.

"내가 대신 가겠소. 그대가 해산하고 난 후 차례를 기다리시오."

조만간 누구나 죽게는 되어 있다. 하지만 내일 죽을지언정 오늘은 살고 싶은 것이 생명체의 본능이자 욕망이다. 그걸 대신한다는 것은 크나큰 자비심이 아닐 수 없다.

마귀산의 마귀들은 토끼를 기다리고 있다가 사슴이 나타나자,

그 까닭을 다그쳤다.

“이게 어찌 된 영문인가.”

사슴이 자초지종을 말했다.

사슴의 말을 듣고 마귀들은 크게 감동하였다.

“짐승의 세계에서도 저토록 의리와 자비심이 발동하거늘……
우리는 여태 무슨 짓을 했는고.”

마귀들이 모여서 의논했다.

“이제 우리들도 지 짐승들처럼, 특히 이 사슴처럼 착하고 어질
게 살자. 당장 짐승의 산으로 가서 지난 일들을 사죄하고 서로 화
목하게 살자.”

잡아먹힌 줄 알았던 사슴을 앞세우고 마귀들이 몰려와서 짐승
들에게 지난 일들을 사죄하자 겁에 질렸던 짐승들은 일제히 사슴
을 에워싸고 만세를 불렀더란다. 사람이 사슴을 좋아하는 이유를
알겠느냐?”

“네.”

초의가 도연이의 손을 들고 저만치 숲속에 묻혀 있는 가람을
가리키며 말했다.

“저기 저것이 오늘부터 네가 지낼 절이다.”

“네.”

도연이의 안총은 새로운 호기심으로 반짝 빛나고 있었다. 이
도연이가 초의를 의탁하여 득도한 후 만년에 함경도 묘향사(妙香
寺)에서 성불한 함월(函月) 대선사이다.

피안의 오솔길

초의가 도연을 대둔사의 일지암으로 데리고 가서 시자 수업을
시킨 지 어언 3년이 되었다.

초의의 나이 66세, 아직은 정정하다고 하지만 나이 탓인지 기
력은 예전과 같지 않았다. 차를 마시는 일과 고전을 뒤적이는 일
이 그의 유일한 일과이자 즐거움이었다.

일지암은 방위가 북향이라, 경내의 다른 암자보다도 겨울이 빨
리 왔다. 간밤에 첫눈이 내린 탓인지 매양 한적하였다.

그 첫눈을 헤치고 해남 읍내 김참봉 댁에서 기별이 왔다. 안산
댁 마님이 위독하다는 것이었다.

"…… 많이 아파?"

"쾌차하시기는 틀린 것 같구만이요. 곡기를 끊은 지 닷새가 되
었습니다요. 어짜든가 대사님만 찾으시는 것이 영 수상혀서 달려
왔구만이라우."

김참봉 댁 하인의 말대로라면 위독한 것이 틀림없을 성싶었다.

"행장을 챙겨라. 도연이는 남고."

초의는 상좌 도범을 데리고 산길을 나섰다. 일지암에서 해남

읍내까지 40리 길, 노인의 보행이자 눈길이라 김진사 댁에 당도
한 것은 뉘엿뉘엿 어둠이 깔릴 무렵이었다.

안산댁은 예전처럼 안채 안방에 사색이 되어 누워 있었다. 초
의가 미리 마련해 놓은 좌복 위에 좌정하자 가솔들이 일어서서
조아리는데 안산댁이 떨리는 성음으로 입을 열었다.

"대사님을 뵙지 못하고 떠나는 줄 알았어요."

초의 또한 더듬더듬 화답하였다.

"빈도보나도 먼저 가시지는 않을 것입니다."

"풋과실이 먼저 떨어지는 수도 있습니다. 그나 저나 먼 길 오시
느라 피곤하실 텐데…… 너희들 뭣하느냐? 어서 대사님께 공양
올리지 않고!"

초의가 앙상한 손을 내저었다.

"빈도는 지금 목구멍에 음식을 넣을 수가 없습니다. 우선 숨통
부터 뚫어야 하겠습니다."

초의가 시름시름 중얼거리듯 염불을 하는 것이었다. 불심이 돈
독한 안산댁이 난생 처음 듣는《범망경(梵網經)》이었다.

초의는 안산댁이 소생할 수 없으리라는 것을 짐작하였다. 그리
고 그녀가 지금 갈망하고 있는 것은 흔들리는 영혼을 붙잡아 주
는 독경이라고 알아차렸다.

초의에게, 아니 대둔사에, 더 크게는 불법을 위하여 물심양면
으로 지성을 다했던 불자 안산댁이 임종하는 마당에 초의가 할
수 있는 최선의 일은 충심으로 독경이나 해주는 것뿐이었다.

초의의 독경은 밤새 계속되었다. 안산댁은 살며시 눈을 감고

지극히 온화한 얼굴로 누워 있었다. 동지께의 기나긴 밤이 샐 무렵에는 동행한 상좌 도범이 저만치에서 조아리고 있을 뿐, 넓디넓은 집안에 깨어 있는 사람은 아무도 없는데 오직 초의의 독경 소리만 낭랑하였다.

먼동이 틀 즈음 가솔들이 몰려들자 안산댁이 잠시 눈을 뜨더니 그 길로 영영 운명하였다.

초의는 안산댁의 초우·재우·삼우까지 치르고 나서 일지암으로 돌아왔다. 그는 지난 엿새 동안의 피로를 견디지 못하고 고목나무 쓰러지듯 누워버렸다. 도범과 도연이 안절부절하는 가운데 그는 또 다른 한 사람의 일로 애를 태우고 있었다.

완당이 이번(1851년, 철종 2년)에는 함경도 북청(北靑)으로 유배되었다는 소식을 이미 듣고 있었는데 뜻밖에도 안산댁의 임종을 당하고 나니 그의 불운이 연상되었기 때문이었다.

해가 바뀌어 임자년이 되었다. 이른 가을이었다. 한양의 우선으로부터 인편으로 서신이 왔다.

완당 선생님께서 묘천(廟遷)의 사건에 연류되어 또 북청으로 유배되셨다는 말씀은 연전에 알려드린바와 같습니다만 금년 유월에 천행으로 유찬이 풀려서 이재 권돈인 대감과 함께 지금 한양 근교의 봉은사(奉恩寺)에 머물고 계십니다. 대사님께서 궁금히 여기실 것으로 짐작하옵고 저간의 소식을 알려드립니다.

이상적 합장

초의는 서신을 읽고 나서 붉게 타오르는 단풍림 너머 북녘 하늘을 우러러 탄식했다.

"망할 것, 무슨 놈의 팔자가 그리도 기박할고!"

이윽고 움켜쥔 봉서가 바르르 떨렸다.

"해동 제일의 영물을 고철로 동댕이쳤구나! 옥석을 가리지 못하는 저 망할 것들!"

초의가 구슬이라 함은 근자에 무더기로 유형을 당한 김명희·김상희·신관호·권돈인·김노경 등을 꼽는 것일 터이고 망할 것들이란 조정의 세도가들과 허수아비에 지나지 않는 임금을 꼬집는 말일 터이다.

"서리가 내리기 전에 찾아가야지!"

초의가 춥기 전에 상경하려고 도연이와 함께 행장을 꾸리고 있는데 큰절에서 원주 스님이 낯선 스님을 데리고 올라왔다.

"무슨 일인고?"

"해인사에서 오신 스님인데, 대웅전과 대장각 중수권선문을 내려주십사 하고 오셨답니다."

"…… 날 보고?"

"그러하옵니다. 소승이 해인사에서 온 도반 백운(白雲)이옵니다."

"해인사라면 영남 제일의 도량이니 고덕의 스님이 많을 터인데 어쩌자고 머나먼 여기까지 왔어?"

"……하오나 그곳 도반들의 중의가 기어코 초의 큰스님의 글을 받들기로 하였삽기에 이렇게 천리 길을 서둘러 왔습니다."

"해인사는 나도 서너 번 들른 일이 있으니께 인연이야 있다 하겠으나 나는 일간에 상경코자 이러고 행장을 꾸리고 있어. 그럴 틈 없네."

백운이 더욱 움추리며 아뢰었다.

"하오나 지금 떠나시는 것은 아니시니 저희 도반들의 간청을 소납하시기 바랍니다."

"……그 사람! 고집하곤! 하지만 촛불을 밝혀야 할 틴디 내가 눈이 어두워서 붓을 잡을 수가 있어야지! 누가 받아써 봐."

부를 터이니 받아 쓰라는 것이었다. 그게 어디 쉬운 일인가! 아무도 선뜻 나서지 못했다.

"도연아."

"네."

"니가 받아써라."

"저는 아직……."

출가한 지 이제 겨우 3년, 독공은 했다고 하지만 난삽한 권선문을 받아 쓰기에는 아직 어렸다.

"처음은 누구나 노루글로 덤벙덤벙 시작하는 법이다."

대덕 스님의 분부라 마지못해 도연이 붓을 잡았다. 마침내 초의가 자세를 가다듬고, 미리 초안을 잡아둔 것처럼 줄줄 엮어 나갔다. 그 난삽한 글을 도연이 어찌 빠뜨리지 않고 적어 나갈 수 있으리요. 노루글로 띄엄띄엄 쓸 수밖에.

해인사대웅전급대장각중수권선문(海印寺大雄殿及大藏閣重修勸善文)을 요약하면 다음과 같다.

대경(大經 : 華嚴經)에 이르기를 속계와 승계의 모든 선근(善根)은 모두 가장 좋은 시라지(尸羅地)에 의거한다 하였느니라.

그러므로 계율을 잘 지키면 불음(佛音)을 찾을 수 있으리로다. 땅 이름을 시라지라고 하는 것은, 사실은 바라제(波羅提)의 법을 일으킨 곳이라는 뜻이니라.

산을 가야(伽倻)라 부른 것은 석가가 성도(成道)한 곳이 가야이기 때문이다. 이실(二室)을 초월한 경계요, 오대(五台)가 높이 솟았으며 그 안은 높고 넓고 아기자기하여 청량하기 이를 데 없도다.

그러므로 해인에는 의로운 용과 같은 수도자들이 모여들고, 도는 산신령에 의하여 길들인 호랑이처럼 근엄하더라.

햇머리는 불을 맞을 운수였고 달머리는 돈을 써야 할 운수였으니 어찌 피할 수 있으리요. 다행히 지신의 너그러움과 천신의 기쁨으로 거듭 산속의 선경을 이루어 여기 해외의 복된 도량이 되었도다.

그러나 그 형상은 시들어서 불법을 빛내기 어렵게 되었나니, 법당의 금벽이 떨어지고 판각은 기울어졌도다. 예전과 같이 고치는 일이 다급하게 되었느니라.

지금 우리 승려들은 죽으로 연명하는 처지여서 파초처럼 힘이 없도다. 마음만 앞설 뿐, 마치 날개 없이 날으려는 꼴이로다.

이에 한 축의 짧은 글로써 두루 지체높은 분들께 바라노니, 우리가 시주하는 분들을 만나게 된다면 곧 일꾼을 불러 일을 시작하리로다.

숲 사이에 구름 같은 누각과 안개 같은 절간을 지어 새벽에는
북 울리고 저녁에는 향 피워 어진 이들의 지성에 보답하리로다.

권선문을 다시 정서하여 해인사에서 왔다는 백운에게 주면서
초의가 말했다.

"말이 되었는지 글이 되었는지 모르겠구만! 구걸하는 주제에
너무 아는 체혀서도 요상허고……."

백운이 합장 배례하였다.

"소승은 이만 서둘러 합천으로 가겠습니다."

"그래."

초의는 그 이튿날 도연을 데리고 일지암을 떠났다. 한양의 봉
은사까지 오는데 꼬박 스무 날이 걸렸다. 파김치가 되어 해탈문
에 다다르니 절의 도반들이 와르르 모여들어 더러는 합장하고 더
러는 오체투지의 예를 올렸다.

"워라 워라. 우선 나 물이나 한잔 주라."

초의가 조사실의 마루 끝에 지팡이를 세우자 조사 지견 선사(智
見禪師)가 버선발로 내려서서 얼싸안았다.

"초의당이 올 줄 알았어."

"늙다리가 되더니 점도 쳐?"

"완당이 여기 와 있는데 못 오고 배겨나!"

초의와 지견은 당년 예순 일곱 동갑이자 법랍(法臘)이 비슷하
여 허물이 없는 처지였다.

"완당 어딨어?"

"완당이사 요사채에 머물고 있지. 판전(板殿) 현판서를 쓰더니, 그걸 판각하느라고 조각공과 함께 있어."

"그 사람 붓을 놓으면 병이 나는 사람이야. 나 그쪽으로 가보겠어."

"그래."

지견이 초의의 손을 놓았다. 봉은사 가람 서편에 우뚝 솟은 판전으로 초의가 비실비실 걸어갔다. 판전 추녀 밑에서는 널따란 귀목판자를 뉘이놓고 조가공이 끌질을 하고 있고 그 앞에 완당이 초췌한 모습으로 쭈그리고 앉아서 끌끝 나가는 대로 눈살을 꽂고 있었다. 자획의 틀은 거의 잡혀 있는 듯싶었다. 서예에 있어서 각자(刻字)는 제2의 창작이라 했던가……. 자기의 필치가 각자의 과정에서 행여 구겨질까 염려되어, 아니 조각공의 끌끝으로 말미암아 더욱 살아 움직이기를 기원하는 마음으로 저러고 쏘아보는 것이었을까!

판전.

언뜻 보기에는 하찮은 두 자의 글씨이었다. 더욱 유심히 바라보니 비틀비틀 꼬불꼬불 마치 어린아이가 빗자루로 마당을 쓸고 지나간 듯, 낭떠러지에 아슬아슬 비끼어 선 듯, 균형이랄지 조형이랄지 하는 것과 필법이나 법첩 따위는 전혀 안중에 없는…… 그러나 애써 꼬집기로 들자면 티끌만큼도 하자가 없는 천의무봉의 동심체 바로 그것이었다.

사족이시만 그로부터 3년 후, 그러니까 완당이 세상을 하직하기 한 해 전에, 어느 호사가가 '선생의 수많은 글씨 중에서 가장 자신하는 것을 들어보라'고 다그치니까 비식 웃으면서 하는 말이 '자신하는 거란 하나도 없지만 굳이 들라고 하라면 봉은사의 판전밖에 없어' 했다는 그 '판전'이었다.

마침내 초의가 운을 뗐다.

"아니랄까봐!"

완당이 살며시 눈살을 굴리며 화답했다.

"남도 땡땡이로군!"

"두 번씩이나 유찬을 겪고서도 버릇은 그대로고."

완당이 초의를 이끌고 자신이 거처하는 요사채로 자리를 옮겼다. 방에는 경상(經床)이 놓여 있고 그 위에는 경서와 염주가 있고 향로에서는 진향이 가늘게 피어 오르고 있었다.

주객이 좌정하자 이번에도 초의가 먼저 입을 열었다.

"이제 겨우 사람이 되어가는 갑다."

"무슨 뚱딴지여!"

"그대가 불음(佛音) 가깝게 있으니 허는 말 아닌가!"

"소순기(蔬荀氣)는 아닐세."

"그야 물론이지. 이재(권돈인)도 풀려서 함께 지낸다더니?"

"여기 자주 들린다네."

"영의정의 전관예우로!"

"공연한……."

완당과 초의가 실없는 소리를 하는 사이 지견이 건너왔고, 이내 저녁 공양이 들려와서 그들은 철부지 아이들처럼 희닥거리며 달게 먹었다.

그런 며칠이 지나자 장안의 시객(詩客)들이 몰려왔다. 정학연·이노영·박종유·홍성모·윤정진·김매순 등이었다.

초의가 한양에 오면 으레 도봉산의 청량사에 묵었는데 그때마다 그곳으로 몰려오곤 하던 사람들이었다.

또 며칠이 지나자 부마도위(駙馬都尉) 홍현주가 다녀갔고, 신위도 다녀갔으며, 또 며칠 후에는 현직 이조판서 윤정현도 다녀갔다.

완당 혼자 있기니 아니면 권돈인과 둘이 있을 때는 세도가들의 눈총 때문에 뜻은 있어도 선뜻 들르지 못했던 인사들도 이번에는 초의가 와 있다니까 이 핑계 저 핑계로 들르는 것이렷다.

그들은 모였다 하면 으레 다회를 열었다. 그 다회는 반드시 시회로 이어졌다. 초의는 좀처럼 천추의 한을 삭이지 못하는 완당을 달래기 위해 무던히도 많은 시를 썼다.

하늘은 물과 같고 물은 안개 같도다

여기 온 지 벌써 반년이로세

명월 안고 잠든 밤 몇 번이던가

맑은 강위에 백구가 잠드는 꼴이로다

남을 시기하는 마음은 본시 없었고

좋다 궂다는 말도 들은 바 없도다

아직 감춰둔 뇌협차 남아 있나니

구름 헤치고 두룽친 길러다 끓어 마시리

天光如水水如烟

此地來遊已半年

良夜幾同明月臥

淸江令對白鷗眠

嫌猜元不留心內

毁譽何曾到耳邊

袖裏尙餘驚雷莢

倚雲更試杜陵泉

　그들은 또 강에 나가 선유도 하였다. 그럴 때도 초의는 기어코
필적을 남겼다.

　　해는 서쪽으로 기우는데 동쪽에서 비가 내린다

　　시객과 다인이 한 배를 탔는데

　　구름 걷히고 달 떠오르며

　　시원한 강바람이 밤을 삭힌다.

　　고향 생각 나는 건 무슨 까닭일까

　　이 한 몸 찌꺼기 버리기 어려워라

　　뉘라 알리요, 이 두륜의 객승을

　　에라, 찰랑이는 강 위에 살며시 눕자

　　斜日西馳雨散東

　　詩囊茶椀小舟同

雲開正만天心月

夜靜微凉水面風

千里思歸何所有

一身餘累竟難空

誰知重疊靑山客

來宿金波万頃中

　그런 어느 닐, 아직도 역관으로 봉직하고 있는 이상적이 찾아왔다. 청나라 연경에서 방금 귀국하였다는 것이었다.

　그는 완당 앞으로 다가가서 두 통의 봉서를 내미는 것이었다.

　"연경의 옹방강 선생님 댁의 석묵서루에서 수곤과 수관을 만났습니다. 이 봉서는 그분들 것입니다."

　완당의 안색이 대번에 붉게 물들었다. 수곤은 완당이 24세 때 연경에 가서 훈도를 받은 옹방강의 여섯째 아들로 완당보다 한 살 위인데, 완당의 인격과 학문에 감복하여 자신의 호 성원(星原)의 성과 완당의 또 다른 호 추사(秋史)의 추를 합하여 성추(星秋)로 고쳐 부른 사람이며, 완당이 귀국한 후에도 그쪽의 전적을 골고루 보내주는 그런 사이였다.

　수관은 옹방강의 7남 6녀 중의 막내딸로 완당의 두 살 아래인데, 완당이 연경에 머물고 있었을 때 서로 가깝게 지낸 사이였다. 수관 역시 완당이 귀국한 후에도 더러는 서신을, 더러는 선물을 보내오곤 하였다.

　완당이 수곤의 서신을 읽었다.

……선생께서 제주도에 유배되었을 때는 그 형량이 8년이나 되었어도 이토록 비통하지는 않았습니다. 그런데 이번의 북천 유배는 이루 형언할 수 없으리만치 안타깝습니다. 소인이 탐문한 바로는 실로 아무 것도 아닌 일로 그런 고초를 겪게 되었더군요.

도대체 조선의 세도가들은 명색이 정치라는 걸 어떻게 하는 겁니까. 우리 중원의 상식으로는 도저히 이해할 수가 없소이다.

그러나 불행 중 다행으로 북청에서는 곧 풀려서 지금은 절에서 휴양하고 계신다 하오니 이제 조금은 마음이 놓입니다.

선생은 중원의 모든 선비가 인정하는 해동 제일의 영걸이십니다. 선생이 탐구하는 금석학·서지학·고증학 등의 실사구시(實事求是)와 시서화(詩書畵)의 독특한 경지는 해동 뿐만 아니라 중원에서도 경의의 눈으로 평가하는 터입니다.

선생의 학문과 재능은 무한한 가능성을 지니고 있는 것입니다. 그런데 조선의 세도가들은 그러한 업적과 가능성을 무참하게 짓밟아버렸습니다.

인봉(麟鳳)의 슬기와 지란(芝蘭)의 향기를 모르는 까닭입니다. 그러나 인봉이 사나운 금수가 될 수는 없는 것이고 지란이 잡초로 변할 수도 없는 법입니다.

선생이시여, 선생의 춘추도 이제 예순 일곱이 되셨겠군요. 어언간 우리도 노인이 되어버렸습니다. 그러나 해바퀴를 거꾸로 돌릴 수는 없는 법, 바라옵건대 천명을 다하실 때까지 옥체 보전하시며 정진하시기를 축원합니다.

우선 이상적 선생 편에 이 서신을 부기미(附騎尾)하는 바입니다.

옹성원 올림

완당이 수관의 서신을 읽었다.

……완당 어른께서 제주에 계실 때는 소저 신단에 정화수 올리고 축수하기를 8년간 계속하였어도 그게 조금도 두렵지 아니하더니 다시 북청으로 유배되셨다는 소식을 듣고서는 하늘이 무너지는 듯하였습니다.

조선의 임금님은 왜 그러시는 겁니까? 벌레먹은 잡목은 놔두면서 왜 훌륭한 재목은 꺾어버리는 것입니까?

원통합니다. 밉습니다. 밉습니다. 저주하고 싶습니다.

이제 겨우 풀리셔서 절에 계신다는 소식을 들었습니다. 모든 일가 친척이 화를 당하셔서 집에 가실 형편도 아니라는 것도 알고 있습니다. 하늘이 무섭지 않은 것인지 모르겠군요.

아, 어른(大人)의 사십 삼 년 전의 빼어난 풍모가 눈에 선합니다. 초롱초롱하던 눈매와 쟁반 위에 옥을 굴리는 듯한 음성이 생각납니다. 그후 세월은 덧없이 흘러버렸습니다. 이제 소저도 할머니가 되었습니다. 머리는 파뿌리처럼 희고 손등은 벌레 껍질처럼 앙상합니다. 아, 그러나 어른께서 스물 네 살 때 스물 두 살인 소저에게 써주신 이태동잠(異苔同쏙)의 네 글과 지란도(芝蘭圖)는 지금도 소저의 침소에 걸려 있습니다.

슬프다, 대인과 소저 사이에 가로놓인 이역만리의 산하여!

우선 이상적 선생이 석묵서루에 오셔서 완당 어른의 소식을 전해주셨고 오빠 수곤이 서신을 보낸다 하기에 소저 또한 견딜 수 없어서 이렇게 몇 자 적습니다만 이것마저 어른의 수중에 닿을지 궁금합니다.

북녘과 남녘을 거침없이 오가는 저 기러기가 부럽습니다.

옹수관 총총

초의는 봉은사에서 그 해를 넘기고 이듬해 1852년(철종 3년) 늦은 봄에사 한양을 떠났다.

도연이가 시중은 들었지만 이번에는 장성 백양사(白羊寺)까지 오는 데만 스무 날이 걸렸다.

초의는 그곳에서 고창 선운사의 백파 선사와 백련사(白蓮寺)의 하의(荷衣)가 입적하였다는 소식을 들었다.

초의와 백파는 생전에 선문답으로 많은 논쟁을 벌였던 사이이고, 완당 또한 초의의 선이론에 가담하여 면식도 없으면서 백파와 필전(筆戰)을 벌였던 사이인데, 백파가 입적하고 그후 4년 만에 완당이 별세하는 그 4년 사이에는 초의와 완당이 만난 적이 없는 터에 백파 선사탑에는 지금도 완당이 쓴 대기대용지비(大機大用之碑)가 남아 있으니 세상에는 실로 불가사의한 일이 많다 하겠다.

초의는 선운사와 백련사를 거쳐서 대둔사로 돌아왔다.

피안의 오솔길을 돌고 온 것이다.

슬픔을 참는 소리

초의가 남녘으로 떠나버린 후 완당은 시름에 젖어서 실성한 사람처럼 마루 끝에 우두커니 앉아 있는 날이 많았다. 절의 도반들이 말을 걸어와도 대꾸조차 하지 않았다. 공양을 거르기 일쑤였고 옷이 땟국에 절었어도 바꿔 입을 생각을 안 했다.

"도대체 어쩌자고 이러시는 겁니까?"

보다못해 지견(智見)이 걱정을 했지만 소용이 없었다.

"내버려둬요. 만사가 싫어요."

욕망이라는 것은 티끌만큼도 없는 사람 같았다.

한양 장동의 본가에서 종제 김도희가 좌의정이 되었다는 반가운 소식이 왔어도 덤덤이었다.

아버지 김노경이 복관(復官)이 되어서 예산의 별저에 내려가 있다는 기별이 왔어도 별로 반기는 기색이 아니었다.

"아무렇지도 않은 일로 달달 들볶다가 이제사 선심쓰 듯 승진이다 복관이다 하면 이미 일그러진 상처가 아문다든!"

드디어 완당의 몸에 이상이 생겼다. 배가 불어 오르더니 마치 임신한 여인네처럼 볼썽사나운 꼴이 되었다.

"복수(復水)올시다."

지견이 데리고 온 의원의 진단이었다. 탕제와 침구와 사약으로 골고루 다스렸지만 효험이 없었다.

'절에서 운명할 수는 없다.'

완당은 봉은사를 떠나기로 했다. 그렇다고 예산으로 내려가기는 싫었고 한양의 장동으로 가기는 더욱 내키지 않았다. 도대체 사람 대하기가 싫은 것이다. 가솔조차도…….

완당은 아무도 모르게 과천의 위토에 여막과 같은 두 칸의 토담집을 짓고 이사했다.

행방불명이 된 완당을 찾느라고 장동의 본저와 예산의 별저가 발칵 뒤집혔지만 소식은 오리무중이었다.

완당은 자신의 생명이 경각에 달렸다는 것을 알고 있었다. 좀 더 연명을 하려고 발버둥을 치면 몇 해 더 끌고 나갈 수는 있을지 모르지만 덮어버린 학문을 새삼스레 어쩌지 못하리라는 것도 알고 있었다. 그가 할 일이란 조용히 운명의 날을 기다리는 것 뿐이었다.

유달리 총명했던 그, 학문의 욕망이 불꽃 같았던 그, 중원의 모든 필법을 훌쩍 뛰어 넘어서 독특한 자기의 것을 창조한 그, 일상의 행동거지가 매양 냉철했던 그 역시 죽음이라는 마지막 일에는 한낱 초로에 지나지 않았다. 완당의 경우, 근자 20년 안팎의 멸문지화를 감안하더라도 아직은 권문세가로 자타가 공인하는 터이므로 얼마든지 안락한 최후를 맞을 수 있으련만, 마치 자학을 자초하는 양 죽음을 재촉하는 양, 나둥그러지는 건 무슨 까닭이었을까!

죽음 앞에서 비로소 겸허하기로 작심한 것이었을까! 그렇고 그런 세상사란 모두 공즉시색 색즉시공일 뿐이라고 자각한 때문이었을까!

완당의 토담집 언저리는 그가 그린 세한도처럼 한적하기 이를 데 없었다. 나뭇가지에서 떨어진 낙엽이 소복소복 쌓이고 있었다.

완당의 형상은 이미 귀신과 같았다. 그는 무슨 생각이 나선지 필헌을 당겨서 한 장 남은 마지막 옥판선지에 혼신의 힘을 쏟아서 일필휘지하였다.

"글씨란 하루에 천 자를 써야 시들지 않는 법이나니."

그의 마지막 작품이었다.

막걸리 취하도록 마시고
빙그레 옛 글을 읽는다

醞飮田舍酒
笑讀古人書

완당은 그 종이에 먹다 남은 밥풀을 묻혀서 저만치 마주 보이는 벽에 붙여놓고, 요때기를 펴고 드러누워 실눈으로 바라보았다.

일찍이 중원의 옹방강과 완원이 '동국(東國)의 기린아'라고 극찬했던 완당 김정희기 지기 나라 세도가들로부터는 처참하게 짓밟힌 채 이렇게 죽었다.

병진년(1856 · 철종 7) 10월 10일, 세수 71세였다.

초의는 그 해 섣달에 완당의 죽음을 알았다. 그리고 그도 곧 몸져 누워버렸다. 그가 완당의 영위에 문상한 것은 삼 년 후의 일이었다. 고인의 영전에서 얼마나 애통했을까 하는 짐작은 다음의 제문으로 미루어 쉽사리 풀린다.

함풍팔년(1858년) 무오 이월 청명일에 방외의 친구 장의순이 김공 완당 선생의 영전에 고합니다.

엎드려 생각컨대 그토록 좋은 환경에 태어났으면서 어찌하여 굳이 좋은 때를 가리려 하셨나이까.

신령스런 서기로써 어두운 세속에 따랐으면 그게 곧 밝은 세상이었을 것이고 그걸 어기고 보면 기린과 봉황이라 할지라도 나무꾼과 같은 고초를 겪는 법 아니겠습니까.

때를 맞추지 못하고 보면 지란(芝蘭)이라 할지라도 서리와 눈으로 향기를 잃는 법이며 좋은 환경에 태어났다 하더라도 항상 좋은 세상만 누릴 수야 있겠습니까. 바르게만 살려고 해도 세상에는 길흉과 회린이 따르는 법입니다.

슬프다 선생이시여, 편히 살면서도 군자다운 생각으로 옛일을 거울삼아 지금에 행하시고 또 지난 일을 연구하고 오는 일을 다듬으며 경서로써 진리를 찾고 끊어진 것을 이어 그 이치를 캐내고 답답한 것을 풀어서 새로운 것을 알아서 순수하고 정밀하게 하셨습니다.

덕의가 안으로 밝아 조화를 이루시고 밖으로는 근엄하시어 옳은 것만 보시면서 스스로를 이겨내고 예의를 지켜 어진 마음과 믿음으로 행하셨으니 그 큰 도량이 한없이 돋보였습니다.

슬프다 선생이시여, 옳은 것은 보지 못해도 민망스러움이 없이 천도와 인도를 닦으면서 여러 학문을 체득하시고 글씨 또한 조화를 이루어서 왕희지와 왕헌지의 필법을 능가하였으며 연정의 아름다움과 육의(六義)에 뛰어났고 삼기(三氣)의 영화를 휩쓸었으며 금석문에 있어서는 크고 작은 것을 가리지 않고 모두 규명하여 그 명의를 중국에까지 떨치셨나이다.

달이 밝은데 구름이 끼고 꽃이 고운데 비가 내리도다.

슬프다 선생이시여, 원만하면서도 곧은 성품으로 말미암아 그게 화근이 되어 머나먼 섬나라에 십년이나 갇히었지요.

그곳은 기이한 새가 창 밖에서 기화요초를 노래하고 울타리 밖은 바다와 하늘이 끝도 갓도 없이 쪽물로 뒤덮인 막막한 섬이었지요.

그대는 그곳에서도 도리를 어기지 않으시고 백성들을 인자하게 가르치시어 마치 사나운 악어를 온순한 이무기로 만드시고 울안의 새를 귀여운 봉황으로 길들이시며 옛 어른들의 깊은 본을 이으셨나이다.

그대는 본시 벼슬길에 있을 때도 하늘을 어짊으로 대하고 사람은 선으로 대하였건만 오, 선생이시여, 그때의 십년 세월이 희여진 머리를 외롭게 비추었지요.

슬프다, 마니(摩尼)가 불을 토하매 많은 보배가 저절로 쌓이고 전단(栴檀)을 옮겨 심으니 모든 것이 함께 향기롭더이다. 뛰어난 현인들이 감탄하여 우러렀고 모든 선비들이 공손하게 그 향기에 취하였으니 그건 구름 같은 비단에 원앙을 수 놓은 것과 같았습니다.

슬프다, 그대는 때를 만나지 못한 인봉(麟鳳)이요, 지란이라. 세상의 온갖 고초를 두루 겪으시고 벼슬의 괴로움도 다하시고 그리고 한적한 향리로 돌아오셨으나 그곳에서조차 우환과 괴로움이 꼬리를 이었으니 과연 그게 대인에게는 대사가 따른다는 운수소관이란 말입니까.

슬프다 선생이시여, 이제 회포 같은 것일랑은 영원히 잊으시고 몸을 바꾸어 시시비비의 속세를 벗어나서 저 천국에서 유유히 노니소서. 연꽃 손에 들고 흰구름 타고 거침없이 저 하늘나라로 가시게 되었으니 그 길이사 감히 뉘가 막을 수 있으리까. 부디 훨훨 가시옵소서.

오호라, 그대와 나의 사십이 년 동안의 아름답던 우정이여, 그 우정일랑 다음에 저 세상에서도 오래오래 이어나가십시다. 생각컨대 그대와 나는 이승에서도 자주 만나지 못하였습니다. 그러나 나는 그대의 글을 받을 때마다 마치 그대의 얼굴을 보는 것 같았고 그대와 만났을 때는 진정 허물이 없었습니다.

우리는 제주도에서는 반년을 함께 지냈고 용호(蓉湖)에서는 두 해를 함께 살았었구려. 우리는 애기를 많이 했었지요. 때로 도(道)에 대하여 담론을 펼 지경이면 그대는 마치 폭우를 부리는 듯 우레를 쏘는 듯 당당하였고, 때로 정담을 나눌제면 그대의 말씨는 봄바람이 부는 듯 사근사근 하였습니다.

그대와 나는 손수 뇌협(雷莢茶)과 설유(雪乳茶)를 달여 마시
곤 하였는데 그러다가 어쩌다 슬픈 소식을 들으면 우리는 많이
도 울었습니다. 그때 선생의 모습이 조금은 거울에 비치는 것처
럼 또렷합니다.

슬프다, 그대를 먼저 떠나보내는 나의 애끓는 심사여.

황국(黃菊)이 흰 눈밭에 시들었는데 어찌하여 내가 이토록 늦
게 그대의 영전에 당도했을고. 원망일세, 원망이로세. 그대가
나 먼지 이승을 떠나다니 그게 될 말인가. 지난날을 생각지 말
자. 가깝게 와보니 도리어 멀기만 하구나.

땅에 떨어진 꽃잎은 바람에 날리고 나뭇가지는 달그림자 끝에
외로워 소랑(蘇郞)의 머문 데 알 수 없고 안자(顔子)의 수문심
(修文深) 애처롭도다. 머리를 떨구어 탄식을 거두고 눈물로써
한 말씀 올리니 이 한 말씀으로 두루 헤아리소서.

지난 모든 일이 헛되었으나 그 헛됨이 다하면 오히려 거기에
오묘함이 있을 것인즉 연꽃이 불 가운데서 피어나리로다.

하오나 한 번 더 생각컨대, 내가 그대 곁에 왔어도 서로 만나
지 못하여 오고 가는 것이 없으니 이 어인 일이란 말인가. 하늘
과 땅과 사람이 모두 알지는 못해도 오직 그대는 나의 심사를 알
것입니다. 흠향하소서.

초의는 완당의 영전에 문상하고 곧 대둔사의 일지암으로 돌아
왔다. 허진한 마음이시 더 말해 무엇하랴. 생불여사(生不如死)란
바로 초의의 삶을 말하는 것이었다.

신유년(1861, 철종 12)에는 권돈인이 죽었고, 을축년(1865, 고
종 2)에는 그 벼슬이 지중추부사(知中樞府事)에 이르렀던 이상적
이 죽었지만 초의는 문상할 기력조차 없었다.

초의의 나이 81세, 일지암 주변의 수목은 울울창창하였고 산새
들이 떼지어 울어대는 가운데, 그런대로 심기가 맑았던 초의가
별안간 꽥 소리를 질렀다.

"거 누구 없느냐?"

이미 늠름한 장년이 되어 요사채에서 경서를 읽고 있던 도연이
쪼르르 뛰어나왔다.

"부르셨습니까?"

"날 반듯하게 일으켜 앉혀라."

도연은 처음 당하는 일이라, '스님께서 열반에 드셔서 입적하
실 모양이로구나' 하고 짐작할 뿐, 어찌할 바를 몰랐다. 겨우겨우
결가부좌시키고, 허리를 곧게 세우고, 합장하는 양으로 고정하니
숨을 돌릴 수가 있었다.

도연은 겁도 나고 아는 것도 없고 해서 곧장 큰절에 가서 자초
지종을 말했다. 도반들이 우르르 몰려왔다.

그날 석양 무렵에 초의는 살아 염불하는 양으로 조용히 숨을
거두었다.

병인년(1866, 고종 3) 8월 2일이었다.

그 후의 일은 신헌(申櫶)이 쓴 〈초의대종사탑비명(草衣大宗師
塔碑銘)〉에 소상하게 적혀 있다.

초의 의순공이 이미 입적하였는데 그의 제자 선기(善機)와 범운(梵雲)이 스승의 영정을 안치해 놓고 나에게 찬사를 써달라고 하기에 쾌히 응낙하여 주었는데, 또다시 비석을 다듬어놓고 나더러 비명을 지어달라고 부탁하였다.

나는 본시 불경을 익히지 않은 터이라 10년 동안을 사양해 왔는데 그들은 내내 뜻을 굽히지 않고 더욱 간절히 요청하는지라 전에 의순 스님으로부터 들은 바를 적노라.

스님이 생전에 말하기를, '종풍(宗風)이 쇠잔한 지 오래되었는데 요즘 제방의 총림(叢林)에서 도를 얻은 사람이 거의 없는 것은 그 잘못이 어디에 있겠는가' 하였다.

선방(禪房)과 강원(講院)의 주장이 엇갈리고 돈오(頓悟)와 점수(漸修)의 의견이 분분하여 투기하는 자가 적은 때문이라 하시었나니, 스님이 남녘에서 널리 연구하여 홀로 조예가 깊어 끝내는 일진(一眞)의 근원을 찾아내어서 뭇 논란의 골수를 집약하매, 남방의 학자들이 모두 그를 따랐으니 어찌 위대한 분이 아니겠는가.

스님의 법명은 의순이요, 자는 중부(中孚)인데 무안 장씨의 후손이다. 어머니가 큰 별이 품안으로 들어오는 꿈을 꾸고 잉태하여 병오년 4월 5일에 태어나서 병인년 8월 2일에 세상을 떠났느니라.

부처님이 탄생하신 때와 사흘의 사이밖에 나지 않으니 이 또한 기이한 일이더라.

다섯 살 때 강에서 놀다가 깊은 곳에 빠졌었는데 건져준 사람이 있었고 월출산을 지나다가 그 산세가 기이하고 아름다움에 빠져 저도 모르게 그 산등성이에 올라 바라보니, 마침 바다에서 떠오르는 달이 황홀하여, 마치 고노(枯老)가 훈훈한 바람을 만난 듯 가슴에 맺힌 것이 말끔히 가셨다 하더라. 그로부터 가는 곳마다 거리낄 일이 없었다 하니 이는 전생부터 익혀 온 기질이니라.

벽봉 스님에 의하여 출가하였고 완호 스님으로부터 구족계를 받았으며 초의는 건당(建幢)과 함께 얻은 당호이니라.

불경을 배우면서 범자를 익혀 거로(祛盧)의 뜻을 알았으며, 또 탱화를 잘 그려서 오도자(吳道子)의 경지에 들었으며, 다산으로부터 유서(儒書)를 배우고 시도(詩道)에 눈을 뜬 후로는 교리에도 달통하고 선경(禪境)도 깊어서 운유의 멋이 나타났느니라.

풍악산(楓岳山)의 비로봉에 올라 영동·영서와 바다의 절경을 두루 보았고, 돌아오면서 한양에 들러서는 도위·해거와 자하·완당 두 시랑과 더불어 함께 사귀니 동림(東林)의 원공(遠公)과 같고 서악(西岳)의 관휴(貫休)와 같았도다.

스님은 다시 두륜산으로 들어가서 우거진 숲 속에 한 암자를 지었으니 곧 일지암이니라. 거기서 홀로 지관(止觀)하기를 40년이었는데, 세인이 묻기를 '스님은 선에만 전념하느뇨' 하니까 스님이 답하기를 '근기가 약하면 선에만 전념하거나 교에만 전념하는데, 이는 옳지 않다. 내가 어찌 한쪽을 고집하리요' 하였다.

백파 스님이 이르기를 '나는 16세부터 선에 뛰어들었지만 한 번도 물러나지 않았다' 고 하면서 임제(臨濟)의 현요구(玄要句)를 말하고 '기용(機用)을 분첩(分貼)하면 깨달을 것' 이라 하였

다. 이에 스님은 '백파의 주장이나 내 의견이 모두 허물이 될 수
는 없는 것으로써 다만 잘못된 곳을 깨닫는 일이 소중하다' 하
였다.

스님은 풍채가 당당하였고 범상이 뛰어나서 옛날의 존자의 모
습과 같았다. 여든이 넘어서도 소년과 같이 건강한 모습이었다.

봉은사에서 대교(大敎)를 간포(刊布)함에 스님을 증사(證師)
로 모셨으며 달마산(達摩山)의 무량전을 짓는 모임에는 주선(主
禪)으로 모셨지만 잠시잠시 응했을 뿐, 곧 돌아오시곤 하였다.

그리하여 줄곧 일지암에 주석(住錫)하였는데 세수는 81세요,
법랍은 65세였다.

예전에 내가 해남 우수영에서 수사(水使)로 있을 때, 어느 분
이 나를 보고 직위를 감당할 수 없으리라 하니 크게 분노한 일이
있었고, 완당이 제주에 귀양갔을 때는 세 차례나 위문 간 일이
있었고, 후에 내가 녹원(鹿園)으로 귀양갔을 때도 스님은 거기
까지 오셔서 나를 위로하여 주시었다.

스님의 비명(悲鳴)을 알고서 나 어찌 추도하지 않으리요.

달마가 서쪽에서 온 뜻은 확연무성(廓然無聖)이라 하였는데
이 또한 문자이긴 하지만 즉(卽)한 것도 아니고 이(離)한 것도
아니니 이를 불이(不二)라 하지 않았던가.

스님은 눈 속에 팔만대장경을 갖추었고, 원광(圓光)으로써
1,700공안이 곧 사십이장경임을 아셨으니, 스님께서는 길고 짧
은 것이 없었고, 세속에 있으면서도 물들지 않고 세속을 떠나서
도 홀로 깨끗한 체 아니하셨으니 이는 정인(情人)만이 가능한

일이라 하겠다.

스님은 거센 파도 앞에서도 잔잔하였고 노상 동정(動靜)이 한결같았는데, 일지암에 있을 때는 태백노호(太白老胡)의 옷을 입고 석가모니의 혜명(慧命)을 다하였으며 송풍(宋風)을 떨쳐 많은 수도자를 인도하였도다.

스님은 선(禪)과 강(講)을 조화한 어른이라 아무도 그를 탓하지 않았느니라. 일할(一喝)로써 귀머거리가 된 것은 선만 완고하게 주장한 까닭 아니겠는가.

이 어른이 초의보제존자(草衣普濟尊者)이니라.

보국숭록대부(輔國崇祿大夫) 행판중추부사(行判中樞府事) 겸 병조판서(兼兵曹判書) 판삼군부(判三軍府) 의금부사(義禁府事).

신헌 지음

옛부터 전해오는 이야기로는, 사람이 하나 생겨나면 별이 하나 나타나고 그 사람이 죽으면 그 별도 떨어진다 했다.

'완당과 초의' 두 별이 떨어진 셈이다. 그 별은 크고 찬란하고 요란스런 것이 아니라 작고 맑게 빛나다 살그머니 사라진 것이다.

그러나 찬란하거나 요란스럽다가 떨어진 후로는 흔적도 없는 것들과는 달리, 완당과 초의는 후세 사람들의 가슴 속에 연민과 사랑의 씨앗을 남겨놓고 떨어졌던 것이다.

완당과 초의의 생전의 슬픔을 참는 소리는 이제야 사람들 가슴에 울려 퍼지는 것이다.

跋 文

　완당 김정희와 초의 장의순은 결코 신비스런 인간이 아니다. 더구나 일세를 주름잡은 영웅도 아니고 이렇다 할 애국자도 아니며, 흔한 소설감이 될 만한 재미있는 사람도 아니다.

　두 사람은 40여 년 동안 오직 깊은 우정을 나누다가 떠났지만 서로의 삶의 테두리는 매우 이질적이었다.

　한 분은 명문호족의 후예인데, 한 분은 가난한 농부의 자식이었다. 저 분은 빼어난 유림인데, 이 분은 독실한 불제자였다. 한 쪽은 권모술수가 난무하는 세도가의 와중에 있었고, 한 쪽은 빼빼 마른 산중에 칩거하고 있었다. 얼핏 보기에는 우정은 커녕 생소하기 이를 데 없는 상대였는데, 그들은 우연한 기회에 뜻하지 않은 데서 흔하게 만났고, 그들은 만나자마자 가슴을 열어버렸다.

　그들은 누가 뭐래도 똑똑하고 야무지고 재주가 철철 넘쳤으므로 상대의 됨됨을 얼른 알아차렸다고나 할까!

　약 200년 전의 그들의 인간 관계를 평하여 후세 사람들은 '돈독한 우정' 쯤으로 치부하고 있고 통속적인 말로 '상통하는 휴머니즘' 쯤으로 해석할는지도 모르겠지만, 완당과 초의의 관계를 나더

러 압축해보라고 한다면 그건 '외경(畏敬)의 마음'이 아니었던가
싶다.

내가 완당에게 관심을 쏟은 첫 번째 계기는 소전 손재형 선생
때문이었다.

그분은 근대 서예계의 태두(泰斗)이며 특히 완당에 대하여 조
예가 깊었던 터인데, 그분이 소장했던 완당의 세기의 문인화 '세
한도'에 얽힌 이야기를 가까이서 수없이 들은 데서 비롯했다.

그리하여 그 이야기와 일본인 후지쓰카(藤塚) 문학 박사가 쓴
《청조문화의 동점(東漸) 연구》를 자료로 하여《세한도》라는 중편
소설을 발표하였던 것이다.

한편 나의 향리 해남에는 대둔학회라는 학술단체가 있는데, 그
학회 사업의 일환으로 초의의 차에 관한 문헌과 시문을 집대성하
여《초의선집》을 간행한 바 있었다.

그러다가 남화(南畵)의 종주격인 허소치가 처음 사사한 분이
초의였다는 것과 이어 초의가 허소치를 완당에게 소개하여 대성
하기에 이르렀다는 대목을 위시해서, 완당과 초의의 교우 관계가
여간 깊었던 것이 아니었다는 데에 이르렀던 것이다.

도대체 완당과 초의가 그토록 친교하게 된 인연은 무엇이었을
까? 그들은 위에서 언급한 바와 같이 여러모로 이질적이었지만
동시에 유사한 대목이 오히려 더 많았던 것이다.

첫째는 동갑내기(1786, 병오생)라는 것이요,

둘째는 천성이 지극히 순수했다는 것이요,

셋째는 종교와 신분 계급을 초탈했다는 것이요,

넷째는 예술의 본질에 투철했다는 것이요,

다섯째는 다도의 진수를 체득했다는 것이다.

각설하고, 완당과 초의의 교우는 너무나 아름다웠다. 그 아름다움을 그들이 떠난 지 200년이 지난 지금, 내가 창출한다는 일은 외람된 노릇이자 역부족이었다. 그러나 완당과 초의에 대한 애착만은 노상 간직하고 있던 중 3년 전 어느 날 당시 예총(藝總) 사무총장으로 있었던 故 오학영(吳學榮) 씨가 예총에서 발행하는 월간지《예술계》에 '완당과 초의의 교우관계'를 연재하라는 청탁이 있어서 처음에는 10회를 계획하고 쓰기 시작했었다. 그러다가 그 10회가 끝날 무렵 독자의 평이 괜찮다 하여 9회를 더 연장하게 되었고,《예술계》가《예술세계》로 탈바꿈하는 사이 잠시 쉬었다가 다시 연재하게 되었던 것이다. 그러다 보니 문맥이나 짜임새가 어수선하게 되어버렸다.

이 책은 우리출판사 무구스님의 호의에 의하여 비로소 빛을 보게 되었거니와, 우직스럽게 한자 원문을 나열했다는 점, 장편 소설의 틀에 어긋나게 이야기가 토막토막이라는 점, 재미라고는 티끌만큼도 없다는 점 등 그 방면에서 우리 나라 최초의 작품이 아닌가 싶어 매양 움츠러드는 터이다.

책을 만드느라 애쓴 우리출판사 직원들께 거듭 감사한다.

1990년 1월 20일

塞琴 · 詩境 김 봉 호 合掌

金 醫 盍

만나고 싶다 그 사람을

1994년 2월 18일 초판 인쇄
2001년 10월 25일 개정판 인쇄
2001년 10월 31일 개정판 1쇄 발행

지은이 • 김 봉 호
펴낸이 • 김 동 금
펴낸곳 • 우리출판사

등록 제9-139호
서울특별시 서대문구 충정로3가 1-38호
TEL. (02) 313-5047 · 5056 / FAX. (02) 393-9696
E-mail: woribook@chollian.net

ISBN 89-7561-153-1 (03800)

* 책값은 뒷 표지에 있습니다.
* 잘못 제작된 책은 교환해 드립니다.